뼈 있는
아무 말
대잔치

뼈 있는 아무 말 대잔치

초판   1쇄 발행   2018년   9월 13일
초판 20쇄 발행   2018년 10월 16일

지 은 이 | 신영준, 고영성
펴 낸 이 | 이종주
총   괄 | 김정수

책임편집 | 유형일
마 케 팅 | 배진경, 임혜솔, 송지유
홍   보 | 김은지

펴 낸 곳 | (주)로크미디어
출판등록 | 2003년 3월 24일
주   소 | 서울시 마포구 성암로 330 DMC첨단산업센터 318호
전   화 | 02-3273-5135   FAX | 02-3273-5134
홈페이지 | http://rokmedia.com
이 메 일 | rokmedia@empas.com

값 15,800원
ISBN 979-11-294-8915-9 (03810)

뼈 있는
아무 말
대 잔 치

신영준
고영성
지음

이왕이면 뼈 있는 아무 말을 나눠야 한다

로크미디어

차
례

삐

는

아

무

맺음말

대

머리말

다양한 사람들의 이야기를 이메일, 댓글, 상담 등을 통해 3년 동안 정말 많이도 들었다. 그래서 해 주고 싶은 얘기가 많았다. 너무 진지하지도, 그렇다고 너무 가볍지도 않은, 편하게 들을 수 있는 이야기를 해 주고 싶었다. 그 이야기에는 진심으로 힘 내라는 위로도 있을 것이고, 한편으로는 고장 난 라디오처럼 계속 반복되는 잔소리도 있을 것이다. 때로는 나도 이렇게 힘 들고 나약하다는 고백도 있을 것이고, 우리 함께 잘해 보자는 다짐도 있을 것이다. 결국 해 주고 싶은 이야기를 모아 보니 아무 말 대잔치가 되었다. 하지만 뼈를 빼지는 않았다.

책을 읽다 보면 공감 가는 부분이 정말 많을지도 모른다. 만 약 그렇다면 소셜 미디어에서 수천 개의 게시물을 관찰하면서 꼭 이야기하고 싶은 주제만 뽑았기 때문이다. 행복, 후회, 자기 계발, 나쁜 상사, 꿈, 갑질, 차별, 아침에 일어나기, 미움, 조직 생활, 오해, 부모, 결혼, 관계, 노력, 실패 등등, 누군가의 아무 말에 우리가 골똘히 고민한 뼈를 넣어서 담담하게 풀어 썼다.

우리의 이야기에 공감하는 사람도 있을 것이고, 한편으로는 반대되는 생각을 하는 사람도 있을 것이다. 어찌 되어도 좋다.

공감하는 사람은 영감을 얻은 것으로 충분할 테고, 반대하는 사람이 어떤 주제에 대해 어떤 관점에서 다르게 생각하는지 알려 주면 우리가 거기에서 배울 점을 찾아 뼈에다 살까지 붙일 수도 있기 때문이다. 다양한 형태의 교감은 우리의 정신세계를 더욱 풍요롭게 만든다. 그래서 우리는 함께 이런저런, 이왕이면 뼈 있는 아무 말을 나눠야 한다.

우리가 기존에 쓴 책이 어떤 성취에 초점을 맞추고 있다면 이번 책은 결이 다르다. 이 책을 읽은 사람들이 각 장의 주제에 대해 5분만 진지하게 생각해 보면 좋겠다. 그리고 그 고민의 결과 덕분에 사회 전반에 누적된 피로와 걱정이 조금이라도 줄었으면 하는 것이 소소한 바람이다. (물론 그 구체적인 방법 중에 하나가 공부이므로, 고 3 엄마의 잔소리처럼 공부하라는 이야기가 가장 많이 나온다는 것은 함정이다.)

이 책에 담지 못한 이야기는 영상으로 제작해서 '뼈아대' 유튜브 채널에 업로드할 예정이다. 책과 영상을 통해 함께 웃고 울고 고민하고 생각하기를, 운이 좋다면 실천까지 하면서 함께 성장하기를 진심으로 바란다.

2018년 9월 신영준, 고영성

너무 자주 하는
7가지 오해

세상살이가 정말 만만하지 않다. 팍팍한 삶의 근본적인 이유를 바꾸지는 못하겠지만, 그래도 노력하면 조금은 나아지는 부분이 있기 마련이다. 그중 하나가 오해하지 않는 것이다. 그렇다면 당연하게 하는 오해는 무엇이 있을까?

1. 자유로워지고 싶으면 언제나 자유로울 수 있다

자유는 마음먹는다고 얻을 수 있는 게 아니다. 순간적으로 가능할 수는 있지만, 지속 가능한 자유를 얻는 것은 개인의 영역이 아니다. 우리는 사람 및 시스템과 관계를 맺고 살아가기 때문에 상황의 맥락을 잘 파악해야 진정한 자유를 얻을 수 있다. 상황을 잘 인지해도, 역설적으로 스스로를 통제하고 자제할 수 있는 정도에 비례해서 자유를 만끽할 수 있다. 마음먹으면 개인은 언제나 자유를 얻을 수 있다고 주장할 수도 있지만, 정말 많은 것을 포기해야 가능하다. 무언가를 포기하는 것은 자유를 얻는 것 이상으로 힘들기 때문에 쉬운 일은 아니다.

2. 나의 실수를 상대방이 오래 기억할 것이다

오해 중에 제일 해로운 오해가 아닐까? 거꾸로, 우리는 타인의 실수를 얼마나 기억하고 있는가? 최근에 지인 및 직장 동료가 저지른 실수를 10개만 떠올리자. 쉽지 않다. 대부분은 자신의 실수를 기억하는 것만도 버겁다. 타인의 실수가 머릿속에 오래 남을 수가 없다. 그러니 다른 사람의 시선에 얽매이지 말자. 무언가를 새롭게 시작하면 실수는 필연적인 것이다. 오히려 누군가 내 실수를 기억해 준다면 피드백을 받을 수 있는 좋은 기회로 생각하는 것이 정신건강에 이롭다.

3. '항상' 행복하게 살자

많은 사람의 꿈을 물어보면 '행복하게 살기'라는 대답을 어렵지 않게 듣는다. 그래서 마치 매 순간 행복한 것이 절대적 진리인 양 착각하는 사람이 의외로 많다. (심지어 그런 관점으로 행복 전도사를 자처하며 '꼰대'가 되는 사람도 많다.) 배가 정말 부른 상황에서는 아무리 맛있는 음식을 대접받아도 감흥이 없지만, 정말 배가 고플 때는 라면만 먹어도 '몰입'이 가능할 정도로 행복한 것처럼 행복은 상대적인 개념이 아닐까?

참고로 내 인생에서 가장 맛있는 커피는 군대 훈련병 시절 행군 중간에 어느 교회에서 군인들을 위해 나눠 준 시원한 캔 커피였다. 그 맛은 정말 잊히지 않는다. (그렇다고 그 맛을 다시 느끼기 위해 행군을 할 생각은 없다……) 인간은 적응의 동물이기 때문에 슬픔도 기쁨도 대부분 어느 정도 시간이 지나면 적응된다. 그래서 행복한 순간도 다시 일상이 된다. 그러니 영원한 행복이라는 오해에서 벗어나자. 무한 동력이 없는 것처럼 영원한 행복도 상상 속의 개념이다.

4. 조직에서 벗어나면 자유로울 것이다

조직을 벗어나면 자유로워지는 부분이 있다. 하지만 모든 책임을 자신이 져야 한다. 책임감은 눈치보다 무겁다. 눈치 보고 지시를 받는 게 힘들겠지만, 결정을 내리고 책임을 지는 것은 난이도가 훨씬 높다. 조직에 속해 있기보다는 혼자서 성과를 잘 내는 사람도 물론 있다. 이런 사람들은 조직의 속박에서는 자유롭지만 일의 지속성을 유지하기가 쉽지 않기 때문에 조직에 속해 있을 때보다 훨씬 큰 리스크의 압박에 시달린다. 모든 상황에는 언제나 양면이 존재한다.

5. 나만 힘들다

많은 사람들이 자신이 가장 힘들다고 생각한다. 하지만 모두 힘들다. 이런 오해가 심해지는 이유로 소셜 미디어의 대중화가 큰 몫을 하는 것 같다. 페이스북이나 인스타그램 같은 소셜 미디어를 통해 세상을 들여다보는 경우가 많은데, 언뜻 보면 다른 사람의 일상을 보는 것 같지만 소셜 미디어라는 창구를 통해 다른 사람의 최상을 접하고 있는 것이다. 주변 사람의 행복이 환경을 도배하면 무의식적으로 나만 행복하지 못한 것 같은 착각의 늪에 빠지기 쉽다. 실제로 많은 사회과학 실험 결과가 소셜 미디어에서 친구가 많으면 행복감이 떨어진다는 상관관계를 보여 준다. 사람들은 모두 행복한 순간만 자랑하고 힘든 것은 감춘다.

6. 좋아하는 일을 하는 게 당연하다

좋아하는 일을 하면서 사는 데는 노력과 타이밍의 절묘한 조화가 필요하다. 또 마음먹는다고 지금 하는 일이 좋아질 것이라는 생각도 큰 착각이다. 보통 좋아하려면 잘해야 한다. 잘하려면 익숙해져야 한다. 익숙함은 반복 숙달을 통해 얻어진다. 결국 좋아하는 일을 하고 사는 당연함을 원한다면, 부단한 노력도 당연하게 받아들여야 한다.

　일반적으로 즐거워 보이는 일은 업으로 삼는 과정이 굉장히 치열하다. 막상 좋아 보이는 일이지만 경제적 보상이 최소 생활을 하기 위한 임계점을 넘기지 못하는 경우가 많아서 지속하지 못하고 포기하는 경우가 다반사다. 좋아하는 일이 본업이어야 한다는 강박관념을 버리고, 일은 '먹고사니즘'으로 받아들이고 취미 활동을 하면서 즐거움을 찾는 것이 현실적이다. 취미가 일정 수준을 넘어가면 좋아하는 일이 직업이 되기도 한다. 이는 덕업 일치를 향한 가장 리스크가 적은 전략일 것이다.

7. 공부하면 무조건 이해되고 성장한다

아주 초기 단계에만 그렇다. 대부분의 자연현상은 어느 정도 구간에 들어가면 포화 상태로 접어든다. 어느 정도 수준에 오르면 이해가 잘 안 되는 것이 지극히 정상이다. 그렇게 정체 구간에 들어가면 우리가 공부에 투입한 노력에 비하여 성장의 결과물이 절대 비례하지 않기 때문에 대부분의 학습자는 포화 구간에 진입하자마자 재능 타령을 하면서 바로 포기한다. 안타깝게도 살면서 능력의 값어치는 이 포화 구간에서부터 쌓인 내공에 어느 정도 비례해서 인정받는다.

조금 더 현실적으로 정확하게 말하면 포화 구간에서 실력 향상은 매우 느리게 일어나지만 결국 (많은 경우 잘 보이지도 않는) 이 작은 성장에 기하급수적으로 비례하여 우리의 능력은 인정 받는다. 이해의 포화 구간을 이겨 내는 것은 애벌레가 나비가 되어서 훨훨 날아가는 것과 같다. 애벌레 시절은 느리고 힘겹다는 사실을 잊지 말자.

오해 2행시로 이번 아무 말을 마무리한다.

오 오지게

해 해롭다.

너무 자주 하는 7가지 오해

1. 자유로워지고 싶으면 언제나 자유로울 수 있다.

2. 나의 실수를 상대방이 오래 기억할 것이다.

3. '항상' 행복하게 살자.

4. 조직에서 벗어나면 자유로울 것이다.

5. 나만 힘들다.

6. 좋아하는 일을 하는 게 당연하다.

7. 공부하면 무조건 이해되고 성장한다.

유튜브에서 "너무 자주 하는 7가지 오해"를 검색하세요!

고통은 오로지 자신의 몫이다

어머니께서는 언젠가 이런 말씀을 하셨다.

"영성아, 고통은 오로지 자신의 몫이란다."

어린 나는 어머니가 그런 말씀을 하신 이유도 모른 채 충격을 받았다. 당시 나는 엄마에게서 제대로 독립하기 전이었다. 그래서 엄마의 아픔은 곧 내 아픔이었고, 나의 고통은 곧 엄마의 고통이었다. 그러나 슬프게도 엄마는 그렇지 않다고 말했다. 엄마의 아픔은 엄마의 몫이고, 나의 고통은 오로지 내가 감당해야 한다고 선언하신 셈이다. 그런데 나를 서글프게 했던 어머니의 말씀은 아이러니하게도 내 인생에서 가장 중요한 지침이 되었다.

고통은 오로지 자신의 몫이라는 말은 무슨 의미인가?

자신의 고통은 누구도 대신할 수 없고, 그 누구도 제대로 이해할 수 없다고 나는 받아들였다. 그렇기 때문에 나는 타인의 고통을 대할 때 "내가 겪어 봐서 잘 알아."라는 말을 최대한 자제한다. 그것은 교만이다. 남 대신 아파해 줄 수도 없고, 타인의 고통을 온전히 이해할 수도 없다. 겸손하게 아픔을 함께하려고, 그 아픔을 이해하려고 '노력'할 뿐이다. 누구도 타인의 고통을 알 수 없다. 그러므로 함부로 '너의 고통을 안다'고 말해서는 안 된다.

그렇다면 고통받을 때는 어떻게 해야 할까? 나는 그럴 때 니체의 말을 떠올린다.

"나를 죽이지 못한 고통은 나를 더 강하게 만들 뿐이다."

피할 수 없는 고통이라면 고통 그 이후를 떠올리려고 노력한다. 인생을 돌아보면 고통 후의 '성장'은 아픈 만큼 고귀했다. 그 경험은 더 튼튼한 '자아'가 되었다. 굴복하지 않은 고통은 '선물'이 되었다.

이 세상을 떠나기까지 고통은 언제든 찾아올 것이다. 그러니 고통에 호들갑 떨 필요가 없다. 이 녀석은 어차피 인생의 동반자이니까. 행복 연구의 대가 조지 베일런트(George Vaillant)는 이렇게 말했다.

"고통을 어떻게 바라보는가가 행복을 결정한다."

●

고통은 오로지 자신의 몫이라는 말은 무슨 의미인가?
자신의 고통은 누구도 대신할 수 없고, 그 누구도 제대로
이해할 수 없다고 나는 받아들였다. 그렇기 때문에 나는
타인의 고통을 대할 때 "내가 겪어 봐서 잘 알아."라는 말을
최대한 자제한다. 그것은 교만이다. 남 대신 아파해 줄 수도
없고, 타인의 고통을 온전히 이해할 수도 없다.
겸손하게 아픔을 함께하려고,
그 아픔을 이해하려고 '노력'할 뿐이다.
누구도 타인의 고통을 알 수 없다.
그러므로 함부로 '너의 고통을 안다'고 말해서는 안 된다.

유튜브에서 "고통은 오로지 자신의 몫이다"를 검색하세요!

30대가
된다고 하니
마냥 서글프다

나이의 앞자리가 바뀌는 것이 유독 서글퍼지는 때는 어쩌면 30대가 아닐까? 20대는 독립을 만끽하거나 입시에서 해방되리라며 모두가 꿈꿨던 순간인 반면에, 30대는 취업, 결혼, 인생 같은 단어가 하나씩 머릿속에 들어오면서 그 무게감을 처음 느끼는 시기인 것 같다. 서글픔을 느끼는 30대가 있다면 40대를 눈앞에 두고 있는 애기 아빠(신 박사)와 이제 막 4학년에 접어든 또 다른 아빠(고 작가)가 도움이 되는 현실적인 조언을 해 주려 한다.

고민 보따리를 바리바리 싸들고 오는 '프로 고민러'의 80퍼센트 이상이 20, 30대 친구들이라서 상세한 고민은 다르지만 사실 맥락은 비슷하다. 수천 건의 상담 중에서 키워드를 뽑으라면 망설임 없이 '미완성'과 '두려움'을 뽑겠다. 생물학적으로 늙고 숫자의 앞자리가 바뀌어서 슬픈 것이 아니다. 그 근저에는 미완성으로부터 오는 두려움이 있다. 그렇다면 구체적으로 어떤 기준에서 미완성이고, 무엇에 대한 두려움일까?

진지하게 가슴에 손을 얹고 생각해 보라. 30살이라면 온전하게 혼자의 힘으로 먹고살 나이인데, 자신의 전공 혹은 특기에서 "그래도 이 분야에서는 자신 있어!"라고 말할 수 있는 사람이 몇이나 될까?

대기업에서 과장으로 근무할 때 사원/대리 동료 중에 정말 업무에 자신 있어 하는 친구들은 10명 중에 1~2명이었다. 실력이 있는 친구들은 다른 친구들보다 하고 싶은 일을 하면서 인생을 즐기며 사는 느낌이었다. 스타트업을 운영하는 지금도 상황은 다르지 않다. 1~2명 채용에 수백 명이 지원하지만, 일을 할 수 있는 기본기가 되어 있는 친구는 5퍼센트 미만이다. 일을 배워 보겠다는 불같은 의지는 실제로 지속되지 않는다. 의지 또한 평균 회귀에서 벗어날 수 없기 때문이다. 그렇게 공부를 열심히 했는데 '완생'까지는 아니어도 충분히 기본기를

갖추지 못한 이유는 무엇일까? 이 전에 쓴 책의 일부분을 인용
해 본다.

"우리의 학습은 첫 단추부터 틀렸다. 사실 우리는 배우기(學)만 하
고 익히지(習)는 않는다. 그래서 다들 단기 기억으로 시험이라는 상
황을 모면하고, 진짜 실력 향상이 아닌 마치 걸(보이)스카우트가 배
지를 받는 것처럼 점수를 남긴다. (이게 앞에서 말한 '스펙'이라는 괴물
이다.) 내가 다니던 회사는 그 분야에서는 세계 최고의 기업이었지
만, 어려운 최신 기술은 고사하고 기초적인 전공 지식에 자신이 있
는 사람이 생각보다 적었다. 이것은 비단 우리 회사에만 해당되는 이
야기가 아니다. 수많은 회사에 기업 강연을 다니고 장기 멘토링 프로
젝트를 통해 다양한 배경의 직장인과 이야기를 나눠 보면, 자신의 업
무 분야에서 요구되는 학습을 임계점이 넘도록 해 본 사람이 없다는
것을 어렵지 않게 알 수 있었다. (이 말은 반대로 어느 정도 조금만 제대
로 공부한 사람은 어딜 가도 아주 경쟁력이 있다는 의미다.)" 《일취월장》,
523쪽

프리랜서, 스타트업, 대기업의 넓은 스펙트럼에서 다양한
사람들과 함께 일해 보니 무엇이 중요한지 명확해진다. 각자

가 처한 상황은 다르겠지만 결국 미완성과 두려움의 중심에는 '먹고사니즘'이라는 인생에서 가장 원초적인 문제가 들어 있다. 상황은 시시각각으로 바뀌고 경쟁은 점차 치열해지기 때문에 불확실한 미래에 구체적인 답을 제시하기란 사실상 불가능하다. 답이 보이지 않는다고 막연하게 스펙만 쌓으면서 그것이 인생의 안전망을 구축해 줄 것이라고 철석같이 믿는다면, 나중에 바닥을 떨어졌을 때 최악인 줄 알았던 지옥 밑의 지하실을 구경할 수도 있다.

그런 의미에서 20대는 꿈을 이루는 시기가 아니라 개인적 안전망을 구축하는 기본기를 축적하는 시간이다. (여기서 안전망은 경제적 잉여 생산물을 저장하는 것이 아니다.) 하지만 대부분은 20대에 목표를 성취해야 한다고 착각하고 그 수확으로 평생을 살아간다고 단단히 오해한다.

막연하게 열심히 노력하는 것이 아니라 실질적으로 두려움의 안개를 걷어 낼 수 있는 구체적인 각론을 이야기해 보자. 어떤 개인 역량을 확보해야 위기 상황에서 구명조끼나 낙하산이 되어 줄까? 다양한 능력을 많이 쌓으면 좋겠지만, 시간과 에너지는 한정되어 있다. 나는 모든 문제 해결을 위한 공통분모 같은 능력은 말하기, 듣기, 읽기, 쓰기라고 생각한다. 이게 무슨 교장 선생님 훈화 말씀에나 나올 것 같은 교과서적인 이야기란 말인가? 너무 뻔하고 식상하다면 하나씩 살펴보자.

우선 읽기부터 생각해 보자. 가장 최근에 본 독서 실태에 관한 설문 조사에서 우리나라 성인의 40퍼센트는 1년에 책을 1권도 읽지 않는다고 대답했다. 기업 강연에서 연간 평균 독서량을 물어보면 한 달에 1권 이상 책을 읽는 사람 비율은 10퍼센트 미만이다. 읽을 줄 아는 것과 읽는 것은 전혀 다른 영역이다. 실제로 우리나라 성인은 나이가 들어 감에 따라 문해력이 급격하게 떨어진다. 읽지 않으니 아는 것이 없고 읽었어도 이해하지 못하니 머리에 남는 게 없다.

다음은 쓰기를 살펴보자. 메모를 넘어서서 논리적인 글쓰기를 하는 사람은 얼마나 있을까? 통계적으로 조사해 본 적은 없지만 회사의 보고서를 보면 그렇게 많지는 않은 것으로 추정된다. 기업강연에서 제일 빵빵 터지는 부분은 실무자부터 임원까지 주간 보고서 작성하는 과정에 대한 희화화다. 어느 회사에서나 관리자는 상당 시간을 불필요한 보고서를 작성하는 데 쓴다는 뜻이다. 대한민국에서 보고서 작성만 효율화되어도 미래 세대는 '칼퇴'를 걱정하지 않아도 될 것 같다.

말하기와 듣기는 토론으로 엮어서 한번에 살펴보자. 우선 차분히 글로 쓰지 못하면서 말로 요목조목 설명하는 것은 사실상 불가능하다. 거기다 가만히 있으면 중간은 간다는 구시대적 발상이 여전히 팽배한 상황에서 발표는 '나댐'으로 인식되기 때문에 (개인적인 말하기는 꾸역꾸역 할 수는 있어도) 대중 발표를 잘한다는 것은 사실상 불가능하다.

좋은 예가 2010년 G20 서울 정상 회의 폐막 기자 회견 때 오바마 대통령에게 질문할 수 있는 천금 같은 기회를 얻은 기자들이 꿀 먹은 벙어리가 되었던 사건이었을 것이다. 이는 단순히 언어의 문제가 아니라 발표와 토론을 하지 않는 우리의 문화가 기자들을 벙어리로 만든 것이다.

잘 듣는 핵심 요소는 바로 인내심이다. 잘 들으려면 끝까지 들어야 하는데 경청도 훈련이 되지 않으면 절대 쉬운 것이 아니다. 수많은 미팅 및 강연을 하면서 생각보다 많은 사람이 대화 혹은 강연 중간에 스마트폰을 본다는 사실을 알게 되었다. 얼마나 집중하지 않는지 어렵지 않게 알 수 있다. 소극적으로 가만히 있으면 중간은 가는 게 아니라 적극적으로 경청해야 중간은 갈 수 있다는 사실을 잊지 말자.

이렇게 구구절절 이야기했어도 여전히 준비되지 않은 상태에서 나이를 먹는 것은 서글픈 일이다. 그렇다고 너무 서글퍼

하지는 말자. 마음이 슬픔에 젖어 있으면 열정의 불씨가 발생해도 의지로 불이 옮겨 붙지 못한다. 진짜 겸손이 아니라 우리는 둘 다 정말 부족한 사람이었다. 게임을 하다가 대학교에서 퇴학당했고, 공부를 죽어라 했어도 언제나 부딪히는 벽 때문에 열등감 덩어리였다. 사업을 하다가 2번이나 망했고, 박사를 받았지만 결국에는 전공과 상관없는 일을 하며 살고 있다. 우리가 본격적으로 스스로를 발전시킨 시기는 30대였다. 여전히 많이 부족하지만, 올바른 전략과 환경 설정으로 느려도 꾸역꾸역 앞으로 나아가고 있다.

우리가 했으니 누구든 해낼 가능성이 있다. 그 가능성을 조금이라도 높이기 위해 다양한 방식으로 사람들을 돕기 위해 노력할 것이다. 글 하나 읽었다고 삶이 바뀌지는 않겠지만, 가능성은 있다는 사실은 잊지 않기를 바란다. 우리는 할 수 있다.

●

그런 의미에서 20대는 꿈을 이루는 시기가 아니라
개인적 안전망을 구축하는 기본기를 축적하는 시간이다.
(여기서 안전망은 경제적 잉여 생산물을 저장하는 것이 아니다.)
하지만 대부분은 20대에 목표를 성취해야 한다고 착각하고
그 수확으로 평생을 살아간다고 단단히 오해한다.

유튜브에서 "30대가 된다고 하니 마냥 서글프다"를 검색하세요!

일 못하는
사람의
6가지 특징

태어나서 가장 많이 하는 행동은 자는 것이다. 잠이 보약이라는 말이 괜히 나온 것이 아니다. 제대로 수면을 취하지 못하면 육체적으로, 정신적으로 커다란 타격을 입을 수밖에 없다. 두 번째로 삶의 큰 부분을 차지하는 것은 무엇일까? 개인마다 차이는 있겠지만 '먹고살기 위한 일'이라는 점에 큰 이견은 없을 것이다. 잠을 잘 자서 매일같이 보약을 먹는데도 삶이 힘겹다면 매일 해야 하는 일을 잘 못하고 있는 것은 아닐까?

실제로 일을 못하면 삶이 괴롭다. (본인만 괴로우면 그나마 다행인데 슬프게도 옆에 있는 사람들의 삶도 괴로워질 수 있다.) 머리를 싸

매고 고민하더라도 당장 내일 아침 완벽해질 기적은 없겠지만, 도대체 무엇 때문에 일을 못하는지 함께 그 최소한의 원인을 파헤쳐 보자.

1. 디테일이 왜 중요한지 모른다

대학원에서 연구 논문을 쓸 때나 회사에서 보고서를 쓸 때, 교수님과 부장님이 시시콜콜한 것으로 트집을 잡으면 그렇게 싫을 수가 없었다. 도대체 이런 오타 몇 개가 뭐 그리 대수라고 못 잡아먹어서 안달인가? 그런데 내가 논문의 심사자가 되고 회사의 의사 결정권자가 되자 이런저런 실수가 많은 논문이나 보고서는 읽기도 싫어졌다. 논문과 보고서에 대한 신뢰도 떨어졌다. 디테일을 챙기기 어려운 이유는 눈에 띄지 않기 때문이다. 디테일이 티가 나는 순간은 경쟁이 치열해지면서다. 상위 레벨로 가면 갈수록 디테일의 중요성은 점점 부각된다. 보통 일의 성과는 처음에는 노력한 만큼 올라간다. 하지만 어느 순간이 되면 성과의 포화 구간에 진입하게 된다. 노력을 해도 딱히 성과가 나지 않는다. 자세히 들여다보면 작은 정도라도 성과가 올라간다. 그 작은 성과가 디테일이다. 디테일은 아주 사소해 보이지만 엄청난 노력이 필요한 결과물이다. 대부분 일을 잘 못하는 사람은 디테일의 탄생 과정을 이해하지 못하고 그것이 왜 중요한지 알지 못한다. 디테일을 챙기는 것은 매우 피곤한 일이지만 관심을 가질수록 내공의 깊이가 확연히 달라진다는 점을 잊지 말자.

2. 학습 능력이 없다

직장을 다닐 때 사원/대리들에게 직장 생활이 행복한지 물어본 적이 있었다. 연봉이 상당히 높은 회사였는데도 대부분이 만족하지 못한다고 했다. 그중 20퍼센트 정도는 생각보다 만족한다고 대답했다. 20퍼센트의 특징은 무엇이었을까? '일을 잘하는 사람'이었다. 구조적인 모순과 불합리는 모두에게 똑같이 존재하지만, 자신에게 주어진 업무를 수월하게 처리하는 사람은 대체적으로 회사 생활의 만족도가 높았다. 이런 사람들은 새로운 업무에 투입되어도 높은 학습 능력 덕에 빨리 적응하는 경향이 있었다. 당연히 업무 평가도 월등히 높았다.

일단 학습 능력이 없는 친구들은 자신이 하는 일이 바뀌는 것에 대한 스트레스가 정말 컸다(불평도 그에 비례해서 컸다). 지금 일도 힘들어 죽겠는데 새로운 일이 떨어지면 그 업무가 무엇인지 살펴보기도 전부터 불평을 했다. 그냥 일하는 것 자체를 정말 싫어했다. 어떤 직종에 종사하건 간에 세상은 더 빠르게 변할 것이다. 학습 능력의 부족으로 새로운 정보를 다루는데 거부감이 있고 또 새로운 환경에 적응하지 못한다면 세상살이는 더 팍팍해질 것이 자명하다. 공부는 학교 졸업했다고 끝이 아니다. 학교 졸업했으니 억지로 시험을 목적으로 했던 가짜 공부가 아닌 진짜 우리 자신을 위한 공부를 해야 한다는 사실을 명심하자.

3. 운을 실력으로 착각한다

대부분의 성공 스토리에서 자주 빠지는 핵심 요소가 있다. 바로 운이다. 사실 성공에 운이 따랐는지 인지하지도 못하는 경우가 대부분이다. 어떤 성취를 이뤘을 때 온전히 자신의 노력과 실력으로 모든 것을 이뤘다고 착각하면 불운의 구렁텅이로 서서히 빨려 들어가게 된다. 많은 사람들이 운의 존재를 간과한 상태로 사업을 시작하거나 확장하고 새로운 영역에 도전하기 때문에 큰 실패를 경험한다. 그리고 실패를 경험한 후에는 '운이 없었다'고 한다.

운은 통제 불가능한 영역이다. 하지만 운과의 접점을 늘리기 위한 계획과 운을 접한 후 그 결과 값을 극대화하는 전략은 철저하게 실력이다. 운에 대해 고민하고 전략을 세우기는 어렵다. 하지만 고민하고 준비된 만큼 불운에 대한 타격은 상대적으로 감소하고 행운의 결괏값은 극대화할 수 있을 것이다.

4. 변화를 두려워한다

일은 계획대로 되는 경우가 드물다. 계획은 최소한의 준비이지 전부가 아니다. 일을 떠나 인생에서 변화를 수용하는 것은 불가피하다. 하지만 대부분은 변화를 싫어하고 두려워한다. 일을 잘한다는 것은 새로운 상황에 빠르게 적응한다는 말이다. 변화에 적응할 때는 첫 순간이 가장 어렵다. 변화에 능동적인 사람은 금방 적응하고, 수동적인 사람은 순응한다.

결국 변화에 잘 적응하려면 문턱을 넘어가는 게 중요한데, 그 문턱을 낮추는 일이 바로 공부다. 그래서 두 번째 언급한 학습 능력이 무엇보다도 중요한 것이고 이 책의 다양한 사례에서도 빠지지 않고 언급되는 것이다. 정말 공부에 대한 이야기는 귀에 딱지가 앉도록 해도 전혀 지나침이 없다.

5. 질이 양보다 중요하다고 생각한다

많은 사람들이 쉽게 착각하는 것 중 하나가 양보다는 질이 중요하다는 것이다. 사실 양과 질은 대비되는 개념이 아니라 유기적으로 묶여 있다. 충분한 양의 시도가 있어야 훌륭한 질의 결과가 나온다. 하지만 사람들은 결과만 보고 판단하기 때문에 "그래! 양보다는 질이지!"라며 성급한 일반화의 오류를 범한다.

사람들은 셰익스피어가 대작만 집필했을 것이라고 착각하지만, 그가 쓴 작품은 200편에 육박하고 그중 인정받는 작품은 10편이 안 된다. 심지어 작품성이 떨어져 수준 미달이라고 평가 받는 작품도 있다. 피카소는 1만 점이 훌쩍 넘어가지만, 소수의 작품만이 인정을 받았다. 에디슨 역시 손대는 것마다 대박 발명이 된 것이 아니다. 1,000개가 넘는 특허를 등록했지만 실용적인 특허는 몇 개 되지 않는다.

나는 3년 동안 쉬지 않고 소셜 미디어에 다양한 콘텐츠를 게시하면서 다양한 경험을 축적할 수 있었다. 창작물이 더 많이 퍼지는 것은 모든 제작자의 꿈이다. 그래서 페이스북이나 유튜브는 어떤 작품이 창의적인지 명백하게 판단할 수 있는 실험의 장이다.

어떤 위대한 콘텐츠 제작자가 페이스북에서 수만 '좋아요'를 받은 게시물을 만들었다고 가정하자. 그러면 다음에 또 엄청난 수의 '좋아요'를 연속으로 받는 게시물을 계속해서 제작할 수 있을까? 절대 그럴 수 없다. 이 부분은 앞에 '운' 이야기와도 관련이 있다. 이런 관점에서, 일을 할 때 '양'적인 부분이 결국에는 '질'적인 부분으로 연결된다는 사실을 빨리 깨닫는다면 자신의 실력이 문제가 아니라 시도가 부족했다는 사실을 깨닫고 가열찬 도전을 이어 나갈 수 있을 것이다.

6. 피드백을 구하지 않는다

일을 똑똑하게 하는 방법 중에 하나는 자신보다 일을 잘하거나 경험이 많은 사람에게 시작하기 전에 조언을 구하는 것이다. 그러면 시행착오를 많이 줄일 수 있다. 그런데 질문하기가 지옥문 열기보다 어려운 대한민국의 문화에서는 쉽사리 조언을 구하기 위해 입을 열지 못한다. 그래도 조언을 구하라. 한 번 불편함을 감수하면 나중에 손발이 편해진다.

일을 다 끝낸 다음에 피드백을 구하는 것도 중요하다. 일을 하면 죽이 되든 밥이 되든 결과가 나온다. 좋은 결과가 나왔다고 해서 업무적으로 성장하는 것은 아니다. 결과를 만들지 못하고 실패했어도 그 과정에 대한 피드백을 구하면 업무적으로 더 큰 성장을 이룰 수 있고, 다음에 일을 더 잘할 확률이 높아진다.

더 많은 사람들이 고민 조금과 약간의 실천만 있어도 일을 더 잘할 수 있다. 하지만 일 잘하면 돈은 더 안 주고 일만 더 주는 회사도 많으니 애초부터 그런 마음이 들지 않는 것도 한 편으로는 이해가 간다. (그런데 그런 회사들이 과연 오랫동안 망하지 않고 유지될 수 있는지는 정말 의문이다.) 상황이 불합리하고 답답해도 기회는 다양한 형태로 언제든지 올 수 있다.

실제로 우리 회사 식구들은 여러 가지 힘든 상황 속에서도 묵묵히 준비를 하고 있다가 불쑥 나타난 기회를 냉큼 잡아서 우리 회사에 취직을 하거나 이직을 했다. 그리고 개인적으로 정말 모든 사람들이 일을 진짜 완전 잘했으면 좋겠다. 지금 일하고 있는 대부분은 20년 뒤 우리 딸이 취직을 했을 때 리더의 위치에 있을 것이고 그런 사람들이 일을 못하면 금이야 옥이야 키운 내 딸을 '칼퇴'도 못 시켜 줄 것 아닌가? 진심으로 부탁한다. 우리 딸의 저녁이 있는 삶을……

●

일 못하는 사람의 6가지 특징

1. 디테일이 왜 중요한지 모른다.

2. 학습 능력이 없다.

3. 운을 실력으로 착각한다.

4. 변화를 두려워한다.

5. 질이 양보다 중요하다고 생각한다.

6. 피드백을 구하지 않는다.

유튜브에서 "일 못하는 사람의 6가지 특징"을 검색하세요!

인생 선배의
개념 주례사

동영상을 업로드했을 때 내 눈을 의심했다. 동영상이 퍼지는 속도가 1,000개도 넘는 게시물을 올렸을 때와 달랐기 때문이다. 대중이 결혼식 주례에 그렇게 관심이 많을 줄은 상상도 못 했다. 2018년 8월 12일 기준으로 '인생 선배의 개념 주례사' 영상은 페이스북에서만 810만 명이 시청했고, 우리나라 페이스북 역사상 손에 꼽을 만큼 유명한 게시물이 되었다. 주례사 영상이 나가고 다음 날 소아과에 아이를 데리고 가자, 다른 아이 엄마 몇 분이 "주례사 잘 봤습니다."라고 인사하는 해프닝도 벌어졌다.

주례사를 자연스럽게 하고 싶어서 대본을 따로 적지 않고 큰 주제만 잡고 즉흥적으로 연습하고 진행했다. 맥락도 좋았고 편집도 잘되어서 큰 문제는 없었지만, 디테일을 보완한 후 더 많은 사람들과 글로 공유하면 좋을 것 같아서 이번 기회에 편집을 다시 했다. 여전히 부족한 주례사이지만 그래도 이번 기회에 다시금 결혼의 의미에 대해 잠깐이라도 생각해 보면 정말 좋을 것 같다.

"신랑에게 주례를 부탁받고 모두가 정신이 없는 이 짧은 시간에 어떤 이야기가 기억에 남을까 고민을 상당히 많이 했습니다. 그래서 구구절절하게 긴 이야기보다는 아주 짧은 이야기 2가지를 준비했습니다.

첫 번째는 결혼 생활을 하면 꼭 해야 할 일에 대해 말씀드리겠습니다.

여기 인생의 선배님들께서 많이 오셨죠? 우리는 사랑을 해서 결혼을 했는데 사랑하기보다 다투는 경우가 더 많은 것 같습니다. 그렇죠? 정말 사랑해서 결혼했는데 안타깝게도 우리는 싸울 때도 있고 다툴 때도 있습니다. 많이들 웃으시는데 많이 다투시나 봐요.

그런데 결혼을 해서 현실적으로 안 다툴 수는 없는 것 같아요. 전혀 다른 두 사람이 만나서 하나의 가족으로 살겠다는 것은 다른 기준과 또 다른 기준이 만난 셈이기 때문에 자연스럽게 가치관의 충돌이 발생하여 절대 안 싸우기는 불가능한 것 같습니다.

우리가 여기서 생각해 봐야 할 점은 안 싸우려고 노력하기보다는 왜 싸웠고 어떻게 이 문제를 해결할 것인가에 대한 고민입니다. 그렇게 다툼이 일어났을 때 문제를 해결하려면 어떤 기준이 필요합니다. 서로 다른 기준을 갖고 생활한 사람이지만 이제 가족으로서 합의된 기준이 필요합니다. 그러면 그 기준은 무엇이 되어야 하느냐, 바로 서로의 '꿈'입니다.

여기서 질문 하나 드리겠습니다. 양가 부모님께서는 신랑과 신부의 꿈을 알고 계시나요? 내 며느리의 꿈, 내 사위의 꿈이 뭔지 알고 계시나요? 따님이 "아빠, 나 이 친구와 결혼하고 싶어요."라며 데리고 왔습니다. 아드님이 "엄마, 나 이 친구랑 결혼하고 싶어요."라며 데리고 왔습니다. 그래서 꿈에 대해 얘기해 주던가요?

우리는 어느 학교를 졸업했고 어느 직장을 다니는지는 얘기하지만, 꿈에 대해 얘기하지 않습니다. 어머니, 아버지께서 아실 수가 없어요. 왜 아실 수가 없으시냐면 제가 이 질문을 두 청년에게 했을 때 두 청년도 본인의 꿈이 정확히 뭔지 몰랐습니다. 그러니 부모님은 본인도 몰랐는데 당연히 아실 리가 없겠죠.

그래서 제가 물어봤습니다. '여러분의 꿈은 무엇입니까?' 신랑의 꿈은 훌륭한 사회적 기업가가 돼서 세상의 많은 문제들을 해결하는 것이라고 했습니다. 신부의 꿈은 통찰력 있는 사람이 될 수 있도록 멀리 보고 평생 공부하는 것이랍니다. 멋지죠? 정말, 제가 들어도 멋진 꿈입니다.

이 꿈이라는 기준이 없으면, 제가 볼 때 살면서 어떤 다툼도 사실 쉽게 해결할 수는 없는 것 같습니다. 세상에서 어떤 사람이 가장 행복한 사람이겠습니까? 꿈을 이룬 사람보다는 꿈을 이뤄 가는 사람이 가장 행복한 사람일 것입니다. 그러면 어떤 부부가 행복한 부부가 될까요?

우선 개인이 불행한데 행복한 부부란 있을 수 없습니다. 그건 거짓말입니다. 개인이 꼭 행복해야 합니다. 그러면 어떤 사람이 행복합니까? 꿈을 이루는 사람이 행복한 사람입니다. 결과적으로 행복한 부부가 되려면 서로가 서로의 꿈을 이룰 수 있도록 가장 완벽한 조력자가 되어야 합니다. 그게 신랑과 신부가 결혼을 해서 꼭 해야 할 일입니다. 서로의 꿈을 이룰 수 있도록 도와주는 일입니다. 이게 첫 번째 이야기였습니다.

두 번째 이야기는 절대 하지 말아야 할 일입니다. 어떤 일을 하지 말아야 되는가? 이건 단도직입적으로 말씀드리겠습니다. 바로 비교입니다. 내 며느리를, 내 사위를, 내 남편을, 내 아내를 다른 사람과 비교하지 마십시오. 여러분이 비교를 통해 얻을 수 있는 것에 대해 제가 2행시를 지어보겠습니다.

🅱️ 비참해지거나
🅿️ 교만해지거나

여러분이 비교를 통해 얻을 수 있는 긍정적인 부분은 사실 거의 없습니다. 그런데 우리는 계속 비교합니다. 우리가 만약 비교를 해야 한다면 그 대상은 단 하나입니다. 바로 어제의 나 자신입니다. 어제의 나 자신보다 내가 성장했는지, 어제의 우리 부부보다 부부로서 더 성숙했는지, 그렇게 끊임없이 비교한다면 그건 더 이상 비교가 아닙니다. 그건 반성이고 성찰입니다. 그렇게 꾸준하게 반성과 성찰을 함께 해 나간다면 우리는 첫 번째 해야 할 일과 만나게 되어 있습니다. 바로 꿈에 가까워지는 것입니다.

저는 신랑과 신부가 서로의 꿈을 이룰 수 있도록 최고의 조력자가 되었으면 좋겠습니다. 그리고 비교하지 않았으면 좋겠습니다. 비교하고 싶다면, 어제의 나 자신과만 비교했으면 좋겠습니다. 주례를 마치기 전에 당부의 말씀 하나만 드리고 마치겠습니다. 이 당부는 신랑 신부 모두에게 해당되는 이야기는 아니고 신랑에게만 해당되는 이야기입니다.

신랑의 꿈이 아까 뭐라고 그랬죠? 훌륭한 사회적 기업가가되어서 사회적 문제를 많이 해결하고 싶답니다. 그렇다면 대한민국에서 지금 가장 큰 사회적 문제는 뭐죠? 저출산입니다. 저도 애기 아빠입니다. 제가 살면서 해 본 일 중 제일 힘든 일중 하나가 애기 키우는 거더라고요. 신랑과 신부는 진짜 부모님께 감사드려야 됩니다.

결국 가장 중요한 사회적 문제인 저출산을 해결하려면 아이를 많이 낳는 게 아니라 아이를 잘 키울 수 있는 환경을 만드는 것이 훨씬 중요합니다. 그런데 보통 많은 남편들이 뭐라고 표현하죠? 나도 열심히 육아에 참여하겠다. 열심히 육아를 돕겠다. 이런 말을 하죠? 잘못된 표현입니다. 육아는 아내가 전적으로 하고 남편이 돕는 게 아니라, 똑같이 열심히 참여해야 하는 것입니다. 물론 아내가 전업주부라면 육아 비중이 당연히 아내가 상대적으로 높겠지만 그래도 육아를 100% 아내가 담당하는 것은 절대 잘못된 일입니다.

그래서 제가 마지막으로 당부의 말씀 드리겠습니다. 단순히 제3자의 입장에서 마지못해 육아에 참여하는 아빠가 아니라 주도적으로 육아를 함께 진행하는 아빠가 되기를 진심으로 바라고 부탁드리겠습니다. 이게 신랑이 커다란 사회문제를 해결하는 첫발이 되리라고 믿어 의심치 않습니다.

—여기서 주례를 마치겠습니다. 감사합니다."

이렇게 적고 보니 내 결혼 생활도 다시 되돌아보게 된다. 아내의 꿈을 더 응원하고 또 어제의 나 자신 외에는 아무하고도 비교하지 말아야겠다. 또 틈나면 사랑하는 딸이랑 더 열심히 놀아 줘야겠다. 그리고 혹시 이 주례사를 쓰고 싶다면 출처를 밝히지 않아도 되고, 마음대로 각색하셔서 써도 좋다. 부족한 주례사가 새롭게 하나 되어 시작하는 신랑 신부를 위해 쓰일 수 있다면 너무나 기쁠 것 같다. ●

그러면 어떤 부부가 행복한 부부가 될까요?
우선 개인이 불행한데 행복한 부부란 있을 수 없습니다.
그건 거짓말입니다. 개인이 꼭 행복해야 합니다.
그러면 어떤 사람이 행복합니까?
꿈을 이루는 사람이 행복한 사람입니다.
결과적으로 행복한 부부가 되려면 서로가 서로의 꿈을
이룰 수 있도록 가장 완벽한 조력자가 되어야 합니다.
그게 신랑과 신부가 결혼을 해서 꼭 해야 할 일입니다.
서로의 꿈을 이룰 수 있도록 도와주는 일입니다.

유튜브에서 "인생 선배의 개념 주례사"를 검색하세요!

사회생활을 시작하는
후배를 위한
지극히 개인적인 조언

아끼는 후배가 사회생활을 시작한다고 소식을 전했다. 축하한
다고 말만 전하기에는 꽃다발 없이 졸업식을 찾는 것처럼 멋
쩍었다. 그래서 이래저래 다양한 일을 하면서 시행착오를 통
해 얻은 몇 가지 지극히 개인적인 깨달음을 알려 주었다. 각자
가 처한 맥락이 다르기 때문에 내가 준 조언이 오답이 될 수도
있고, 어떤 부분은 뒹굴고 깨지면서 겪어 내야 겨우 체득할 수
있을 것이다. 그래도 사랑하는 후배가 꽃길만 걷기를 바라면
서 주제넘게 주절주절 조언을 건넸다.

1. 시작이 어렵다. 그리고 마무리는 훨씬 더 어렵다

일단 시작했다면 30퍼센트는 일을 완성한 것이나 다름없다. 시작이 반이라고 하는데, 원래는 좋은 시작이 반이라는 말이다. 멈춰 있던 관성을 깨고 움직이기 시작했다면, 죽이 되든 밥이 되든 계속 무엇이든 진행된다. 지금 무엇을 시작했다면 일단 진심으로 축하한다.

하지만 시작의 마무리에 마침표를 찍는 일은 펜을 잡는 일보다 어렵다. 마무리 하나 잘못하면 모든 일을 망치지만, 마무리 하나만 잘해도 망친 일도 다시 살릴 수 있다. 그만큼 마무리는 중요하고 또 어렵다. 일단 일을 시작하면 성공 여부와는 상관없이 끝까지 가 보는 마음가짐과 습관을 갖는 것이 중요하다. 그리고 이 말을 기억하라. "시작을 했다면 경험이 되지만, 마무리까지 잘했다면 (심지어 실패했더라도) 경력이 된다."

2. 자꾸 하면 실력은 는다

우선 꾸준히, 열심히 해도 안 되는 영역을 정의해야 한다. 그래야 헛고생을 안 한다. 예를 들면 로또는 자꾸 구매해도 더 좋은 번호의 조합을 선택하는 실력은 늘지 않는다. 통제 불가능한 영역에서는 무조건 운 좋은 놈이 장땡이다. 이런 일에서 실력 타령을 하는 경우는 대부분 사후 해석에 불과하다.

여전히 운이 많이 작용하겠지만, 노력이 지배적인 경우가 일상에는 더 많이 존재한다. 글쓰기, 운동, 노래, 요리, 영업 등 모든 분야가 자주 꾸준히 하면 실력을 향상시킬 수 있다. 하지만 중요한 전제 조건이 있다. 제대로 해야 한다. 혼자 정신 승리로 실패의 고통을 견디거나 무작정 열심히 한다면, 노력 대비 발전의 정도는 극히 미미하다.

그렇다면 제대로 하려면 어떻게 해야 할까? 여러 가지 요소가 있겠지만 가장 중요한 것은 '피드백'이다. 실력자에게 코칭이나 멘토링을 받으면 더할 나위 없이 좋을 것이다. 굳이 실력자가 아니더라도 제3자에게 의견을 수렴해도 자신이 놓치는 사각지대에 대한 조언을 들을 수 있기 때문에 도움이 된다. 게다가 스스로 그 과정을 꼼꼼하게 기록하고 복기한다면 메타인지(자기 객관화)가 높아져서 타인의 도움 없이도 반드시 어느 정도는 성취할 수 있다.

3. 처음 계획이 끝까지 가는 경우는 거의 없다

계획이 지켜지지 않는 이유는 삶이 너무나도 유기적으로 연결되어 있기 때문이다. 자신은 모든 것을 완벽하게 해도 동료의 실수로 계획이 와르르 무너질 수도 있다. 또는 최선을 다했어도 경쟁자가 더 뛰어난 결과를 만들어서 원하는 목표를 이루지 못할 수도 있다. 이런 외부적인 요소를 배제하더라도 처음 세운 계획이 한번에 지켜지는 경우는 매우 드물다. 그 이유는 계획 자체가 완벽할 수 없기 때문이다.

계획을 세우면서 수많은 예측을 하지만, 필연적으로 예측의 일부분은 틀리게 마련이고 그렇게 되면 계획 전체가 틀어진다. 그래서 완벽한 계획을 세운다는 마음보다는 언제든지 계획은 수정될 수 있다는 유연한 사고를 가지는 것이 정신 건강에도 좋고 목표에 안착할 확률도 높아진다.

가능하면 여러 가지 시나리오와 그에 걸맞은 전략을 짜 놓는 것이 좋다. 계획이 제대로 작동하지 않으면 좌절할 것이 아니라 불확실성을 하나 제거했다고 생각하고 전략을 상황에 맞게 변경하거나 준비된 다음 계획을 가동하는 것이 성취의 결승점을 통과하는 완벽한 방법이다.

사실 말은 쉽지, 계획을 망치면 당연히 멘탈 붕괴가 일어난다. 그래서 계획보다 몇 배는 더 중요한 것이 바로 '그릿'이다. 완벽해 보이는 계획과 유리 멘탈 vs 조금 어설픈 계획과 그릿의 대결이라면 후자가 이길 수밖에 없다. 하지만 대부분은 전자에 해당된다는 사실을 잊지 말자.

4. 함께하면 느려도 멀리 갈 수 있다

함께하는 것이 무조건 정답은 아니다. 민첩하게 빠르게 움직여야 할 때는 혼자 하는 것이 훨씬 효과적이고 유리하다. 하지만 인생은 생각보다 길다. 빨리 가는 것이 당장 승리하는 것처럼 보이겠지만 지치지 않고 멀리 가는 것이 진정한 승자다. 그렇다고 많은 사람들이 모이면 함께 가는 것일까? '함께'의 진정한 의미를 깨닫지 못하면 서로 발목을 잡느라 혼자 가는 것보다 빨리 가지도, 멀리 가지도 못한다.

함께한다는 것은 시너지를 창출한다는 의미다. 1+1은 2보다 커야 한다는 얘기를 식상할 만큼 자주 듣고도 왜 시너지를 경험하지 못할까? 시너지를 내려면 자신의 장단점을 잘 파악해야 하고 상대방의 장단점도 제대로 이해해야 한다. 하지만 현실은 장점이 없는 경우가 많고, 단점은 너무 많아서 파악도 안 되는 경우가 허다하다. 서로에게 어떤 점이 상호 보완이 되는지 파악했어도 소통이 안 되면 아무 의미가 없다. 각자의 장점이 그렇게 뛰어나지 않아도 소통만 잘되면 생각보다 위대한 일을 해낼 수도 있다.

함께 먼 길을 떠날 엔진을 완벽하게 만들었다면 엔진의 시동을 걸어야 한다. 많은 부품이 잘 맞물려 돌아가려면 꼭 필요한 것이 윤활유다. 함께 모였을 때 관계의 윤활유는 바로 양보다. 서로 다른 사람이 만났기 때문에 충돌이 일어나는 것은 자연스럽다. 양보는 충돌이 고장으로 연결되지 않고 자연스럽게 넘어갈 수 있게 해 준다. 미시적으로 보면 양보하는 순간은 손해를 내가 떠안아야 된다는 느낌이 들지만, 거시적으로 그런 양보가 모여 나오는 시너지는 손해를 채우고도 더 많은 이익을 안겨 준다는 사실을 알아야 한다.

5. 공부하라, 안 하면 후회한다

사회로 나오기 전에 했던 공부는 대부분 정해진 답을 찾는 과정이었다. 하지만 세상의 문제는 답이 없는 경우가 태반이고, 여러 가지인 경우도 많다. 학창 시절 익혔던 공부 방법으로 대부분의 조직에서 주니어까지는 문제없이 버틸 수 있다. 시키는 일만 잘하면 되기 때문이다. 하지만 시니어가 되고 최종 의사 결정권자가 되면 끊임없이 답이 없는 문제에 해결책을 제시해야 한다. 그때 학습 능력이 부족하면 시험 기간과 범위를 모르는 상태에서 기습적으로 시험을 봐야 하는 고통보다 몇 배는 큰 고통을 느끼게 될지도 모른다.

직장이 자의적, 타의적 이유로 마음에 들지 않아서 옮기고 싶거나 창업을 하고 싶을 때 가장 필요한 자질은 새로운 환경에 대한 적응 능력이다. 적응 능력의 뿌리에는 당연히 학습 능력이 있다. "입사는 스펙으로 가능하지만, 퇴사는 오직 실력으로만 가능하다."

맥주 한잔하면서 이런 이야기를 하면 좋았을 텐데 '먹고사니즘'이 뭐라고 얼굴 맞대고 깔깔거리면서 이야기하지 못하는 상황이 씁쓸하다. 사실 이 조언은 후배를 위한 것이라기보다는 내가 사회생활을 시작했을 때 누군가가 해 줬으면 좋았을 얘기를 푸념처럼 늘어놓은 것이다.

어느 조직에 들어가든 선배는 가능성에 대한 이야기보다는 불합리에 대한 이야기를 더 많이 할 것이다. 그리고 그 분위기에 자연스럽게 동화될 것이다. 현실을 무시할 수는 없지만 그렇다고 팍팍한 현실에 너무 매몰되지 않았으면 좋겠다. 막연할 수도 있겠지만, 늘 가슴 한편에 가능성이라는 불씨를 살려두기를 바란다. 건투를 빈다.

●

사회생활을 시작하는 후배를 위한 지극히 개인적인 조언

1. 시작이 어렵다. 그리고 마무리는 훨씬 더 어렵다.

2. 자꾸 하면 실력은 는다.

3. 처음 계획이 끝까지 가는 경우는 거의 없다.

4. 함께하면 느려도 멀리 갈 수 있다.

5. 공부하라, 안 하면 후회한다.

유튜브에서 "사회생활을 시작하는 후배를 위한 지극히 개인적인 조언"을 검색하세요!

좋아하는 일을 어떻게 찾을 수 있을까?

나는 직업을 구하는 청년들에게 "열정을 따르지 마라."라고 조언하는 편이다. 대부분 젊은 사람들이 열정을 품는 분야가 비슷하고(그래서 직업을 못 구할 확률이 매우 높다.), 우리가 생각하는 것보다 열정은 쉽게 바뀌기 때문이다. (아마추어 때 품었던 순수한 열정이 프로가 되면 사라질 가능성이 크다.) 열정을 쫓기보다 직무 만족도가 높아 보이는 직업을 찾아야 즐겁게 일을 할 가능성이 크다.

그렇지만 여전히 좋아하는 일을 찾아 열정을 불태우고 싶다면 어떻게 해야 할까? 내 경험을 중심으로 몇 가지 이야기를 해 보겠다. 나는 지금 하는 일이 너무 좋기 때문이다.

1. 좋아하는 일에 대한 명확한 기준을 세우자

좋아하는 일을 찾을 때 가장 먼저 할 일은 '과연 좋아하는 일에 대한 명확한 기준이 무엇인가?'에 대한 답을 구하는 것이다. 단순히 모호한 감정의 흐름에 맡겨서는 안 된다. 시간이 지나고 다른 대안이 등장했을 때, 그 일에 대한 감정이 실은 순간적인 '흥분'일 수 있기 때문이다.

다음의 2가지 기준을 세우면 도움이 된다.

첫째, 일을 하는 자체가 진심으로 즐거워야 한다. 그 일을 할 때 완전히 몰입할 수 있을 만큼 즐거움을 주는 일인지 명확하게 따져 봐야 한다. 몰입은 자아가 사라질 정도의 깊은 감정을 말한다. 그런 일을 하고 있다면 자신이 정말 좋아하는 일이다.

둘째, 최악의 상황에 봉착하더라도 그 일을 포기할 수 없을 정도여야 한다. 한 배우 지망생이 황정민에게 조언을 구했을 때 황정민은 정말 배우 일이 좋은지 확인할 필요가 있다고 역설했다. 그는 한 달에 30만 원도 받지 못하는 상태에서 연기를 했다. 하지만 한 번도 연기가 싫어지거나 포기해야 한다는 생각을 하지 못했다고 한다.

이 정도는 되어야 한다. 그래야 녹록지 않은 현실에서도 자신이 좋아하는 일을 계속할 만큼 버틸 수 있는 힘이 생긴다.

이 2가지 기준에 부합되지 않는다면 그 일은 진심으로 좋아하는 일이 아닐 수 있고, 나중에 여러 가지 이유로 열정이 식어 버릴 수 있다.

2. 무조건 직접 경험해서 검증하자

영화 〈매트릭스〉에는 이런 명대사가 나온다.

"길을 아는 것과 그 길을 걷는 것은 다르다."

이만큼 일에 대한 속성을 제대로 표현한 말이 있을까? 길에 대해 많이 알면 길을 잘 걸을 확률이 높아진다. 하지만 머리로 아는 것과 실제 행하는 것은 다른 경우가 많다. 특히 일은 더욱 그렇다.

멋져 보이고, 자신이 존경하는 롤 모델이 하는 일이고, 간접 경험을 통해 이 일은 무조건 좋아할 수밖에 없다고 판단되더라도 무조건 직접 경험해 봐야 한다. 그리고 단순히 맛보기 경험으로 판단해서는 안 된다. 최대한 기회를 얻어 프로 수준에 근접할 만큼 직접적으로 경험해 봐야 한다. 그래야 비로소 이 일이 좋아하는 일인지 아닌지 판단할 수 있다.

3. '다양한 경험'은 필수다

자신이 좋아하는 일이 '진짜'인지는 경험을 통해야만 알 수 있기 때문에 부지런히 기회가 될 때마다 다양하게 경험해 봐야 한다. 다른 꼼수는 없다.

부지런히 움직이고 도전하지 않으려면, 좋아하는 일을 찾는 것을 포기하는 편이 낫다. 내가 가만히 있는데 좋아하는 일이 운명처럼 다가올 일은 로또에 맞을 확률에 가깝기 때문이다.

게다가 다양한 경험은 좋아하는 일을 찾아 줄 뿐만 아니라 '창의성'의 토대가 된다. 창의성은 다양한 경험을 토대로 연결하는 능력을 일컫기 때문이다.

그러므로 다양한 경험을 통해 좋아하는 일과 창의성이라는 두 마리 토끼를 잡도록 하자. 가만히 있는 자에게 토끼는 오지 않는다.

4. 실력을 키워라

마음이라는 것은 고정되어 있지 않다. 열정은 발전시키고 키워 나갈 수 있는 것이다. 그러려면 실력을 키우기 위해 공부와 학습을 게을리 하지 않아야 한다. 어떤 일을 좋아한다는 것은 그 일을 하는 자체도 좋아하지만, 그 일을 통해 얻는 '결과'로 인한 희열이 있기 때문이다. 그렇다면 학습이란 무엇인가? 나는 피터 센게(Peter Senge) 교수의 정의를 가장 좋아한다.

"학습은 많은 정보를 획득하는 것이 아니라, 삶에서 진정으로 원하는 결과를 만들어 내는 능력을 키운다는 의미다."

학습은 자신이 원하는 결과를 만들어 내는 최고의 무기다. 나는 처음에는 작가라는 직업을 좋아하지 않았다. 하지만 일을 하고 5년 정도 지난 후부터 즐거워지기 시작했는데, 그 이유 중 하나가 집필 능력이 과거에 비해 상당히 좋아졌기 때문이다. 힘든 과제들이 쉬워지고, 흥분시키는 과제에 더 집중하게 된 것이다. 그러니 좋아하는 일을 발전시키려면 실력을 키우도록 하자.

5. 그래도 좋아하는 마음이 바뀔 수 있음을 항상 염두에 둬야 한다

메타 인지를 높일 필요가 있다. 평생 동안 열정을 불태울 수 있는 특정한 일이 나를 기다리고 있다고 생각할 수 있지만, 한 번에 인생을 걸 만한 일을 찾는 것은 그리 쉽지 않다. 그 이유는 첫째로 앞에서 말했듯 마음은 생각보다 자주 바뀔 수 있다. 둘째, 자신이 하는 일이 평생 동안 남아 있으리라는 보장이 없다. 4차 산업혁명과 인공지능이 몰고 올 미래에는 지금 있는 많은 직업이 사라질 것이다.

좋아하는 일을 찾았다고 치자. 그 일을 처음 시작할 때는 평생 모든 것을 바칠 수 있을 것 같았다. 결코 의심하지 않았다. 그런데 철석같이 믿고 있다가 마음이 바뀌면 어떻게 되겠는가? 몇 번은 강하게 부정하겠지만 결국 열정이 식어 버리면? 더 나아가 그 일 자체가 사라지면 어떻게 하겠는가? 그 충격은 엄청날 것이다. 하늘에서 내려 줬다고 생각한 일이 마음속에서 사라지거나 세상에서 사라졌기 때문이다.

누군가를 사랑할 때도 그렇다.

"사랑은 영원한 거야."

"사랑은 움직이는 거야."

둘 다 틀리지 않다. 이 마음을 모두 품을 수 있어야 한다. 그래야 사랑에 집중할 수 있고, 헤어져야 할 때 잘 헤어질 수도 있으며, 새로운 사랑을 '영원한 사랑'으로 맞이할 수 있기 때문이다.

결국 일도 마찬가지다.

●

좋아하는 일을 어떻게 찾을 수 있을까?

1. 좋아하는 일에 대한 명확한 기준을 세우자.

  – 일을 하는 자체가 진심으로 즐거워야 한다.

  – 최악의 상황에 봉착하더라도 그 일을 포기할 수 없을

    정도여야 한다.

2. 무조건 직접 경험해서 검증하자.

3. '다양한 경험'은 필수다.

4. 실력을 키워라.

5. 그래도 좋아하는 마음이 바뀔 수 있음을 항상 염두에 둬야 한다.

유튜브에서 "좋아하는 일을 어떻게 찾을 수 있을까?"를 검색하세요!

내가 20대에
정말 잘한
3가지

20대를 돌아보면 누구나 아쉬움이 더 많을 것이다. 불가능은 없어 보이던 때였지만, 막상 20대를 지나고 나면 원한 만큼 성취한 경우가 드물다. 그렇게 후회와 아쉬움이 가득한 20대였지만, 돌아보니 확실히 잘한 점도 있었다. 그리고 그때 잘한 것이 30대의 내게는 큰 원동력이 되고 있다. 과연 어떤 점을 후회 없이 잘했을까?

1. 타인의 시선을 신경 쓰지 않은 점

타인을 배려하지 않는 것과 타인의 시선으로부터 자유롭다는 것은 전혀 다른 이야기다. 누구보다 사람들과 어울리는 것을 좋아했고 인간관계를 중요하게 여겼지만, 다른 사람들이 나를 어떻게 평가하는지는 크게 신경 쓰지 않았다. 그래서 다양한 일을 해 봤다. 그중에서도 제일 우스운 일이 여자 친구를 사귀고 싶어서 전단지를 붙였던 것이다.

대학생 때는 학교에 이과밖에 없다 보니 상대적으로 (동시에 비극적으로) 이성 친구를 만날 기회가 없었다. 게다가 학교 다니는 내내 축구 동아리 활동을 해서 교류의 기회는 더 적었다. 그래서 생각한 것이 아르바이트만 전단지로 구할 것이 아니라 여자 친구도 찾아보자는 생각에 구친(親) 광고를 만들었다. 때마침 룸메이트 여자 친구가 여대에 재학 중이어서 부탁을 했고, 친구의 여자 친구는 학교 도서관과 눈에 띄는 장소에 이 엄청난 전단지를 진짜로 붙여 줬다.

다음 날, 평소에는 10명 이상 방문하는 법이 없던 싸이월드 미니 홈페이지에 100명에 육박하는 사람들이 방문했다. 그리고 3명에게서 쪽지와 이메일을 받았다. 그저 간(?)을 보려 연락한 사람도 있었지만, 나보다 3살 정도가 많은 여성이 적극적인 사람이 이상형이라면서 꼭 만나고 싶다고 했다. 하지만 안타깝게도 내가 만나고 싶지 않았다…….

결국 아무 일도 일어나지 않았지만, 당시에는 설렘을, 지금은 즐겁고 유쾌한 추억을 주었다. 전단지를 만들 때 친구들이 창피하지 않냐며 핀잔을 줬지만, 그렇지 않았다. 연애사뿐만 아니라 대학원을 가거나 직업을 구할 때, 다양한 프로젝트를 추진할 때도 온전히 나 자신에게만 집중해서 진행한 일이 많았다. 그래서인지 대단한 인생은 아닐지언정 누구보다 밀도 있는 인생을 살았다고 말할 수 있다.

2. 조언을 열심히 구한 점

지금도 많이 부족한 사람이지만, 20대에는 그 정도가 훨씬 심했다. 그래서 열등감에 시달리기도 했다. 불행 중 다행인 것이 적극적인 성격 덕에 주저하지 않고 많은 사람에게 조언을 구했다는 점이다. 입대하기 전에는 어떻게 하면 부자가 될 수 있는지, 구체적으로 무엇을 해야 하는지, 학과 교수님 모두에게 메일을 보내기도 했다. 물론 답변은 거의 받지 못했다. 한 분은 한마디로 변리사가 되라고 했고, 다른 한 분은 영어를 잘하면 모든 일에 도움이 되니 영어 공부를 열심히 하라고 조언해 주셨다. (거의 대답을 안 해 준 이유는 무관심이라기보다는 대부분 부자가 되는 법을 몰랐던 것 같다.)

정말 쉬지 않고 조언을 구했다. 허리가 안 좋아서 허리 디스크 시술을 같은 의사 선생님에게 2번 받았다. 그런데 처음 받았을 때는 병원 규모가 크지 않았는데 두 번째 시술을 받을 때는 병원이 크게 확장됐다. 그래서 시술이 끝나고 "선생님, 어떻게 하면 이렇게 성공할 수 있나요?"라고 질문했다. 그러자 선생님은 약간 어리둥절한 표정으로 나를 잠깐 쳐다본 후 손사래를 치며 다 빚이라고 대답했다. 나는 대답하기 곤란하면 인생에서 가장 감명 깊게 읽은 책 한 권을 추천해 달라고 부탁하며 간접적으로나마 조언을 구했다. 그 뒤로 어떤 분야에서 앞서가거나 경제적으로 성공한 사람을 알게 되면 항상 책을 추천 받았다.

그렇게 조언을 구하면서 의도치 않게 얻은 것이 자신감이었다. 많은 사람에게 조언을 구했지만 모두에게 답을 들은 것은 아니어서, 초반에는 10퍼센트도 답변을 못 받았다. 거절당해서 의기소침해지기도 했지만 점점 익숙해졌다. 거절당하면 쿨하게 인정하고 다른 사람에게 꾸준히 조언을 구했다. 그런 과정을 통해 올바르게 조언을 구하는 노하우도 터득하고 더 많은 사람들과 대화를 할 수 있었다. 성공한 사람들과 대화를 거듭하면서 웬만큼 성공한 사람에게는 주눅 들지 않는 자신감이 쌓였다.

조언을 많이 구하면서 얻은 노하우를 공유하면, 절대 무작정 질문하면 안 된다는 것이다. 어느 정도 질문할 주제를 공부하고 무엇을 물어볼지 차분하게 정리해야 한다. 상대방이 어떤 사람인지 집필한 책이 있으면 읽어 봐야 하고, 관련 자료가 있으면 꼼꼼히 파악하고 질문해야 더 많은 것을 얻을 수 있다. 그렇게 조언을 구하면서 다른 사람의 지혜를 얻을 수 있었고, 조언을 구하기 전에 스스로 고민하면서 내적으로도 성장할 수 있었다.

3. 일을 시작하면 임계점을 넘긴 일

시작이 어렵다고 하지만, 나는 끝을 내는 일이 훨씬 어려운 것 같다. 20대에는 성취한 일보다 포기한 일이 압도적으로 많다. 어렵고 하기 싫은 일투성이였지만, 그래도 미래에 도움이 될 것 같은 일은 꾸역꾸역 끝까지 해냈다. 악착같이 끝까지 해냈다고 능력이 비약적으로 발전하지는 않았지만, 그렇게 끝을 봤던 것은 스티브 잡스의 말처럼 하나의 점이 되어 미래에 다른 일과 연결되어 큰 도움이 되는 경우가 많았다.

그중에 가장 기억에 남는 일이 영어를 매일같이 낭독하는 것이었다. 당시 《인간관계론》과 《어린 왕자》는 책이 닳도록 읽었다. 잘못된 발음으로 매일같이 낭독해 봤자 제대로 영어를 공부하는 것이 아니다. 원어민의 낭독을 듣고 따라 하면서 피드백까지 받는 것이 좋지만, 당시에는 제대로 된 학습법을 몰랐다. 그래도 6개월 이상 하루도 빼지 않고 매일같이 낭독을 했다.

6개월을 매일같이 낭독했다고 해서 영어 실력이 갑자기 확 향상된 것은 아니지만, 유창함의 정도는 누가 봐도 눈에 띄게 좋아졌다. 덤으로 데일 카네기의 《인간관계론》을 수십 번 읽은 덕에 인간관계에 대한 팁을 자연스럽게 체득할 수 있었다. 이 예상치 못한 덤이 나중에 인생의 큰 원동력이 될 줄은 상상도 못했다.

곧 40대가 되면 30대에 잘했다고 말할 수 있는 일은 무엇이 될까? 지금 뿌려 놓은 씨앗을 40대에 수확하면서 힘겨운 세상을 살아갈 수 있을 텐데, 나는 지금 잘하고 있는 것일까? 그래도 30대에 여기저기 부딪히면서 얻은 작은 깨달음을 많은 사람들과 나누기 위해 글을 쓰고 있는 것은 참 잘한 일이라고 말할 수 있을 것 같다. ●

내가 20대에 정말 잘한 3가지

1. 타인의 시선을 신경 쓰지 않은 점
타인을 배려하지 않는 것과 타인의 시선으로부터 자유롭다는
것은 전혀 다른 이야기다. 누구보다 사람들과 어울리는 것을
좋아했고 인간관계를 중요하게 여겼지만, 다른 사람들이 나를
어떻게 평가하는지는 크게 신경 쓰지 않았다.

2. 조언을 열심히 구한 점
정말 쉬지 않고 조언을 구했다. 조언을 구하면서 다른 사람의
지혜를 얻을 수 있었고, 조언을 구하기 전에 스스로 고민하면서
내적으로도 성장할 수 있었다.

3. 일을 시작하면 임계점을 넘긴 일
어렵고 하기 싫은 일투성이였지만, 그래도 미래에 도움이 될 것
같은 일은 꾸역꾸역 끝까지 해냈다. 악착같이 끝까지 해냈다고
능력이 비약적으로 발전하지는 않았지만, 그렇게 끝을 봤던
것은 스티브 잡스의 말처럼 하나의 점이 되어 미래에 다른 일과
연결되어 큰 도움이 되는 경우가 많았다.

유튜브에서 "내가 20대에 정말 잘한 3가지"를 검색하세요!

잘하는 게
없어요

적을 알고 나를 알면 백번 싸워도 백번 이긴다는 손자의 가르침. (원래는 백전백승은 아니고 백전불태(不殆)라고 한다.) 너 자신을 알라는 소크라테스의 조언. (이것도 소크라테스가 한 말은 아니고 델포이 아테나 신전 기둥에 적혀 있던 말이라고 한다.) 위대한 현인들은 하나같이 우리 자신을 제대로 이해하라고 설파하고 있다. 도대체 무엇을 이해해야 스스로에 대한 파악이 가능할까? 매우 심오하고 철학적인 질문이지만 의외로 답은 간단할 수 있다.

여전히 부족한 부분이 많겠지만 그래도 자신의 장단점을 온전하게 이해하고 있다면 어느 정도 본질을 제대로 깨닫고 있다고 봐도 무방할 것 같다. 흔히 자기소개서 작성 때나 한 번 정도도 말해 보는 장단점. 단점을 사실 잘 알고 있다는 것은 참 애매한 일이다. 많은 단점은 사각지대에 놓여 있다. 그래서 누군가 알려 주지 않는 이상은 스스로 파악하기가 상당히 힘든 경우가 많다. (본인의 단점도 모르면서 타인의 단점만 들쑤시려고 하는 '꼰대니즘'이 득세하는 상황에서는 파악이 더욱 어렵다.)

장점에 대해서는 사실 누구보다 자신이 잘 알아야 한다. 누군가 장점에 관해 물어보면 많은 사람들은 겸손의 미덕을 가장하여 "제가 뭐 잘하는 게 있나요?" 하며 '굽신굽신' 모드로 가는데 사실 제대로 들어가 보면 진짜 잘 못하는 경우가 정말 많다.

사실 자신의 장점이 무엇이냐 물어보면 난감할 수밖에 없다. 일단 우리는 타인의 시선을 너무 신경 쓰기 바빠서(특히 대한민국에서는……) 오롯이 자신을 들여다보는 경우가 별로 없다. '먹고사니즘'에 허덕이다 보니 본인을 성찰하는 기회는 상대적으로 적기 때문에 자신의 장점을 잘 아는 경우가 드물다. (막상 그 피곤한 경제적 압박에서 벗어나려면 자신의 장점을 잘 알아야 하지만 계속 악순환의 굴레에 갇혀 있다.) 또 오지선다로 대학에 꾸역꾸역 들어가서 공채에서만 살아남으면 기업의 연공서열 모멘텀에 편승하는 구조가 주류 문화이다 보니 사실 제대로 공부하지 않아도 살아남을 수 있어서 실제로 장점이 없는 경우도 허다하다.

과연 진짜 장점이 없을까? 개인의 장점이란 절대적인 가치가 아니라 상대적으로 가장 잘하는 것을 가리키는 것이기 때문에 없을 수 없다. 그러므로 가장 잘 알고 자신 있게 할 수 있는 영역을 알아야 한다. 그래야 날카롭게 다듬어 세상이라는 정글을 헤쳐 나갈 것이 아닌가?

그래도 개인이 스스로 기준을 세워서 자기 자신을 평가하는 것은 상당히 내공이 높은 사람들이나 가능한 일이다. 그래서 상대적 기준에 의해 비교해서 자신의 위치를 파악하고 성장 속도를 측정해야 한다. 그렇기에 다양한 사람들과 만나서 대화하고, 많은 책을 읽어 봐야 하는 것이다. 책을 읽는 것은 지식 습득만큼 주제 파악에도 큰 도움을 주기 때문이다.

요즘은 소셜 미디어의 발달로 다양한 사람들의 글을 볼 수 있고 의견을 들을 수 있다. 준비를 꼼꼼히 해서 예의 바르게 질문한다면 고수들의 피드백까지 받을 수 있다. 기술은 점점 발달해서 다양한 기회가 주어졌는데도, 그 기술을 사용하는 의식은 그만큼 발달하지 않은 것 같아 안타깝다. 능동적으로

활용하면 시공간의 제약을 극복하는 다양한 네트워크에 누구
나 쉽게 접속할 수 있는데도 말이다. 하지만 안타깝게도 많은
사람들이 수동적, 소모적으로 정보를 받아들이면서 스스로 온
라인이라는 매트릭스에 고립되어 있는지도 모르겠다. 그 와중
에 자신의 장점을 아는 고수들은 소셜 미디어를 통해 서로 더
많이 배우고 있다. 지식의 부익부빈익빈 현상이 가속화되고
있는 것이다.

　우리는 단점까지는 몰라도 자신의 장점에 대해 꼭 말할 수
있어야 한다. (단점까지 제대로 파악하려니까 벌써 피곤하다…… 그러
니 즐겁게 장점만이라도 제대로!) 특히 20대는 자신의 장점에 대해
서 더욱 깊게 고민해 봤으면 좋겠다. 굳이 20대라는 표현을 쓰
는 이유는 그 기간에 학생과 사회 초년생이 많기 때문이다. 가
능성이 많은 시기이지만 대부분은 그것을 인지하지 못하고 고
스란히 다 고사시키기 때문이다. (내가 그랬다……) 장점을 모르
니 방향성이 없다. 장점을 온전하게 확장 및 발전시켜 본 경험
이 적으니 나중에 전문성을 요구하는 영역에 들어가면 실력향
상을 만들어 내기가 쉽지 않다.

　그러면 여기서 나는 도대체 장점을 모르겠는데 어떻게 해야
되는지 절규 섞인 질문이 나오게 된다. 그럴 때는 정말 다양한

시도를 해 봐야 한다. 다양한 시도를 하면 무조건 경험은 남는다. 그 경험이 장점을 만들기 위한 씨앗을 심는 것이다. 당장은 어떤 영역에서 자신이 무엇을 잘한다고 느끼지 못할지도 모르겠지만, 시도를 통해 얻은 경험과 학습 능력이 어느 순간 공진이 되면서 장점을 찾을 가능성이 매우 높아진다.

이런 고민 없이 나이만 먹어 30~40대가 되었다면 메타 인지 상태는 안타깝게도 20대에 머물러 있는 상태다. 하지만 늦은 때란 없다. 부족함을 빨리 인정하고 아쉬운 만큼 더 노력하는 것은 매우 대단한 장점이다. 마흔을 불혹이라고 하는데, 이는 혹하지 않는다는 뜻이다. 그러려면 기준이 있어야 하는데, 그것이 자신의 장점이지 않을까. 내가 만약 마흔이 되어도 자신의 장점을 말하지 못한다면 정말 안타까울 것 같다. 그래서 지금도 부단히 고민하고 또 인지된 장점은 거의 '짱'점 수준으로 승화시킬 수 있도록 노력해야겠다.

●

과연 진짜 장점이 없을까?
개인의 장점이란 절대적인 가치가 아니라 상대적으로
가장 잘하는 것을 가리키는 것이기 때문에 없을 수 없다.
그러므로 가장 잘 알고 자신 있게 할 수 있는 영역을 알아야 한다.
그래야 날카롭게 다듬어 세상이라는 정글을
헤쳐 나갈 것이 아닌가?

유튜브에서 "잘하는 게 없어요"를 검색하세요!

37살에
자기 계발을
하는 이유

나는 생각보다 늦게 자기 계발을 시작했다. (안 하는 사람도 많으니 늦게라도 시작한 것이 참 다행이다.) 31살 때부터 제대로 시작해서 40살에서 2년 부족한 지금까지 꾸준히 했고, 앞으로 더 열심히 할 것이다. 궁극적으로 자기 계발을 열심히 하는 이유는 경제적 성공을 위해서라기보다는 인생의 자유도를 높이기 위해서다. 각자 걸어온 길은 다르겠지만 후회를 발판 삼아 인생의 새로운 도약이라는 공통된 관심사를 지닌 사람에게 도움이되기를 바라는 마음에서 비루한 인생사를 끄적여 본다.

나는 졸업 후 대학원에서 공부를 계속했기 때문에 딱히 자기 계발의 필요성을 못 느꼈다. 그러다가 회사에 취업하면서 그 필요성을 실감하고 노력하기 시작했다. 보통 자기 계발의 양대 산맥은 독서와 운동일 테고, '삼대장'으로 확장하면 영어가 더해질 것 같다. 나도 절대 무너지지 않을 것 같은 끝판왕과 끊임없이 사투를 벌였고, 그 과정에서 지식 습득 및 체력 증진을 넘어 인생을 위한 내공을 쌓을 수 있었다. 사실 사람마다 처한 상황이 다르기 때문에 어떤 식으로 실천했는지 구체적 각론만 공유하는 것은 본질적으로 도움이 되지 않는다. 핵심은 왜, 그리고 어떤 목적에서 했는지가 중요하다.

거두절미하고 핵심부터 바로 '훅' 들어간다. 나는 회사를 평생 다닐 마음이 없었다. 그렇다고 회사가 싫은 것도 아니었다. 회사에서 원하는 만큼 자유를 누렸다면 당연히 리스크가 낮은 회사 생활을 계속했을 것이다. 자유를 얻고 싶은 이유는 여러 가지였다. 30대 초반에는 딸이 자라는 모습을 옆에서 지켜보고 싶었다. 왕복 3시간이 걸리는 직장에 다니다 보니 딸과 함께할 수 있는 시간은 턱없이 부족했다. 그래서 회사를 다니며 이것저것 시도해 보면서 퇴사의 기회를 찾기 시작했다.

그런데 용기와 열정이 퇴사의 원동력이 되면 안 된다. 무모한 퇴사의 결말은 예측하기 어렵지 않다. 이직한 사람의 반

이상은 예전 직장이 좋았다고 답하고, 자영업자의 대부분은 10년 안에 폐업한다. 방송과 소셜 미디어에서 접할 수 있는 꿈을 찾아 떠난 스토리는 극히 운 좋은 경우에 불과하다. 최대한 감정을 배제하고 최악의 상황에 대비하는 전략이 촘촘하게 준비되어야 한다. 그러기 위해서는 틈나는 대로 자신을 파악하고 세상을 이해하기 위한 공부를 끊임없이 해야 한다. 언제나 강조하지만, 공부는 리스크가 가장 적고 보상은 무한한 가장 완벽한 투자다. 그렇게 꾸준한 자기 계발을 통해 얻은 첫 번째 선물이 바로 '퇴사'였다.

리스크 관리를 통해 전업 작가로 전환하면서 첫 책을 출간했다. 다행히 분야별 베스트셀러가 되었지만, 생계를 유지하기에는 턱도 없는 돈을 인세로 받았다. 사실 작가라고 하면 책만 잘 쓰면 될 줄 알았는데, 착각이었다. 마케팅을 잘 알아야 했다. 마케팅은 마케터만 하는 것이 아니다. 마케팅을 광고와 혼동하는 사람이 있는데, 마케팅은 말 그대로 시장 형성 혹은 문화 조성이다.

마케팅에 대한 이해가 높아지면 어떤 프로젝트를 진행하든 진입 장벽이 매우 낮아진다. 뼛속까지 공돌이였던 나는 마케팅 능력 향상을 위해 쉬지 않고 공부했다. (지금도 여전히 열심히 하고 있다.) 사실 마케팅 능력이야말로 내가 자기 계발을 통해 얻은 최고의 능력이다. 당시에는 책을 팔아서 생계를 꾸리기 위해 사력을 다해 마케팅을 했지만, 지금은 분야를 가리지 않고 좋은 제품과 콘텐츠가 있으면 사람들에게 소개하고 싶어서 온몸이 근질거린다.

사실 전업 작가가 되었지만 작가라는 소리를 듣는 것이 언제나 불편했다. 글쓰기를 싫어했기 때문이다. 하지만 이제는 누구보다 글쓰기를 좋아하고, 부단한 훈련 끝에 누구보다도 빨리 쓴다. 내가 글을 수월하게 쓰게 된 이유는 작가로서 살아남기 위해서가 아니라 비즈니스맨으로 살아남기 위해서였다.

회사에 다닐 때 가장 짜증났던 일이 보고서를 작성하는 것이었다. 차장, 부장 정도 되면 모두가 글쓰기에 능해야 했지만, 생각보다 글쓰기를 잘하는 사람이 없었다. 글쓰기를 잘하려면 일단 많이 읽고 자신의 생각을 많이 써 봐야 하는데 우리나라 직장인들 중에 책을 많이 읽고 글쓰기를 해 보는 사람이 얼마나 될까? 지금 자기 계발을 열심히 하고 있다면 꼭 글쓰기 실력을 키우기를 권한다. 소셜 미디어 덕분에 세상과의 연결의 문턱이 어느 때보다 낮아진 시대이므로, 글쓰기는 퇴사 및 창업을 위한, 혹은 뜻을 펼치기 위한 최고의 무기가 되어 줄 것이다.

꾸준한 자기 계발을 통해 내가 얻은 두 번째 선물은 속독이다. 속독에 대한 오해 중에 하나는 속독 기술을 익히면 책을 빨리 읽을 수 있다고 믿는 것이다. 사실 그런 기술은 없다. 게다가 기술을 익혀 속독한다는 사람 중에 내공이 높은 사람은 본 적이 없다. 내가 아는 사람들은 대개 엄청난 독서량을 기반으로 배경지식이 많아져서 맥락을 빨리 이해하기 때문에 빨리 읽었다. 맥락의 파악이 빨라지면 몰입도가 높아지면서 빨리, 그리고 오래 읽게 되고 더 많이 읽게 된다. 이런 과정이 반복되면서 선순환이 일어나면 읽는 속도는 자연스레 빨라진다.

사회과학 및 공학 기술 관련 책을 자주 읽다 보니 배경지식이 서서히 늘어나면서 어떤 시점부터 읽는 속도가 확 빨라지기 시작했다. 속독을 한다고 해서 책을 1시간에 한 권 보는 것이 아니다. 예전에는 책 한 권은 일주일 정도 걸려야 읽을 수 있었는데, 책 난이도에 따라 다르지만 온종일 집중해서 읽으면 하루 만에 제법 어려운 책도 잘 읽어 낸다. 내게는 상당한 발전이다.

책 읽는 속도가 붙으면 새로운 정보를 얻는 데 거부감이 현저하게 줄어든다. 나는 바쁜 일이 끝나면 특정 주제에 관한 책을 깊게 파 보려고 3~5권 정도 구매해 몰아서 읽는다. 그 책을 다 읽는다고 해서 그 분야의 능력자가 되는 것은 아니지만, 능력자들과 즐겁게 대화를 나누면서 새로운 지식을 얻는 데는 충분하다.

자기 계발을 꾸준하게 하기 전에는 새로운 일을 한다는 것이 고통스러웠다. 하지만 성장의 정도가 임계점을 넘어서면서 작가가 아니라 출판, 교육, 엔터테인먼트, IT 솔루션같이 다양한 분야의 일을 동시에 진행하는 '사업꾼'이 되었다. 사업가는 왠지 분수에 넘치고, 사업을 '습관적으로 하는 사람' 또는 '즐겨 하는 사람'이 된 것이다.

마지막으로 자기 계발을 통해 얻은 것은 '나눔의 기쁨'이다. 자기 계발을 통해 내공이 늘고 깨달음의 실천을 통해 경험이 쌓이다 보니 나눌 수 있는 이야기가 많아졌다. 그래서 온라인에서 상담해 준 친구만 수천 명이고, 서점 투어에서 직접 만나 이야기를 나눈 친구만 1,000명이 넘는다. 모든 친구가 한번에 환골탈태하는 것은 아니지만 많은 친구들과 멘토와 멘티 관계를 맺으면서 지속적으로 성장했다. (참고로 현재 운영하는 회사 직원 중 반 이상이 내 멘티다. 제일 뿌듯한 부분이다.)

앞으로도 무료 멘토링 및 상담을 더욱 늘릴 것이고, 그 친구들이 가능성을 온전히 꽃 피울 수 있도록 최선을 다해 도울 것이다. 모두를 만족시킬 수는 없겠지만, 더 다양한 프로젝트 및 캠페인을 기획해서 공동체의 관점에서 행복의 총합을 꾸준히 증가시키는 데 보탬이 되려 한다. 표면적으로는 모두를 위한 일처럼 보이지만, 근본적으로 나 자신을 위한 일이다. 여전히 부족하지만, 능력이 되는 한 나누는 것은 무엇보다 큰 기쁨이기 때문이다.

그래서 나무랄 데 없는 괜찮은 인생처럼 보이겠지만, 사실은 아니다. 일에 미쳐 살다가 건강을 많이 잃었기 때문이다. 그래서 다시 운동을 통해 하드웨어를 강화하려 한다. 한때 공개적으로 감량을 선언하고 10킬로그램 이상 건강하게 빼면서 여러모로 얻은 게 많았는데, 이번에는 건강 회복에 초점을 맞춰서 꾸역꾸역 앞으로 나아가려 한다. 또 그 경험을 공유하여 많은 사람들에게 긍정적인 자극을 주고 싶다. 이렇게 나는 꾸준한 자기 계발로 많은 것을 얻었고, 또 얻을 계획이다. 사실 자기 계발이라기보다는 인생 계발이 더 적절한 표현이 아닐까.

●

용기와 열정이 퇴사의 원동력이 되면 안 된다.
무모한 퇴사의 결말은 예측하기 어렵지 않다.
이직한 사람의 반 이상은 예전 직장이 좋았다고 답하고,
자영업자의 대부분은 10년 안에 폐업한다. 방송과 소셜 미디어에서
접할 수 있는 꿈을 찾아 떠난 스토리는 극히 운 좋은 경우에
불과하다. 최대한 감정을 배제하고 최악의 상황에 대비하는 전략이
촘촘하게 준비되어야 한다. 그러기 위해서는 틈나는 대로 자신을
파악하고 세상을 이해하기 위한 공부를 끊임없이 해야 한다.
언제나 강조하지만, 공부는 리스크가 가장 적고 보상은 무한한
가장 완벽한 투자다. 그렇게 꾸준한 자기 계발을 통해 얻은
첫 번째 선물이 바로 '퇴사'였다.

유튜브에서 "37살에 자기 계발을 하는 이유"를 검색하세요!

소통의
달인이 되는
3가지 비결

'살아 있음'을 뜻하는 라틴어 'Inter hominem esse'를 글자 그대로 해석하면 '사람들 사이에 있음'을 뜻한다. 반대로 '죽다'라는 표현은 'Inter hominem esse desinere'인데 이를 그대로 해석하면 '더 이상 사람들 사이에 있지 않다'라는 의미다.

아리스토텔레스가 인간을 사회적 동물이라고 명명한 것처럼 존재의 핵심에는 '관계'가 있다. 하지만 사람 사이에 있다 해도 진정한 '소통'이 없다면 살아 있다고 할 수 있을까? 너와 내가 같은 시간, 같은 공간에 있더라도 마음으로, 언어로 소통하고 있지 않다면 너와 나는 관계를 맺고 있지 않다고 할 수 있다. 그런 의미에서 어디에서나 소통을 잘하는 사람은 관계에 생명력을 불어넣는 놀라운 능력의 소유자다. 소통은 우리의 존재를 더욱 빛나게 한다.

그렇다면 어떻게 소통의 달인이 될 수 있을까? 3가지 비결을 살펴보자.

1. 신뢰 받는 사람이 되어야 한다

물론 신뢰를 얻는 것은 쉬운 일이 아니며, 많은 시간이 필요하다. 하지만 한번 신뢰를 얻으면 소통에 마법이 펼쳐진다. 신뢰가 높을수록 소통의 속도가 빨라지는 것이다. 절대적 신뢰는 광속의 소통을 가능케 한다. 절대적으로 신뢰하는 인물과의 대화를 떠올려 보라. 그가 무엇을 한다고 하면 따지지도 않고 지지해 줄 것이며, 무엇을 원할 경우 자신의 능력이 된다면 묻지도 않고 그 요청에 응하게 될 것이다.

그렇다면 어떻게 신뢰를 구축할 수 있을까?

첫째, '언행일치'를 해야 한다. 말과 행동이 달라서는 신뢰를 줄 수 없다. 특히 약속/계약을 잘 지켜야 한다. 불가피하게 지키지 못했다면 그 이유를 명료하게 설명해야 한다. 언행일치는 신용의 싹을 키우는 생명수와 같다.

둘째, '솔선수범'을 해야 한다. 말만 번지르르하게 하거나 중요한 순간에 꽁무니를 뺀다면 신뢰를 얻을 수 없다. 나는 신영준 박사를 절대적으로 신뢰하는데, 여러 이유 중에 상당한 비중을 차지하고 있는 것이 그의 '행동력'이다. 그는 모범을 보이는 데 주저하지 않으며, 말보다 행동이 큰 사람이다.

셋째, '도덕적 권위'를 세워야 한다. 법을 잘 지키는 것은 물론이거니와 최대한 거짓된 행동을 하지 않으며 윤리적 가치를 삶을 통해 증명해 내야 한다. 뛰어난 정치인 중에서도 도덕적 권위가 무너져 정치 생명을 잃은 사람이 얼마나 많은가.

2. 높은 공감 능력을 보여야 한다

공감은 상대방의 마음과 생각을 제대로 읽을 줄 안다는 뜻이다. 다양한 사람들과 여러 환경에서 소통의 경험이 많을수록 공감 능력은 올라간다. 하지만 꼭 사람과 대면해야지만 공감 능력이 올라가는 것은 아니다. 여러 연구에서 보여 주듯이, 상세하게 심리 묘사가 된 소설을 읽거나 인간이라면 공통적으로 갖고 있는 여러 심리 기제들을 공부하는 것도 공감을 끌어올리는 역할을 할 수 있다.

하지만 공감의 달인이 되기 위해서는 필요한 것이 하나 더 있다. 상대방이 처한 '상황'을 아는 것이다. 상황에는 거시적인 것과 미시적인 것이 있다. 20대 후반의 A군과 제대로 공감하기 위해서는 A군의 개인적 정보(미시적)에 대해 알고 있어야한다. 이는 잦은 대화나 A군의 SNS 등을 통해 알 수 있다.

그러나 더 중요한 것은 A군이 처한 시대적 상황(거시적)이다. 2018년 대한민국 20대 남성들은 그 어느 시기보다도 어려운 상황에 처해 있다. 군대라는 큰 산을 넘어야 하고, 그 후에는 최악의 취업률이라는 거대한 암초가 기다리고 있다. '결혼은 제대로 할 수 있을까?', '가장의 역할을 제대로 해낼 수 있을까?'라는 고민이 A군을 짓누르고 있을 확률이 크다. A군의 이런 상황을 이해하고 있다면 A군의 생각과 마음을 올바로 이해할 수 있다. 즉, 제대로 '공감'할 수 있다는 말이다.

상대방이 처한 상황을 제대로 알지도 못한 상태에서 상대방에게 훈계하는 사람을 '꼰대'라고 부른다. 이런 꼰대는 나이와 상관없다.

3. 논리적이어야 한다

미국의 유명한 도덕 심리학자인 조녀선 하이트(Jonathan Haidt)에 의하면 대화를 할 때 가장 감정적으로 매몰되는 주제가 종교와 정치라고 한다. 모임에서 대화를 할 때 "종교와 정치 얘기는 하지 맙시다."라는 이야기를 자주 들었을 것이다. 대화가 싸움으로 변질되는 경우가 많기 때문이다. 왜 그럴까? 논리가 아니라 감정이 앞서기 때문이다. 자신의 의견이 논리적으로 반박당할 때 기분이 상한 나머지 얼굴을 붉히며 불편한 내색을 비치거나 쉽게 화를 낸다면 누가 그 사람과 소통하고 싶겠는가. 심지어 어떤 사람들은 반대 의견을 내는 자체를 불쾌히 여기기도 한다. 그런 사람과는 함께하지 않는 것이 상책이다.

어떤 사람들은 자신의 높은 지위를 마구 휘두르며 소통하는 사람들이 있다. 부하 직원에게 "까라면 까."라는 식으로 밀어붙이거나, 자녀에게 "엄마 아빠가 하라면 그냥 하는 거야! 왜 말을 안 들어!"라는 식으로 협박하는 대화는 진정한 소통을 이끌어 낼 수 없다. 조직에서는 지위 고하를 막론하고 논리적으로 소통해야 한다. 그래서 나도 회사에서 직원들에게 가장 강조하는 것이 논리다. 그리고 논리적으로 소통하려고 최대한 노력한다.

논리적이기 위한 방법은 별로 없다. 꾸준한 독서와 글쓰기 그리고 잦은 토론이 필요하다. 그래서 우리 회사에서는 한 달에 한 번씩 독서 토론을 한다. 독서 토론을 하는 시간만큼 근무 시간을 빼 준다. 직원들의 논리력이 올라가면 조직의 소통력이 올라갈 것이고, 수많은 경영 연구가 증명하듯이 조직의 높은 소통력은 생산성과 혁신을 가져다주기 때문이다.

소통의 달인이 되고 싶은가?

그렇다면 신뢰, 공감, 논리를 잊지 말자.

●

소통의 달인이 되는 3가지 비결

1. 신뢰 받는 사람이 되어야 한다.
   - '언행일치'를 해야 한다.
   - '솔선수범'을 해야 한다.
   - '도덕적 권위'를 세워야 한다.

2. 높은 공감 능력을 보여야 한다.
   - 상대방의 마음과 생각을 제대로 읽을 줄 알아야 한다.
   - 상대방이 처한 '상황'을 알아야 한다.

3. 논리적이어야 한다.
   - 감정이 앞서지 말아야 한다.
   - 꾸준한 독서와 글쓰기 그리고 잦은 토론이 필요하다.

유튜브에서 "소통의 달인이 되는 3가지 비결"을 검색하세요!

사회생활의
가장
강력한 무기!

체인지 그라운드 대표로 부임하고 나서 직원들에게 첫 번째로 강조한 것은 '친절'이다. 회사 동료나 고객에게 친절히 대하는 것은 물론이고, 상대적으로 약자인 사람에게는 더욱 친절하게 대하는 것이 회사의 중요한 철학임을 천명했다.

친절을 강조한 이유는 여러 가지다. 먼저 내가 친절하지 않은 사람과 일하기 싫다. 친절하지 않은 표정을 보고 말투를 들으면 기운이 빠진다. 험난한 비즈니스 세계에서 전쟁도 치르기 전에 힘이 빠지는 느낌이다. 강자에게는 온갖 아양을 떨다가 약자만 만나면 갑질을 해 대는 사람을 혐오한다. 권위주의라는 마약에 찌든 인간과 마주하고 싶지 않다. 그런 사람은 우리 회사에 있을 자격이 없다.

그런데 나만 그런 것은 아니다. 친절을 구분하는 것은 인간의 본능적인 행동이기 때문이다. 생후 6개월 아기에게 친절한 사람과 그렇지 않은 사람을 구분할 수 있는지 알아보는 실험을 한 적이 있다. 아기들에게 눈만 붙은 나무 인형으로 상황극을 보여 준 것이다. 산기슭에서 쉬고 있던 등반가(나무 인형)는 산을 오르려고 하지만 떨어진다. 다시 도전하지만 또다시 실패한다. 이윽고 세 번째로 도전하는데, 한 등반가가 이 사람을 도와주어 산을 오르게 한다. 반면 다른 등반가는 오히려 이 사람을 훼방 놓아 떨어지게 한다.

놀랍게도 생후 6개월 아기 12명이 모두 불친절한 등반가 나무 인형은 외면하고 친절한 등반가 나무 인형을 선택했다. 굳이 아기가 있는 부모가 아니라도 6개월 된 아기는 자신과 다른 사람도 구분하기 힘들다는 사실을 알 것이다. 그런데도 이런 아기가 친절한 등반가 나무 인형을 선택한다. 결국 사람은 본능적으로 친절과 불친절을 구분하며, 태어날 때부터 친절이 생존을 위해 매우 중요하다는 것을 인식하고 있는 것이다. 이러한 본능은 죽을 때까지 사라지지 않는다.

이 실험을 통해 알 수 있는 사실은 친절이 주는 마법 같은 능력이다. 아이들은 불친절을 거부한 반면 친절은 자신의 관계로 받아들였다. 친절은 사람을 끄는 중력과 같은 힘이 있다. 사람은 친절한 사람과 함께 있고 싶어 할 뿐만 아니라 도와주고 싶어 한다.

또한 마크 무레이븐(Marx Muraven)의 유명한 쿠키 실험으로 친절은 사람들의 의지력과 집중력을 끌어올리는 역할을 한다는 사실이 밝혀졌다. 그러니 임직원 모두가 서로에게 친절하다고 생각해 보라. 보이지 않는 부가가치는 엄청날 것이다.

시대가 바뀌어 친절의 형태가 다양해졌다. 친절을 직접 사람과 대면할 경우에만 국한시키는 경향이 강하지만, 요즘은 오프라인보다 온라인으로 소통하는 경우가 빈번하다. 그래서 직접 만났을 때뿐만 아니라 전화 통화, 이메일, 채팅할 때에도 친절하려고 노력해야 한다. 만날 때는 친절하지만 통화할 때는 무게를 잡거나 저기압 전선을 형성하는 사람도 있고, 채팅할 때 나오는 상관없는 사람처럼 무미건조하게 구는 사람도 있다. 이메일을 보낼 때는 이상한 형식에 매몰되어 사람 냄새가 조금도 나지 않는 사람도 있다. 그러므로 모든 소통에 '친절'이 묻어나오도록 해야 한다.

친절의 형태가 늘어났다고 해서 그만큼 더욱 노력해야 할까? 그렇지 않다. 나와 소통하는 상대방을 배려하는 마음을 잃지 않는다면 어떠한 소통 형태에서든 친절이라는 마법을 유지할 수 있을 것이다.

톨스토이는 친절은 세상을 아름답게 한다고 말했다. 나 또한 친절한 사람과 세상을 아름답게 만들고 싶다. 그런 사람과 함께 일하고 싶다.

●

뼈
있는
한
마
디

체인지 그라운드 대표로 부임하고 나서 직원들에게
첫 번째로 강조한 것은 '친절'이다.
회사 동료나 고객에게 친절히 대하는 것은 물론이고,
상대적으로 약자인 사람에게는 더욱 친절하게 대하는
것이 회사의 중요한 철학임을 천명했다.
친절을 강조한 이유는 여러 가지다. 먼저 내가 친절하지
않은 사람과 일하기 싫다. 친절하지 않은 표정을 보고
말투를 들으면 기운이 빠진다. 험난한 비즈니스 세계에서
전쟁도 치르기 전에 힘이 빠지는 느낌이다. 강자에게는
온갖 아양을 떨다가 약자만 만나면 갑질을 해 대는 사람을
혐오한다. 권위주의라는 마약에 찌든 인간과 마주하고
싶지 않다. 그런 사람은 우리 회사에 있을 자격이 없다.

유튜브에서 "사회생활의 가장 강력한 무기!"를 검색하세요!

과연
그것이
당연한 것인가?

하루는 장인어른과 장모님을 모시고 온 가족이 식사를 했다. 그런데 옆 테이블에서 작은 실랑이가 벌어졌다. 아기 엄마가 아이가 먹을 수 있게 세트 메뉴에 포함된 전복죽을 한 그릇 더 달라고 했고, 종업원은 난처한 기색을 보이며 안 된다고 설명하며 쩔쩔매고 있었던 것이다. 식당 측에서 거절하자 아이의 할머니가 정색하면서 아기 먹을 죽 한 그릇도 못 주냐며 소리를 높이기 시작했고, 급기야 사장까지 와서 원래는 안 되지만 이번만 드리겠다고 해서 작은 소란이 마무리되었다.

장모님은 그 장면을 보고 "애기 먹는다는데 그냥 좀 주지."라고 푸념하셨다. 그러면 안 되는데 싫어서 속으로만 생각하고 있는데, 아내가 "엄마, 그러면 안 돼요. 민폐예요."라고 말했다. 아내가 말을 꺼낸 김에 나도 재빠르게 추임새를 넣었다. "기본 반찬이면 더 달라고 해도 될 텐데 엄연히 세트 메뉴라서 그러면 안 되지요. 우리 입장에서는 한 번만 부탁하는 것이지만, 저분들은 매일같이 이런 상황을 겪을 테니 스트레스도 쌓일 테고요." 사위와 딸이 같이 설득하자 장모님은 상황을 받아들이셨다.

이렇듯 당연하다고 생각하는 것에 대해 물음을 던져야 한다. 사실 고착화된 생각과 문화에 반기를 든다는 것이 보통 피곤한 일이 아니다. 하지만 불합리를 개선하지 않으면 전혀 예상치 못한 상황에서 사회가 암묵적으로 인정하는 폐해에 압살당할 수도 있다. 그때의 억울함은 말로 표현할 수 없다. 안타깝게도 엄청난 사건이 터진 후에야 큰 기회비용을 지불하면서 시스템을 개선하는 경우가 많은데, 수습보다는 예방이 모든 면에서 효과적이다. 이런 일을 예방하려면 질문을 던지고 함께 고민해야 한다. 고민이 진지할수록 잠재적인 고통을 피할 수 있다. 고민이 고통보다는 훨씬 좋은 선택지가 아닐까?

당연함으로 위장한 수많은 불합리 중에 하나가 선의에 대한 강요다. 선의가 넘치는 사회는 모두가 바라는 이상향이지만,

선의를 베푸는 주체가 누군지 명확히 해야 한다. 선의의 핵심은 그 시작이 자발적이라는 것이다. 마음에서 우러나온 이타적 행위가 아니라 타인의 강요에 의한 행위라면 선의를 베푸는 것이 아니라 인내를 감수하는 셈이다. 그러면 누군가를 도와주는 좋은 일을 하면서도 기쁘지 않고 스트레스를 받게 된다. 사실 선의를 강요받는 것만큼 지옥이 없다.

다시 아까의 상황으로 돌아가 보자. 전복죽을 무료로 제공해 주지 않자 정색하면서 화를 낸 할머니는 정말 나쁜 사람일까? 할머니는 같은 상황이라면 선의를 베풀 확률이 높은 사람이다. 문제는 '내가 그렇게 할 것이므로 너도 그렇게 해야 된다'는 전제를 당연한 듯 설정하는 것이다. 이렇게 합의되지 않은 추측이 우리 사회의 피로도를 높인다.

끊임없이 당연함에 대해 질문을 던져야 한다고 주장하고 싶지만, 사실 그런 일은 절대 쉽지 않다. 사회의 관성에 반대로 가는 것은 정말 곤욕스러운 일이기 때문이다. 그러니 가끔이라도 당연함에 대해 질문을 던져 보는 것이 좋다. 굳이 사회적 이슈나 철학적으로 심오한 일일 필요가 없다. 개인적으로 반복하고 있는 행위에 대해 "내가 왜 이런 행동을 하고 있지?"라는 질문만 던져도, 언젠가는 삶에 쓰나미처럼 들이닥칠 문제에 대해 면역력을 갖게 될 것이다.

기회가 된다면 플랫폼을 통해 많은 사람들과 무의식적으로 받아들였던 당연함에 대해 함께 토론해 보고 싶다. 그런 토론을 꾸준히 이끌어 가는 노력을 통해 세상을 구하는 어벤저스는 되지 못하더라도, 일상에 퍼진 만성적인 피로를 줄이는 데 보탬이 되고 싶다.

●

당연함으로 위장한 수많은 불합리 중에 하나가 선의에
대한 강요다. 선의가 넘치는 사회는 모두가 바라는
이상향이지만, 선의를 베푸는 주체가 누군지 명확히
해야 한다. 선의의 핵심은 그 시작이 자발적이라는
것이다. 마음에서 우러나온 이타적 행위가 아니라
타인의 강요에 의한 행위라면 선의를 베푸는 것이
아니라 인내를 감수하는 셈이다. 그러면 누군가를
도와주는 좋은 일을 하면서도 기쁘지 않고 스트레스를
받게 된다. 사실 선의를 강요받는 것만큼 지옥이 없다.

유튜브에서 "과연 그것이 당연한 것인가?"를 검색하세요!

나쁜 위로의
5가지 유형

누군가를 도와주는 것만큼 아름다운 마음도 없다. 하지만 착한 의도가 맥락을 벗어난다면 선의도 무용지물이 되고 더 나아가 악의로 변질될 수도 있다. 이런 최악의 사태가 발생하는 대표적인 상황이 바로 누군가를 위로해 줄 때다. 위로가 필요한 사람들은 감정적으로 힘든 상황에 처해 있는 경우가 많다. 좋은 마음으로 도와주려고 해도, 논리적인 충고나 따끔한 훈계는 긍정적인 효과가 전혀 없으며 오히려 상황을 악화시킬 수 있다. 그렇다면 꼭 피해야 할 나쁜 위로는 어떤 것이 있을까?

1. 훈계형

'그때 똑바로 했으면 지금 이런 일이 없었을 텐데 결국 다 네 잘못이다'라고 위로 아닌 훈계를 하는 사람이 정말 많다. 조언을 구했다면 이런 얘기를 해 줄 수도 있겠지만, 감정적으로 힘들어 죽을 것 같은데 이런 얘기를 들으면 힘든 사람 입장에서는 위로 받는 것이 아니라 한 대 패 주고 싶은 욕구가 솟구치기 시작한다.

2. 가식형

마지못해 형식적으로 위로하는 경우다. 대개는 영혼 없이 "어떡해. 괜찮아?" 같은 말만 계속 반복하다가, 핸드폰 알람이 울리면 바로 칼같이 확인한다. 위로는 억지로 하면 역효과만 난다.

3. 강요형

곧 괜찮아질 거라면서 기운 내라고 하는 경우다. 1~2번은 그렇게 말할 수도 있지만, 위로가 아니라 극복하라고 강요하는 것만큼 나쁜 위로도 없다. 심지어 최악의 경우는 울면 기운 빠진다고, 울어서 해결될 것이 뭐가 있냐고 울지도 말라고 한다. 배고픈 사람에게 배부르다고 마음먹으라고 한들 진짜 배고픔이 사라지지 않듯, 힘들어 죽을 것 같은 사람에게 힘내라고 하는 것만큼 부질없는 얘기도 없다.

4. 비교형

"나는 그것보다 더한 적도 있었다. 너보다 더 힘든 사람도 많다."라고 힘든 사람에게 말하는 경우도 정말 많다. 내가 힘든 상황에서 그런 이야기를 들으면 이렇게 대답하고 싶다. "그래서 어쩌라고?" 지구상에는 70억이 넘는 인구가 살고 있다. 그런 논리라면 나보다 힘든 사람이 몇 억 명이나 존재할 텐데, 전 지구적인 관점에서 힘들 수도 없단 말인가? 터무니없이 다른 사람과 비교하면서 괜찮다고 하는 경우가 개인적으로는 최악의 위로인 것 같다.

5. 오답형

힘든 상황에 다짜고짜 해결책부터 제시하려는 사람도 생각보다 많다. 당사자는 힘들어서 어떤 상황에 처해 있는지 객관적으로 보지 못할 확률이 높은데, 몇 마디 듣고 답을 주는 것은 건강 관련 기사 하나 읽고 전문의로 진료하는 꼴이다. 도움이 되는 게 아니라 생사람을 잡을 수도 있다.

위로의 핵심은 공감이다. 당사자가 아니면 그 상황이 얼마나 힘든지 아무도 모른다. 그래서 힘든 상황을 조금이라도 공감하는 것만으로도 충분히 좋은 위로가 된다. 진정한 공감의 시작은 한마디라도 더 들어 주는 것이다. 그러니 닥치고 듣자. 말을 통해 해결해 줘야 한다는 강박관념에서 벗어나자. 때로는 천 마디 말보다 손을 꼭 잡아 주거나 안아 주는 것이 더 효과적이다.

위로의 사전적 정의는 괴로움을 덜어 주거나 슬픔을 달래 주는 것이다. 상황을 극적으로 반전시킬 위로는 없다. 그런 것은 돈 주고 컨설팅을 받아도 불가능하다. 그러니 일단 공감을 통해 혼자가 아니라고 느끼게 해 주자. 당사자가 느끼고 있을 고통을 조금이라도 누그러뜨릴 수 있다면 그것으로 충분하다.

●

나쁜 위로의 5가지 유형

1. 훈계형

"그때 똑바로 했으면 지금 이런 일이 없었을 텐데 결국 다 네 잘못이다."

2. 가식형

대개는 영혼 없이 "어떡해. 괜찮아?" 같은 말만 계속 반복하다가,
핸드폰 알람이 울리면 바로 칼같이 확인한다.

3. 강요형

배고픈 사람에게 배부르다고 마음먹으라고 한들
진짜 배고픔이 사라지지 않듯, 힘들어 죽을 것 같은 사람에게
힘내라고 하는 것만큼 부질없는 얘기도 없다.

4. 비교형

"나는 그것보다 더한 적도 있었다. 너보다 더 힘든 사람도 많다."

5. 오답형

힘든 상황에 다짜고짜 (잘못될 확률이 높은) 해결책부터 제시하려는 사람.

유튜브에서 "나쁜 위로의 5가지 유형"을 검색하세요!

공감 능력이
뛰어난 사람들의
5가지 습관

나는 신 박사와 함께 《완벽한 공부법》을 기획할 때 공부법에 '대인 관계' 파트를 무조건 넣어야 한다고 합의했다. 개인의 성장과 사회적 성공에 있어서 대인 관계는 너무나 중요한데 의외로 과학적으로 증명된 방법론이 있다는 사실을 모르거나, 공부의 대상이 아니라고 생각하는 사람들이 많기 때문이다. 하지만 대인 관계 역시 제대로 된 방법을 알고 있으면 향상될 수 있으며 탁월한 대인 관계는 인생을 몇 단계 업그레이드하는 큰 힘이 될 것이다.

대인 관계의 핵심은 무엇일까? 바로 '공감 능력'이다. 상대방이 무엇을 원하는지, 어떤 감정 상태인지, 무슨 생각을 하는지 알지 못한다면 적절히 대응할 수 없다. 반대로 상대방의 마음과 생각을 제대로 읽어 낼 수 있다면 당신과 함께하고 싶어 할 테고 당신을 따를 것이며 당신과 거래를 하고 싶어 할 것이다. 그렇다면 어떻게 공감 능력을 올릴 수 있을까? 5가지 행동을 습관화시킨다면 공감 왕이 되는 데 부족함이 없을 것이다.

1. 다양한 경험, 주저하지 않기

동기들끼리 친한 이유는 같은 시대를 경험했기 때문이다. 그만큼 서로 공감할 수 있다. 하지만 동기들 사이에서도 갑자기 대화가 되지 않는 순간이 오는데, 바로 한쪽이 부모가 되었을 때다. 부모가 되기 전과 부모가 된 후의 경험의 간극이 너무 커서 간접적으로 이해하는 것이 불가능에 가까울 정도이기 때문이다. 그래서 어른의 기준은 나이가 아니라 자식을 낳았는지 여부로 구분한다는 말까지 있다. 그 말에 어느 정도 일리가 있다고 생각한다. 부모의 삶이란 말로 표현하기 힘든 인생의 경험이다. 하지만 나이 차이가 있더라도 비슷한 또래의 자녀를 키우는 사람끼리 만나면 대화하기가 어렵지가 않다. 서로에 대해 제대로 공감하기 때문이다.

그렇기에 다양한 삶의 경험이 있을수록 상대방에 대해 공감할 수 있다. 그래서 정말 위험한 경험이 아닌 이상 되도록 많은 경험을 겪어 보는 것이 좋다. 그 경험치만큼 다른 사람에게 공감할 수 있는 여력이 생기기 때문이다.

2. 소설 읽기

훌륭한 공감 능력이 있다는 말은 상대방의 마음을 잘 상상할 수 있다는 의미다. 한 인물의 마음과 성격을 마음속에 그려 내는 연습을 많이 할수록 공감 능력은 향상된다. 그렇다면 언제 그런 연습을 많이 하게 될까? 바로 소설을 읽을 때다.

2011년 캐나다 요크 대학의 레이몬드 미르가 86건의 연구를 메타 분석한 결과 소설을 이해할 때 사용하는 뇌 부위와 인간관계를 다룰 때 사용하는 뇌 부위가 상당 부분 일치한다는 사실을 발견했다. 또한 2013년의 연구에 따르면 소설을 읽은 다음에 사회적 지능 테스트에서 더 높은 점수를 받는 것을 발견했다.

물론 인물 중심의 문학이 효과가 있었다. 문학을 읽을 때 자연스럽게 주인공과 그 인물을 둘러싼 다양한 군상의 심리를 해석하게 된다. 그런 과정을 계속 반복하면서 자연스럽게 타인의 마음을 읽을 수 있는 능력을 얻게 되는 것이다.

3. 인간에 대한 과학적 이해

내가 한동안 가장 즐겨 접한 학문 분야는 심리학, 뇌 과학, 행동경제학, 생물학 등이었다. 관련 책과 자료를 읽으면 인간의 행동과 마음에 대한 이해의 폭이 '과학적'으로 넓어지기 때문이다. 그런 의미에서 나는 고전을 좋아하지 않는다. 고전에 삶의 지혜가 담겨 있다고 하지만 문학을 제외하고는 지혜는커녕 오류로 점철되어 있는 경우가 많다. 특히 인간에 대해 오해를 불러일으키는 경우가 많다.

개인의 개똥철학이나 어설픈 고전 대신 인간에 대해 과학적으로 접근해 볼 필요가 있다. 물론 과학이 진리는 아니다. 다만 상대적으로 충분히 신뢰할 만하다. 인간에 대해 과학적으로 공부하면 자신에 대해 알 뿐만 아니라 타인의 마음과 행동도 이해할 수 있다. 메타 인지는 향상되고 지식의 저주는 없앨 수 있다. 그렇게 되면 공부뿐만 아니라 일을 할 때도 엄청난 힘이 된다. 조직, 마케팅, 세일즈 등 대부분의 비즈니스에 도움이 되기 때문이다.

그리고 공부할수록 겸손해지는 자신을 발견할 수 있을 것이다. 자신이 얼마나 착각과 편견과 오류가 많은 존재인지 알게 된다. 이렇듯 메타 인지가 올라갈 때 착각과 편견과 오류를 피할 수 있을 것이다.

4. 공감적 경청

공감 능력이 높은 사람일수록 잘 듣고, 잘 들으면 공감 능력이 올라간다. 그리고 사람들은 경청하는 사람을 좋아한다.

심리학자 제임스 페네베이커(James Pennebaker)는 작은 그룹으로 나누어 고향, 출신 대학, 직업 등 각자 자신이 선택한 주제로 사람들과 15분 동안 대화를 나누게 했다. 15분 후 사람들에게 그 그룹이 얼마나 마음에 들었는지 물었다. 조사 결과, 자신이 이야기를 많이 할수록 그 그룹이 마음에 든다고 답했다. 결국 경청하는 사람은 말하는 사람에게 호감을 이끌어 낼 수 있다. 말하는 사람은 말 듣는 사람을 좋아하게 된다는 것이다.

또한 2012년 직장 내 영향력이 높은 사람은 어떠한 특징이

있는지 알아본 연구에 의하면, 말을 잘하는 것과 타인의 말을
진실하게 경청하는 능력이 결합된 인물일수록 동료들에게 신
망을 얻는다는 사실을 알아냈다.

특히 잘 경청하는 사람들은 적극적으로 듣는 자세를 취한
다. 말하는 사람 쪽으로 몸을 기울이고 눈을 맞추며 고개를 끄
덕이는 것이다. 누군가 말을 하는데 눈도 마주치지 않고 몸은
뒤로 젖히고 있다면 말하는 사람이 불쾌감을 느낄 수 있다. 타
인에 대해 공감하며 적극적인 자세로 경청한다면 당신을 좋아
하지 않을 수 없을 것이다.

5. 겸손한 마음가짐

UC 버클리 대학의 대처 켈트너(Dacher Keltner) 교수 팀은 연
구를 통해 지위가 낮은 사람일수록 다른 사람의 관점을 잘 읽
는다는 것을 알아냈다. 또한 노스웨스턴 대학교의 아담 갈린
스키(Adam Galinsky)는 스스로 힘이 없는 사람이라고 생각할수
록 타인에 대한 공감 능력이 향상된다는 것을 밝혀냈다.

교만은 타인의 마음을 읽는 능력을 상실시키지만, 겸손은
타인의 마음을 헤아릴 수 있는 능력을 올려 준다. 겸손함은 그

자체만으로도 사람의 가치를 높여 준다. 하물며 공감 능력까지 더해 주니 얼마나 대인 관계에 좋겠는가?

공감 능력은 한동안 알파고도 감히 넘볼 수 없는 영역이다. 문학 소설을 읽고 다양한 경험을 추구하며 인간에 대해 과학적으로 공부하고 겸손한 마음가짐으로 타인의 말을 경청하는 습관을 갖게 된다면 공감 왕이 될 것이다.

지금부터 공감 지수를 한껏 올려 개인의 행복과 사회적 성공을 모두 이루길 바란다.

●

공감 능력이 뛰어난 사람들의 5가지 습관

1. 다양한 경험, 주저하지 않기

2. 소설 읽기

3. 인간에 대한 과학적 이해

4. 공감적 경청

5. 겸손한 마음가짐

유튜브에서 "공감 능력이 뛰어난 사람들의 5가지 습관"을 검색하세요!

멘탈
금수저

내 딸은 멘탈 금수저로 컸으면 좋겠다. 사랑하는 자식에게 부모로서 가장 물려주고 싶은 것이 경제적인 부분이 아니라 정신적인 부분이다. 개인적으로 멘탈 갑이었던 인생을 되돌아보면서 어렴풋이 깨달은 점을 공유해 본다.

1. 내 인생의 중심은 자신이지만, 세상의 중심은 내가 아니다

세상은 수많은 사람의 암묵적인 협력에 의해 돌아간다. 수많은 인생 중에서 내 인생만 소중하다는 생각은 개인주의가 아

니라 이기주의다. 그럴수록 세상의 중심에서 멀어진다. 중심에
서고 싶다면 부지런히 리더십을 키워야 한다.

2. 막연한 정신 승리는 인생에 해롭다

막연한 정신 승리는 일종의 정신적 도피다. 잠깐은 해결되는
것 같아도 문제는 눈앞에 다시 나타날 것이다. 그러므로 정신
승리보다 중요한 것은 인정과 극복이다. 인정한다면 생각보다
괴로움은 줄어들 것이고, 극복한다면 성장할 것이다.

3. 운은 통제 불가능하다

삶은 운으로 가득 차 있다. 그래서 의지대로 안 될 확률이 높
다. 그러니 매사에 일희일비할 필요가 없다. 열심히 했어도 안
될 수도, 잘될 수도 있는 게 인생이다. 운도 실력이라는 소리는
전형적인 헛소리다. 운은 어디까지나 운이다.

4. 노력과 결과는 다른 영역이다

내가 노력했으니 무조건 보상 받을 것이라는 막연한 생각은 '자뻑'암 초기 증상이다. 노력이 결과라는 상품으로 가공되려면 운이나 경쟁 같은 다양한 과정을 거쳐야 한다. 아무리 열심히 노력했어도 운이 없거나 경쟁에서 밀렸다면 보상 받지 못할 수도 있다. 세상은 생각보다 훨씬 냉정하다.

5. 세상은 대칭적이지 않다

획득의 기쁨보다는 손실의 고통이 항상 크다. 이 사실을 깨닫고 부정적인 상황을 의도적으로 훌훌 털어 버리는 습관을 들인다면 훨씬 덜 피곤하게 살 수 있다. 손실의 고통이 크기 때문에 '본전 생각'이라는 프레임에서 쉽게 빠져나오지 못한다. 그러므로 이것을 역으로 이용하면 생산적인 환경을 설정할 수 있다.

6. 어떤 관계든 아쉽다면 바라지 말고 먼저 움직여라

아쉬움이라는 염력으로 움직일 수 있는 것은 아무것도 없다. 자존심으로 둔갑한 '쪽팔림'을 극복하지 못하고 먼저 시도하지 못하는 사람들이 대부분이다. 언뜻 보기에는 별것 아닌 것 같지만 대부분의 사람이 못하는 일이므로, 적극적인 도전이 습관이 되면 인생에서 강력한 무기가 된다.

7. 많이 아는 것만큼 자신의 부족함을 깨닫는 것이 중요하다

부족함을 모르고 이것저것 시도하면 결국에는 무리수를 두게 된다. 그래서 부족함을 잘 안다면 폭삭 망할 일도, 뒤통수 맞을 일도 없다. 또 부족함을 정확히 파악하면 배우는 속도도 한층 빨라진다.

8. 입사는 스펙으로 될 수 있겠지만, 퇴사는 실력이다

어떤 시험 점수를 받았든, 어떤 대학을 나왔든, 실력이 없으면 스펙은 세상 쓸모없다. 언제, 어디서든지 퇴사할 수 있는 능력이 있다면 날개를 가지고 있는 것이나 다름없다. 그만큼 자유롭다. 인생에서 자유로운 정도는 행복한 정도에 비례한다.

9. 받는 기쁨보다 주는 기쁨에 더 익숙해져라

받는 기쁨은 크지만, 기쁨의 타이밍을 주체적으로 결정할 수 없다. 주는 기쁨에 익숙해진다면 기쁨의 크기와 관계없이 언제든지 행복해질 수 있다. 이는 물질적인 것에 국한되지 않는다는 점도 잊지 말자.

10. 자주 웃어라

웃는 것만큼 좋은 일도 없다. 웃는 사람만큼 매력적인 사람도 없다. 그러니 웃어라.

●

멘탈 금수저

1. 내 인생의 중심은 자신이지만, 세상의 중심은 내가 아니다.

2. 막연한 정신 승리는 인생에 해롭다.

3. 운은 통제 불가능하다.

4. 노력과 결과는 다른 영역이다.

5. 세상은 대칭적이지 않다.

6. 어떤 관계든 아쉽다면 바라지 말고 먼저 움직여라.

7. 많이 아는 것만큼 자신의 부족함을 깨닫는 것이 중요하다.

8. 입사는 스펙으로 될 수 있겠지만, 퇴사는 실력이다.

9. 받는 기쁨보다 주는 기쁨에 더 익숙해져라.

10. 자주 웃어라.

유튜브에서 "멘탈 금수저"를 검색하세요!

후회를
최소화하는
선택

남들은 아무 문제 없이 잘 살아가는 것 같은데 유독 나만 결정을 내리는 게 어렵게 느껴진다. 착각이다. 누구나 언제나 선택의 기로에 서면 갈등하고, 선택한 뒤에는 필연적으로 기회비용이 발생하기 때문에 후회가 남는다. 그래서 완벽한 선택을 내리려고 애쓸 것이 아니라 최대한 합리적인 결정을 내려 스스로를 납득시키고 후회를 최소화시켜 평생 남을 후회 대신 떨쳐 낼 수 있는 아쉬움 정도만이 남게 해야 한다. 그러면 어떻게 선택할 것인가?

개인적으로 대학원 진학, 회사 입사, 퇴사 그리고 창업까지

하면서 많은 결정의 순간을 겪었다. 당시에는 몰랐지만 돌아보니 어떤 선택은 '신의 한 수'였고 몇몇 선택은 진짜 '미친 짓'이었다. 그렇게 냉탕과 열탕을 오가면서 여기까지 꾸역꾸역 올 수 있었고 (돈 주고도 못 배울, 심지어 돈 받고도 다시 겪기 싫은) 과정을 통해 얻은 소소한 깨달음을 많은 사람들과 함께 공유한다. 여전히 온전한 인격체라고 하기에는 턱도 없이 많이 부족한 사람이기에 내 조언을 절대로 정답이라고 생각하지 말고 이런 사례도 있다고 참고했으면 좋겠다.

1. 대학원인가, 회사인가?

살면서 대학원에 가고 박사 학위를 받을 것이라고 생각해 본 적이 단 한 번도 없었다. 내 성향도, 막연했던 목표도 대학원과는 전혀 맞지 않았다. 그런데도 대학원에 진학했고 결국 박사 학위를 받았다. 어떻게 그런 선택을 하게 되었을까? 대학에서 공부한 이유는 딱 하나다. 장학금을 받기 위해서다. 학문적 호기심은 딱히 없었다. 높은 학점을 받아서 전액 장학금을 받는 것이 반드시 점령해야 하는 고지였을 뿐이다. 배우기 위한 공부가 아니라 계좌를 지키기 위한 생존 공부를 하다 보니 이해한 것은 많지 않은데 한 학기를 남겼을 때 학점이 4.5 만점 기준 4.1점이었다. 그만큼 필사적이기도 했다. 학점이 높다 보니 자연스럽게 대학원을 진학할 조건이 되었고 얼떨결에 얻은 학점이 아까워서 대학원에 지원하게 되었다.

이렇듯 의지보다는 상황이 많이 작용했다. 물론 높은 학점만이 유일한 이유는 아니었다. 해외 유명 대학에서 제대로 박사 학위를 받으면 전자 산업 계열에서 과장으로 바로 입사한다는 이야기를 들었기 때문에 기왕이면 직장 생활을 그렇게 시작하고 싶었다. (여전히 학구적인 목적과는 전혀 상관이 없었고 돈이 모든 판단의 중심에 있었다.)

대학원 진학 시 가장 큰 기회비용은 회사를 가지 못했을 때 얻지 못할 금전적, 경험적 손해였다. 그렇기 때문에 가장 중요한 대학원 진학 조건은 등록금 면제와 생활비 지급이었다. 회사에서 얻을 경험적 내공은 회사에 취직한 선배나 동기와의 대화를 통해 대학원에서도 충분히 쌓을 수 있다는 것을 깨달았다. 또 경제적 기회비용도 최소화하기 위해 기회가 되면 이런저런 아르바이트도 틈틈이 했다. 이렇게 이야기하면 대학원 진학이 상당한 좋은 선택으로 보이지만, 사실 회사에 바로 취업하면 경제적, 경험적으로 유리한 분야가 훨씬 더 많다. 그러니 속해 있는 분야를 잘 살펴야 한다. (최악의 경우가 취업이 안 되어서 대학원을 진학하는 경우다. 그것은 지옥의 불구덩이에 휘발유 통 메고 뛰어드는 격이라고 조언이 아닌 경고를 하고 싶다. 석사, 박사 학위를 하기 위해서는 호기심이라는 기본 자질이 있어야 한다. 또 답이 없는 문제를 연구를 통해 찾아야 하기 때문에 끈기도 엄청나게 강해야 한다.)

2. 국내 기업인가, 해외 기업인가? 학교인가, 회사인가?

박사 학위를 마치면서 또다시 진로를 선택해야 하는 순간이 왔다. 학교에 남아서 연구자 혹은 교수가 될 것인지, 아니면 취업을 할 것인지 고민했다. 그러나 학자라는 옷은 내게 맞지 않았다(공부는 인간적으로 너무 힘들었다……). 그래서 무조건 취업을 생각했다.

문제는 해외로 취업할지, 아니면 한국으로 돌아갈지 하는 것이었다. 크게 고민하지 않고 한국으로 선택했다. 이번 선택의 기준은 바로 행복감이었다. 사람마다 행복을 느끼는 성향은 다르다. 나는 사랑하는 가족이 한국에 있었고, 한국식 문화가 좋았다. 인간관계 같은 무형적 요소도 있지만 나에게 중요한 것 중의 하나는 다름 아닌 음식이었다. 운이 좋아 어려울 때 여기저기서 도움을 많이 받아서 되갚고 싶은 마음도 있었다. 내가 되갚을 수 있다고 생각한 가장 현실적인 방법은 회사에 들어가 훌륭한 엔지니어가 되어 수출에 보탬이 되는 것이었다. (내가 외국계 기업에 들어가면 오히려 반대 위치에서 경쟁자가 되는 느낌이었다.) 외국계 기업을 가면 또 다른 기회가 있었을 수도 있었겠지만 여러 가지 크고 작은 이유로 한국으로 오는 것이 가장 행복한 선택이었다.

여기서 주고 싶은 매우 중요한 조언이 있다. 학교에 남는 상황에서도, 회사에 가는 상황에서도, 실제로 존재했던 선택지에서 결정했다는 것이다. 학교에 남을 경우 바로 갈 수 있는 박사 후 연구 과정 자리를 확보했고, 해외 기업에도 취업할 수 있도록 잠재적 계약을 몇 개 확보했다. 그중에서 진짜 선택을 한 것이다. 진로에 관한 조언을 구하는 사람들은 대부분 막연한 가능성만 놓고 선택하려는 실수를 범한다. 선택의 고민에 앞서서 일단 결과부터 만들고 보자. 수능 점수가 없으면 어느 대학에 갈지 고민하지 말고, 1차 면접도 합격 못했으면 어느 회사에 갈지 고민하지 않아도 된다. 우선 눈앞에 놓인 미션부터 해결하는 것이 정답이다.

3. 퇴사인가, 회사에 남을까?

잘 다니던 대기업을 퇴사했다. 퇴사를 결정할 당시, 살면서 부모님께 먹을 수 있는 욕은 다 먹은 것 같다. 퇴사 후 오랫동안 부모님과의 관계마저 서먹했다. 당시에는 속상했지만 이제는 부모님을 이해한다. 딸이 나중에 결혼해서 사위가 직장을 잘 다니다가 창업한다고 회사를 그만둔다면 "우리 사위 역시 최고네!"라는 소리는 절대 하지 않을 것 같다. 어떻게든 설득해서 회사를 다니게 할 것 같다. 부모 마음이라는 게 그렇다.

그렇다면 회사와 독립을 두고 어떤 기준으로 선택을 했을까? 회사 생활을 하면서 짜증나는 일도 많았지만, 그래도 회사 생활은 상당히 만족스러웠다. 회사 다니면서 때려치우고 싶은 적은 한 번도 없었다. 맡은 업무도, 동료들과의 관계도 너무 좋았다. 하지만 일을 하면서 자기 계발을 꾸준히 하다가 제대로 해 보고 싶은 일을 우연히 찾은 것이다. 외재적 동기보다는 내재적 동기가 주가 되어서 즐겁고 지속 가능한 일을 하고 싶었다.

우선, 최선의 선택에는 반드시 '리스크 매니지먼트'가 따라야 한다는 조언을 해 주고 싶다. 나는 막연하게 회사를 그만둔 것이 아니었다. 글을 쓰고 강연을 하기 위해 그만뒀지만, 막연하게 그 분야에서 성공할 수 있다고는 생각하지 않았다. 오히려 실패할 확률이 훨씬 크다고 생각했다. 그래서 작가로 실패했을 때 가질 수 있는 직업을 염두에 두고 퇴사했다.

첫 번째는 박사 후 연구원으로 돌아가서 연구를 하는 것이었다. 이것도 지도 교수님과 졸업 후에도 꾸준히 교류하면서 언제든지 학교로 돌아갈 수 있는 창구를 열어 놓았다. 다른 하나는 학생을 가르치는 일이었다. 대학원 재학 시절에 학습 컨설팅을 부업으로 했기 때문에 조금만 노력하면 취직할 수 있었다. 그렇게 성공보다는 실패할 확률이 훨씬 높다고 계산하고 나름 튼튼한 안전망을 갖추고 퇴사를 했다.

또 다른 현실적인 조언은 모든 상황에 적용 가능하지는 않지만 퇴사 전에 새로 가고 싶은 직종을 체험할 수 있다면 꼭 해 보기를 바란다는 것이다. 나는 퇴사를 결정하기 전에 몇 번 강연을 했고, 소량이지만 출판을 했다. 그러면서 어느 정도의 노력과 시간을 투입해야 일을 성취하고 소득을 올려 생계를 유지할 수 있는지 파악했다. 여기서도 핵심은 메타 인지다. 쉽게 말하면 내가 해낼 수 있는 능력에 대한 파악이 필요한 것이다. 막연하게 꿈꾸면서 도전했다가 실패한 사람들은 "도전을 했기에 후회는 없다." 같은 말보다는 "그때 하지 말걸." 같은 후회하는 말을 훨씬 더 많이 한다. 잉여스럽지만 (소크라테스 말은 아니고) 델포이의 신전 기둥에 적힌 말을 다시 한 번 인용한다. "너 자신을 알라!"

마지막으로 선택에 대해 전반적인 조언을 주고 싶다. 사실 어떤 선택을 해도 후회하게 되어 있다. 그러므로 리스크 매니지먼트 이상 중요한 것이 '후회 매니지먼트'가 아닐까 싶다. 언제나 옳은 선택을 하기는 불가능하다. 그렇기에 옳은 선택보다 잘못된 선택으로 인한 결과를 만회하는 것이 중요하다. 만회는 어떻게 해야 할까? 결국에는 학습 능력이 있어야 한다. 대부분 원하는 바는 높지만 실력은 낮다. 딱 그 차이만큼 현실에서 괴롭다. 결국 선택이 잘못되었다는 것은 내가 예상하지 못했던 상황에 직면했다는 것이다. 그 상황을 돌파하려면 문제 파악과 대안 제시가 필요하지만, 학습 능력이 없기 때문에 실패의 수렁에서 쉽사리 빠져나오지 못한다. 학습 능력을 올리는 것은 쉬운 일이 아니지만, 올리면 올릴수록 무엇이든지 해낼 수 있다는 자신감도 따라 올라간다. 공부는 인생에서 만능 키(심지어 치트 키)이지만 대부분은 잘 활용하지 못한다.

인생은 선택의 연속이라 죽을 때까지 선택해야 한다. 오늘 점심에는 무엇을 먹을지, 주말에는 어떤 영화를 볼지, 커피를 차갑게 마실지, 따뜻하게 마실지, 어떤 배우자와 결혼할 것인지, 아이를 몇 명이나 낳을지, 어디다 집을 구할지 끊임없이 선택해야 한다. 그렇기 때문에 선택에 대한 진지한 고민이 필요하다. 후회를 최소화할 수 있는 자신만의 선택 프로세스를 구축한다면 결정하기 위해 소모한 시간과 후회하느라 낭비한 시간을 아껴서 한 번 사는 인생 조금이라도 더 알차게 살 수 있지 않을까? 당장 글쓰기를 마치고 캐러멜 마키아토를 마셔야 되는지 말아야 하는지 그것부터 고민이다.

●

후회를 최소화하는 선택

1. 대학원인가, 회사인가?

"최악의 경우가 취업이 안 되어서 대학원을 진학하는 경우다. 그것은 지옥의 불구덩이에 휘발유 통 메고 뛰어드는 격이라고 조언이 아닌 경고를 하고 싶다."

2. 국내 기업인가, 해외 기업인가? 학교인가, 회사인가?

"선택의 고민에 앞서서 일단 결과부터 만들고 보자. 수능 점수가 없으면 어느 대학에 갈지 고민하지 말고, 1차 면접도 합격 못했으면 어느 회사에 갈지 고민하지 않아도 된다. 우선 눈앞에 놓인 미션부터 해결하는 것이 정답이다."

3. 퇴사인가, 회사에 남을까?

" 우선, 최선의 선택에는 반드시 '리스크 매니지먼트'가 따라야 한다는 조언을 해 주고 싶다. 나는 막연하게 회사를 그만둔 것이 아니었다. 성공보다는 실패할 확률이 훨씬 높다고 계산하고 나름 튼튼한 안전망을 갖추고 퇴사를 했다."

유튜브에서 "후회를 최소화하는 선택"을 검색하세요!

2년 만에
목표를
달성한 방법

안정적이었던 대기업을 퇴사한 후 1년 동안 정말 힘들었다. 회사가 전쟁터라면 밖은 지옥이라는 드라마의 대사를 몸으로 뼈저리게 체험했다. 1년 동안 전혀 수입이 없었는데 뉴스를 통해 예전 직장의 보너스 지급률을 접했을 때는 내가 무엇을 하려고 이 고생을 하는지 자괴감이 들기도 했다. 특히 부양가족마저 있으니 심리적 압박감은 시간이 지날수록 나를 짓눌렀다.

　하지만 이제는 경제적으로나 정신적으로 모든 면에서 안정권에 들어섰고, 살기 위해 일하는 것이 아니라 성장하기 위해 일하는, 누구나 꿈꾸는 상황에 진입했다. 돌아보니 첫 임계점을 돌파하는 데 2년 정도의 시간이 걸린 것 같다. 내 방법이 모두에게 반드시 정답이라는 보장은 없다. 하지만 조언이 필요한 누군가에게 가이드라인이 되어 조금이나 시행착오를 줄였으면 하는 마음에 기억을 더듬어 내 경험을 나누고자 한다.

원래 신소재 관련으로 박사 학위를 받았고 그 후 대기업에서 TV를 개발하는 책임 엔지니어로 일했다. 이제는 예전과는 다른 삶을 살고 있다. 처음에는 책을 쓰고 강연을 했다. 그리고 마케팅을 하기 위해 소셜 미디어에서 플랫폼을 운영했다. 처음 시작했던 일이 자리를 잡기 시작하면서 사회적 기업인 체인지 그라운드에서 의사 결정권자로 일하기 시작했다. 이제는 단행본 출판 기획과 4개의 스타트업의 최종 의사 결정권자로 일하고 있다.

어떻게 이렇게 많은 일을 할 수 있을까? 핵심은 명료하다. 나는 일을 제외하고 나머지를 모두 포기했다.

예전에 나는 사람들과 어울리는 것을 누구보다도 좋아했다. 그러나 지금은 일 이외의 사람은 거의 만나지 않는다. 만나더라도 보통 점심시간을 이용한다. 오랜 절친도 몇 년 동안 보지 못한 경우가 허다하다. 친구나 선후배 들이 "얼굴 한번 보자. 너무한 거 아니냐?"라고 푸념을 늘어놓을 정도였다. 그만큼 매몰차게 일에만 전념했다. 그 방법 말고 나는 어떻게 살아남을 수 있는지 알지 못했고, 지금도 그렇다.

친한 친구들과 소주잔은 기울이지 못했지만, 그렇게 악착같이 집중해서 겨우 살아남았다. 그렇게 자리를 잡자 가장 가까운 친구는 똑같이 대기업을 그만두고 나와 공동 창업을 했다. 사업이 어려워진 친구에게는 마케팅을 도와주기도 하고, 손이 부족한 친구를 위해 내가 알고 있는 인재를 소개시켜 주기도 했다. 나도 한때는 정말 이렇게까지 살아야 하는지 생각했지만 이제는 아니다. 친구와의 만남에서 오는 소소한 즐거움은 포기했지만, 친구의 인생에 도움이 되는 힘을 얻었기 때문이다.

일이 많아지면서 저녁에 식사를 하거나 한잔하자는 사람이 많아진다. 그러나 누군가와 저녁을 먹을 생각이 없다. 굳이 식사를 하자면 점심에 회사 근처로 찾아간다. 맨 정신으로 하지 못할 이야기는 사업으로 하면 안 된다고 생각하기 때문이다.

내가 지독할 정도로 저녁에 사람을 만나지 않는 이유 중 하나는 저녁에라도 육아에 전념하고 싶어서이고, 더 큰 이유는 업무 시간을 확보하기 위해서다. 딸이 9~10시에 잠들면 새벽 3시까지 집중해서 일한다. 아무도 방해하지 않으므로 업무의 밀도는 회사에 다닐 때보다 3배는 높은 것 같다. 그렇게 집중해서 일을 하니 생각보다 짧은 시간에 정말 많은 일을 해낼 수 있었다. 또 올바르게 성취된 일이 합쳐지면서 시너지는 눈덩이처럼 불어나기 시작했고, 능동적 공부까지 더해진 일은 '재능'으로 발전했다. (재능은 완전하게 타고나는 것이 아니다. '좋아하는 것+연습'이 재능이 되는 것이다.)

이런 이야기를 하면 어떻게 그렇게 살 수 있냐는 반응이 대부분이다. 대부분 포기에만 초점을 맞추기 때문에 이야기를 듣는 것만으로도 숨 막혀 한다. 하지만 나는 이루고 싶은 꿈에 초점을 맞춘 것뿐이다. 그래서 꿈에 관련되지 않은 것은 망설임 없이 과감하게 버릴 수 있었다. 개인적으로 꾸준히 진행하는 멘토링 프로젝트에서 많은 학생과 직장인의 24시간 데일리 리포트를 보면 왜 성장하지 못하는지 명확하게 알 수 있다. 대부분 하고 싶은 것(특히 소모적인 일)을 다 하면서 꿈을 이루려고 한다. 안타깝지만 불가능한 일이다.

예전에 나는 TV 보는 것을 좋아했다. 스포츠 중계도 챙겨서 보았고 〈무한도전〉 같은 프로그램은 본방을 챙겨 볼 정도로 즐겨 봤다. 하지만 내가 하고 싶은 일이 명료해지자 TV 시청은 1순위로 포기해야 했다. 우리 집에서 TV는 골방에 처박혀 먼지가 쌓여 가고 있고, 케이블 서비스조차 끊은 지 오래다

(내 나약한 의지력을 이해하고 올바른 환경 설정에 동참해 준 아내에게 무한한 감사를 표한다). 물론 영화 보는 것도 정말 좋아했다. 마지막으로 극장에서 본 영화는 〈인터스텔라〉였다. 그전의 영화는 기억도 나지 않는다.

처음에는 포기하기가 쉽지 않았다. 마음먹는다고 습관을 칼같이 잘라 낼 수는 없다. 너무 한번에 변하려고 들면 현실과 목표 사이에서 괴리감만 느낄 것이다. 그래도 무언가를 포기하는 것은 원하지 않는 습관을 버리는 것이기 때문에 좋은 습관을 만드는 것보다 조금은 수월하다. 그러니 잘하는 것까지는 생각하지도 말고 시간을 확보한다는 것에 의의를 두고 조금씩 버텨 보자. 어느 정도 모멘텀이 생기면 생각보다 많은 부분을 포기할 수 있고, 그런 과정을 통해 하고 싶은 일에만 철저하게 집중할 수 있었다.

2년이 지난 시점부터 가시적인 결과가 나오자, 많은 사람들이 내 노력을 인정해 주기 시작했다. 그리고 실력 있는 사람들이 주위에 몰려들었다. 그 시너지를 최대한 극대화하려면 긴장을 놓아서는 안 된다. 그렇다면 도대체 언제부터 포기하는 삶이 아닌 하고 싶은 일을 하면서 살 수 있는지 궁금할 것이다. 언제든지 원한다면 하고 싶은 일을 해도 된다. 하지만 기회는 무언가를 포기했다고 오는 것이 아니다. 미친 듯이 노력했다고 잡을 수 있는 것도 아니다. 상황에 맞게 운이 따라 줘야 한다. 운은 통제할 수 있는 요소가 아니다. 물 들어왔을 때 노 젓는 것이 유일한 정답이다. 그 운이 다하기 전까지는 전력으로 질주해야 한다.

솔직히 지금까지 만들어 낸 결과는 그다지 중요하지 않다. 정말 소중한 것은 철저한 집중을 통해 얻은 경험과 그 경험에서 오는 자신감이다. 기존에 하던 일과 아주 동떨어진 일이 아니라면 3년 정도 목숨 걸고 매진하면 어느 정도 가시적인 성과를 낼 수 있다는 믿음이 생겼다. (물론 운이 조금이나마 더 따라 주기를 간절히 바라지만 말이다.) 나는 비본질적인 것을 포기하면서 본질적인 기쁨을 얻었다. 어떤 성취를 이뤄 내는 것을 넘어서서, 임계점을 넘은 노력이 누군가의 삶에 도움이 될 수 있고 그 결과를 누군가와 나눌 때 느끼는 커다란 행복감을 인지하게 되었다.

내게 상담을 요청하는 사람의 60퍼센트는 20대이고 40퍼센트는 30대 이상이다. 30대 이상의 사람에게는 이렇게 말해 주고 싶다. 30살이 넘어가면 선택의 순간이 다가온다. 도전만 할 수 있는 나이는 아니다. 그렇다면 선택과 집중을 해야 한다. 선택과 집중은 다른 단어이지만 그 공통분모에는 아주 대단한 단어가 숨어 있다. 바로 포기다.

무언가를 선택한다는 말은 다른 것을 포기한다는 뜻이다. 무언가에 집중한다는 말도 내가 하지 말아야 할 것을 포기한다는 이야기다. 무언가를 얻고 싶은가? 무언가를 해내고 싶은가? 그렇다면 차분히 앉아서 포기해야 할 것부터 적어라. 그러면 꿈이 더욱 명확해질 것이다. 그렇게 명료해진 꿈은 당신을 행동하게 할 것이다.

●

무언가를 선택한다는 말은 다른 것을 포기한다는 뜻이다.
무언가에 집중한다는 말도 내가 하지 말아야 할 것을
포기한다는 이야기다. 무언가를 얻고 싶은가?
무언가를 해내고 싶은가? 그렇다면 차분히 앉아서
포기해야 할 것부터 적어라.
그러면 꿈이 더욱 명확해질 것이다.
그렇게 명료해진 꿈은 당신을 행동하게 할 것이다.

유튜브에서 "2년 만에 목표를 달성한 방법"을 검색하세요!

미안하지만
불가능합니다

회사 일을 하지 않던 전업 작가 시절에는 서점에 나가 상담을
했다. 온라인으로도 상담을 많이 했지만 오프라인 상담은 온
라인 상담과는 결이 달랐다. 훨씬 절박해 보이는 사람들이 많
이 찾아왔다(오프라인 상담을 하다 보면 대화 중 눈물을 흘리는 친구들
을 정말 자주 만난다). 그렇다면 어떤 문제가 가장 많았을까? 구
체적인 내용은 다르지만, 핵심은 지금 문제를 어떻게 '바로' 해
결할 수 있는지 답을 얻는 것이었다. 결론부터 말하면, 그런 방
법은 없다.

지금 처한 대부분의 문제는 방금 전에 무언가를 잘못해서

발생한 상황이 아니다. 과거에 잘못된 선택과 실행이 누적되어 발현된 결과물이다. 지금 문제를 고치려면 과거로 돌아가서 잘못된 부분을 정말 많이 고쳐야 하는데, 그럴 수 있는 방법은 없다. 그렇다면 무엇을 해야 되는가? 손가락만 빨고 있을 수는 없는 노릇이니까.

가장 먼저 해야 하는 일은 인정하는 것이다. 내가 무엇을 잘못 선택했기 때문에, 혹은 잘못 실행했기 때문에, 최악의 경우는 운이 없었기 때문임을 인정하는 것이다.

그런데 생각보다 많은 사람들이 이를 인정하지 않는다. 심지어 조언을 주면 따지는 사람도 가끔 있다. 자신은 최선을 다했는데 결과가 요 모양 요 꼴이라서 너무 화가 나고 슬프다고 말한다. 영혼을 쥐어짜서 노력했는데도 결과가 나쁘다면 방향 설정이 잘못되었을 것이고, 방향 설정도 좋았고 노력도 충분했는데 이루지 못했다면 상대적으로 주변 사람들이 노력을 더 많이 했을 가능성이 높다.

모든 결과는 직간접적으로 경쟁과 연결되어 있기 때문에 어렵고 피곤한 것이다. 게다가 안타깝게도 최선을 다한 사람이 생각보다 많지 않다. 최선을 다했다고 굳게 착각하고 있는 경우가 다반사다. 인정한다고 해서 과거가 바뀌지는 않지만 새롭게 시작은 할 수 있다. 새롭게 제대로 시작해야 미래의 어느 시점에서 과거에 빛을 발산했던 우리와 다시 만날 수 있다.

과오를 인정했다면 다음으로는 어떻게든 버텨야 한다. 상황이 나쁘다고 포기해 버리면 미래는 지금보다 참혹할 것이다. 예를 들어 보자. 대학에 아무 생각 없이 입학했는데, 알고 보니 자신의 적성과는 전혀 맞지 않는 전공이었다. 그러다가 새롭게 하고 싶은 일이 생겨서 어떻게 해야 할지 고민이다. 그러면 새롭게 하고 싶은 일에 열심히 공부해서 도전하면 되는 일 아닌가? 문제는 학생이라는 유예 기간이 끝나기 때문에 생계를 해결하는 동시에 해내야 한다는 것이다. 본인이 내린 잘못된 결정에 대한 결과는 온전히 스스로 책임을 져야 한다.

운 좋게 부모님 덕에 생계 걱정 없이 다시 도전할 수 있다면 고민이 되지 않는다. 부모님에게 무한히 감사하는 마음을 가지되, 자신의 실력으로 문제를 극복하지 않은 만큼 더 진지하게 시작해야 한다. 이럴 때 또 실패하면 문제 극복에 대한 면역력이 생기지 않아 점점 나약해질 가능성이 높기 때문이다.

그렇지 않다면 아르바이트를 하면서 최소한의 생계를 해결하고 남는 시간에 자신이 하고 싶은 것에 올인해야 한다. 이 과정에는 뼈를 깎는 고통이 수반될 것이므로 이를 악물고 버텨야 한다.

하다못해 컵라면을 먹으려고 해도 비닐 뜯고 스프 넣고 뜨거운 물 따르고 기다리려면 5분 넘게 걸린다. 하물며 원하는 꿈을 이루는 데 최소한의 기다림도 없이 꿈을 이루는 것이 가능할까? 내일 당장 이뤄지기를 바라는 것은 현실적이지 않다.

강연이나 멘토링을 할 때 자주 묻는 질문이 있다. "무엇을 인생에서 가장 후회하나요?" 그러면 대부분 공부를 제대로 하지 않은 것을 후회한다. "그렇다면 이렇게 생각해 봅시다. 10년 뒤, 20년 뒤를 예측하는 것은 불가능합니다. 하지만 지금 생활 습관을 보면 1년 뒤의 모습은 어느 정도 예측할 수 있을 것입니다. 그러면 그때 무엇을 가장 후회하게 될까요? 그 후회를 예측할 수 있다면 지금 당장 해야 하는 일은 무엇인가요?" 이런 질문 후에는 메일을 좀 더 많이 받는다. 뒤통수를 맞은 것 같다고 하는 사람도 있고, 오락 계정을 삭제했다고 하는 사람도 있었다.

문제를 지금 당장 해결할 수 있는 방법은 없다. 하지만 문제를 바라보는 시선을 바꿀 수는 있다. 문제 해결은 불가능해도 문제에 대한 태도가 바뀌면 마음이 한결 편해지고 본질에 집중할 수 있게 된다. 그러면 본 게임이 시작된 것이다.

이렇게 냉혹하게 현실을 이야기해 주면 감사하다고 말은 하지만 시무룩한 표정을 감추지 못하고 돌아가는 사람이 반이다. 그들은 정답을 기대했을 것이다. (대학원 관련 질문이나 전공과 관련된 고민 상담은 무릎팍 도사처럼 명쾌한 답을 주기도 한다.)

반대로 핵심에 대해 깨달음을 얻은 사람들은 밝은 얼굴로 당장 무언가 해야겠다는 에너지를 발산한다. 몇 년 동안 지켜보니 마음가짐이 지속되고 꾸준히 버틴 사람들은 대부분 가시적인 결과를 만들었다. 취업을 고민하던 사람들 중에 상담을 통해 반성하고 꾸준히 실천한 경우 80퍼센트 이상 취업에 성공했다. 나머지 20퍼센트도 취업은 시간문제라고 생각한다. 새롭게 정신 무장을 한 사람에게 늘 해 주는 말은 다음과 같다.

"인생에서 늦은 때란 없다. 결심의 순간만이 있을 뿐이다."

●

모든 결과는 직간접적으로 경쟁과 연결되어 있기 때문에
어렵고 피곤한 것이다. 게다가 안타깝게도 최선을 다한
사람이 생각보다 많지 않다. 최선을 다했다고 굳게
착각하고 있는 경우가 다반사다. 인정한다고 해서 과거가
바뀌지는 않지만 새롭게 시작은 할 수 있다.
새롭게 제대로 시작해야 미래의 어느 시점에서
과거에 빛을 발산했던 우리와 다시 만날 수 있다.

유튜브에서 "미안하지만 불가능합니다"를 검색하세요!

일하면서
자기계발하는
8가지 방법

내가 유튜브에서 강의한 〈나는 어떻게 1년에 300권의 책을 읽었나?〉는 20만이 넘는 조회 수를 기록하며 많은 사람들이 관심을 보였다. 이렇게 공감하는 한편, 어떤 사람들은 메시지로 직장인이나 사업을 하는 사람은 책 읽을 시간이 많이 없는데 어떻게 해야 하는지 물어보곤 한다. 그런 사람들은 내 강의를 제대로 보지 않은 것이다.

300권의 책을 읽을 때 나는 직장 생활을 하고 있었다(강의에도 나온다). 재택근무도 아니었고 파트타임도 아니었다. 9시간씩 정상 근무를 했으며, 심지어 그 1년 동안 책만 읽은 것이 아니라 영어 독해도 상당한 수준으로 올렸다. 영국의 시사 주간지 〈이코노미스트(The Economist)〉를 무난히 읽을 정도까지 됐으니 말이다.

혹자는 내가 다른 사람과 달리 원래 독서를 좋아하거나 독하리만큼 강한 의지를 갖고 있는 사람으로 여긴다. 하지만 대학생 시절에는 공부, 독서, 자기 계발과 완전히 담을 쌓았더랬다. 300권의 독서와 영어 독해를 하기 전까지 나는 책도 거의 읽지 않았으며 영어 독해 실력도 고등학생 중간 수준이었다. 그전까지 나는 스타크래프트, 디아블로, 월드 오브 워크래프트 등을 하며 겜돌이 인생을 살았다. 당연히 학점은 선동렬 방어율 수준이었고, 덕분에 대학을 졸업하지 못했다. 즉, 누구나 할 수 있다는 말이다.

그렇다면 왜 자기 계발을 해야 할까?

나는 《일취월장》을 통해 4차 산업혁명이라는 변화의 시기에 살아남을 수 있는, 그리고 시대가 절실히 원하는 세 종류의 인재(호모 아카데미쿠스, 슈퍼 네트워커, 이성적 몽상가)를 제시했다. 이 중 호모 아카데미쿠스(학습하는 인간)는 자기 계발과 매우 밀접한 관계에 있다.

변화의 속도는 점점 빨라지고 있다. 1920년대에는 미국의 주가지수인 S&P500에 포함된 기업의 존속 기간이 약 67년이었고, 1955년에는 45년 정도였다. 하지만 2009년에는 7년으로 줄어들었다. 변화가 너무 빨라 적응 능력이 떨어진 것이다.

그런 의미에서 알파고가 우리에게 던져 준 충격은 단순하지 않다. 기술이 단순 반복 업무뿐만 아니라 '고숙련 전문가'의 영역까지 침범하고 있다는 의미이기 때문이다. 얼마나 대단했는지와는 상관없이, 이미 알고 있는 지식의 가치는 빠르게 떨어진다. 결국 시대에 필요한 새로운 지식과 기술을 얼마나 효율적으로 학습하느냐가 중요해진다. 즉, 학습하는 인간이어야 변화의 시대에 제대로 적응할 수 있다는 말이다.

물론 자기 계발을 통해 실력을 높이면 그 자체로 기분이 좋고 행복해진다. 자기 계발을 하는 아주 좋은 이유다. 하지만 일을 하는 사람으로서 성장은 생존과 기회 포착을 위해서도 꼭 필요하다.

자기 계발을 할 수 있는 8가지 방법은 다음과 같다.

1. 활용할 수 있는 시간을 정확히 확인한다

일을 하면서 자기 계발에 부담을 느끼는 이유는 '시간'이 없다고 생각하기 때문이다. 실제로 시간이 없을 수도 있다. 하지만 정말 시간이 없는지 엄격하게 따져 봐야 한다. 냉정하게 일주일의 삶을 적어 보고 낭비하는 시간이 얼마나 되며 활용할 수 있는 시간이 얼마나 되는지 파악해 보자. 실제 그렇게 해 보면 의미없이 흘러간 많은 시간들을 볼 수 있게 된다. 그 시간이 곧 공략해야 할 시점이다.

2. 출퇴근 시간을 이용한다

일하는 사람에게 절대적으로 활용하기 좋은 시간은 출퇴근 시간이다. 나는 영어 공부를 지하철에서 했다. 출퇴근 시간을 합치면 1시간 20분 정도였는데, 지하철에서는 절대 다른 것은 하지 않고 〈이코노미스트〉만 보기로 스스로 다짐한 것이다. 주간지였지만, 처음에는 한 달은 걸려야 한 권을 다 읽을 수 있었다. 하지만 10개월이 지나자 주말에 좀 더 읽으면 일주일 만에 읽을 수 있게 되었다.

출퇴근 시간에 좋아하는 웹툰이나 TV를 봐도 좋다. 이 또한 행복 아니겠는가? 하지만 자기 계발을 하고 싶다면 이 천금 같은 시간을 철저히 이용하자. 차로 움직이는 사람들은 팟 캐스트나 오디오 북 혹은 영어 듣기를 하면 좋을 것이다.

참고로 1시간 20분씩 주 5일, 1년이면 약 2만 분이라는 엄청난 시간이 된다.

3. 강력한 동기를 불러일으키는 것을 1~2가지만 하자

일을 하면서 자기 계발을 한다는 것은 결코 쉽지 않다. 그렇기 때문에 처음에는 강력한 동기를 불러일으키는 것을 해야 한다.

대개 사람은 6가지 동기에 의해 움직이는데, 가장 강력한 것은 '즐거움'이고 그다음은 '의미' 그리고 '성장'이다. 즐거움을 느끼면 가장 좋지만, 학습하면서 즐거움을 느끼기란 쉽지가 않다. 그러니 의미와 성장에 중점을 두자.

지금 하는 일을 더 잘할 수 있거나 커리어를 쌓기 위해 꼭 필요한 것이 무엇인지 살펴서 그것부터 하자. 이왕이면 책도 일과 관련된 분야를 읽는 것이다. 이를 '계독'이라고 하는데, 일과 관련된 책 50권만 읽어도 하는 일이 완전히 달라 보인다. 내가 직장에 다닐 때 금융 위기로 경제에 대한 관심이 지대했고, 하는 일도 경제와 관련이 깊었다. 그래서 1년에 읽은 300권의 책 중에 250권 이상은 경제에 관한 것이었다. 관심이 상당했고 일과 관련이 있었기에 꾸준히 읽을 수 있었다.

또한 너무 여러 가지를 할 필요가 없다. 자기 계발할 시간도 없을 뿐만 아니라 여러 가지를 동시에 하면 결과의 피드백이 늦기 때문에 동기가 약해진다.

그러므로 강력한 동기를 불러일으키는 것을 1~2가지만 정해 시작해 보자.

4. 환경 설정을 이용하자. 환경이 의지를 이긴다!

연구에 의하면 성공적인 변화에 가장 크게 영향을 미치는 것이 '장소의 변화'다. 늘 있는 곳이 아닌 새로운 장소, 더 나아가 변화에 적합한 장소로 옮기는 것만으로도 변화를 일으킬 수 있다는 뜻이다.

영어 공부를 위해 지하철이라는 장소를 이용했듯이, 독서하기 위해서는 카페를 이용했다. 의지가 약하지만, 스스로에게 딱 한 가지만 하자고 약속했다. 퇴근하면 미련 없이 책을 들고 카페에 들어갔고, 카페가 끝나면 나왔다. 주말에는 아예 카페로 출근했다. 처음에는 힘들었지만 10주 정도 지나자 습관이 되었고, 꾸준히 독서할 수 있었다.

그런데 장소 변화보다 더 중요한 환경이 있다. 바로 '스마트폰과 멀어지기'다. 일반적으로 30대 성인이 죽을 때까지 책 읽는 시간은 3개월밖에 안 되지만 스마트폰을 보는 시간은 10년이나 된다.

자기 계발을 할 때는 스마트폰을 가지고 다니지 않거나, 끄거나, 비행기 모드로 전환할 것을 추천한다. 나는 독서할 때는 스마트폰을 비행기 모드로 해 두는 편이다. 자기 계발을 하다가 한 번이라도 스마트폰을 들여다보면 시간이 줄줄 새어 나갈 수밖에 없다.

특히 SNS에 글이나 사진을 올려놓고 자기 계발은 하지 말자! 좋아요와 댓글만 생각하느라 공부를 못 한다!

자기 계발은 의지로만 할 수 있는 일이 아니다. 그러므로 할 수밖에 없는 환경을 만드는 것이 중요하다. 환경 설정을 제대로 하면 당신도 충분히 해낼 수 있다.

5. 계획을 구체적이고 실현 가능하게 세우되, 눈에 보이게 하라

계획은 구체적으로 세운다. 모호한 것보다 구체적일 때 행동에 옮길 확률이 커진다.

그리고 실현 가능하게 세워야 한다. 작은 성취를 계속 맛봐야 사람은 포기하지 않는다. 무리하게 계획을 세워 이루지 못하면 그냥 주저앉게 된다. 몇 번 시도해 보면서 자신이 할 수 있는 범위를 정한다.

또한 눈에 보일 때 행동하는 경향이 있다. 다이어리나 스마트폰 일정에 오늘 할 자기 계발을 적고 눈으로 확인한다. 이 또한 구체적일수록 좋다. 이를 행동 계기의 법칙이라고 한다.

6. 장기적으로 바라본다

일을 하는 사람은 시간이 많지 않다. 그러니 단기간에 승부를 볼 생각은 버려야 한다. 애초부터 길게 보고 단기간의 변화에 일희일비하지 않도록 한다.

꾸준히 자기 계발을 했을 때 몇 년 후 성장한 자신의 모습을 자주 상상한다. 앞의 사항들을 제대로 지키고 장기적인 안목까지 갖췄다면, 이왕이면 원대한 비전을 세우자. 원대한 비전은 목표 의식을 고취시키고, 어려움을 극복할 수 있는 힘을 주며, 자신을 한계 짓지 않는다.

7. 함께할 수 있는 사람이 있다면 함께하라

너무 외로우면 인지 능력이 축소되어 학습 능력이 저하되는 경향을 보인다. 그래서 마음이 맞는 누군가와 함께하는 것만으로도 인지 능력이 확장된다. 또한 마음에 맞는 사람과 함께하면 '즐거움'이라는 동기가 생긴다. 앞에서도 말했듯이 동기 부여 최강자는 '즐거움'이다. 자기 계발 과제 자체는 즐겁지 않아도, 자신이 좋아하는 사람과 함께하면 자기 계발이 즐거워질 수 있다. 최고의 동기 부여를 얻는 것이다.

단, 함께하는 사람이 성장 욕구가 강하고 열심히 하는 사람이어야 한다. 사람은 가까운 사람을 무의식적으로 모방하는 경향을 보인다. 수다와 단순한 즐거움만이 목적이라면 상관없다. 하지만 '성장'이 목적이라면 성실한 사람과 함께하라.

그런 의미에서 꼭 친한 사람과 함께할 필요는 없다. 공통의 목적, 공통의 과제가 있는 사람과 함께하는 것도 좋다.

롤 모델과 함께할 수 있는 기회가 생기면 놓치지 마라. 연구에 의하면 롤 모델과의 상호 작용이 주는 생산성은 어마어마하니까 말이다.

8. 자신을 믿어라

자신을 의심하지 마라. 뇌는 가소성이 있다. 특정 분야의 일을 열심히 하면 그 일과 관련된 뇌가 해부학적으로 변해 그 일을 더 잘하게 해 준다. 죽을 때까지 그렇다. 뇌의 성능은 나이와 상관없으니 머리가 굳었다는 핑계는 대지 말고 자신을 믿고 하면 된다.

스스로 인식하지는 못하지만, 중년의 뇌는 학습하기에 최고의 조건이다. 여러 연구가 이를 지지한다. 스스로 머리가 안 돌아간다고 생각하고 아무것도 안 하면 경험만 믿고 날뛰는 '꼰대'가 될 것이다. 그러나 꾸준히 자기 계발을 하면 존경 받는 선배, 상사, 리더가 될 것이다.

헨리 포드는 이렇게 말했다.

"할 수 있다고 생각하든 할 수 없다고 생각하든, 생각하는 대로 될 것이다."

●

일하면서 자기 계발하는 8가지 방법

1. 활용할 수 있는 시간을 정확히 확인한다.

2. 출퇴근 시간을 이용한다.

3. 강력한 동기를 불러일으키는 것을 1~2가지만 하자.

4. 환경 설정을 이용하자. 환경이 의지를 이긴다!

5. 계획을 구체적이고 실현 가능하게 세우되, 눈에 보이게 하라.

6. 장기적으로 바라본다.

7. 함께할 수 있는 사람이 있다면 함께하라.

8. 자신을 믿어라.

유튜브에서 "일하면서 자기계발하는 8가지 방법"을 검색하세요!

꼰대에
대처하는
우리의 자세

불편할 정도로 적극적인 택시 기사를 만난 경험이 누구에게나 있을 것이다. 보통 때는 교통 체증을 걱정할 필요 없는 전철을 이용하지만, 정말 피곤할 때는 택시를 탄다. 요즘은 체력이 예전보다 떨어진 데다 업무적인 통화가 많아서 택시를 더 자주 이용하다 보니 이런 프로 '오지라퍼' 기사님들과 조우할 기회가 많다. 예전에는 웃으면서 대답해 줬는데, 요즘에는 체력이나 정신적으로 여유가 없어서 이어폰부터 꽂는다. (그리고 딱히 노래를 듣지는 않는다.)

하루는 스타벅스 근처에서 택시를 탄 적이 있다. 그랬더니 기사님이 기회를 놓치지 않고 비트도 없이 프리스타일 랩을 쏟아 냈다.

"요즘 친구들은 참 행복할 거야. 이렇게 대낮인데도 저렇게 커피숍이 가득 찼어. 우리 때는 토요일에 야근만 안 했어도 행복하다고 했는데 이렇게 평일 대낮에도 저렇게 커피를 마실 수 있으니 얼마나 좋아? (맨 처음에는 내 귀를 의심했으나 토요일 야근이라고 했다.) 이런 좋은 세상에 태어났으니 얼마나 좋아?"

이야기가 듣기 싫었지만, 웃으면서 맞장구쳐 주고 말았다. 하지만 나도 그 기사에게 들려주고 싶은 이야기가 있었다.

"기사님, 참 행복하시죠? 조선 시대에 가마꾼으로 태어나지 않은 게 얼마나 다행이세요? 앉아서 액셀만 밟아도 차가 얼마나 쭉쭉 잘 나갑니까? 추우면 히터 틀고 더우면 에어컨 틀고 차 안에만 있으면 되니깐 얼마나 편하세요? 조선 시대 가마꾼이면 일하고 돈이나 제대로 받았겠어요? 행여나 겨울에 얼음판에서 미끄러져서 안에 있는 아씨라도 다쳤으면 곤장 맞고 그랬을 텐데, 그때 비하면 참 좋은 세상이에요. 어디 또 가마꾼이 안에 있는 아씨에게 말이나 붙일 수 있었겠습니까? 요즘은 원하면 손님하고 이렇게 대화도 하고 낙원이 따로 없네요." (절대 모두가 그런 것은 아니다. 실제로 나이 많은 택시 기사님인데 존댓

말 꼬박꼬박 쓰시면서 본인이 운동을 통해 얼마나 건강해졌는지 말해 주어 매우 긍정적인 동기 부여를 해 준 기사님도 있었다. 극히 드물긴 하다……)

구체적인 상황만 다를 뿐이지, 옛날을 들먹이며 세상이 좋아졌으니 불평불만하지 말라는 OB들이 택시 밖에도 정말 많다. 분명히 어떤 부분은 좋아진 게 사실이지만, 아닌 부분도 많다. 대표적인 예가 청년 실업 문제. 우리나라 청년 고용률은 OECD 국가에서도 최하위권이고 회복률 또한 최하위에 속한다. 근무 환경이 개선된 것은 일부 동의할 수 있지만, 마냥 좋은 세상이라는 말은 쉽게 인정할 수 없다. 근무 환경도 세대 간 인식의 격차가 너무나 크기 때문에 예전과는 다른 인간관계에서 오는 스트레스를 절대 무시할 수 없다. 먹고살기 좋아졌으니 무조건 좋다고 박수 쳐야 할까? 지금 아무리 좋다고 해도 미래의 성장 가능성이 보이지 않는다면 그만큼 가슴 답답한 일도 없을 것이다.

강연에서는 거침없이 OB들(대기업 CEO한테도)에게 쓴소리를 하지만, 당시 나는 반론을 펼치지 않고 목적지에 도착하여 택시에서 내렸다. '꼰대'에 대처하는 방식이 2가지로 나뉘기 때문이다.

첫 번째는 지속적으로 보지 않는 꼰대를 만났을 경우다. 택시 기사가 그렇다. 이럴 때는 한 귀로 듣고 한 귀로 흘린다. 사람은 쉽게 바뀌지 않기 때문이다. 이는 남녀노소를 가리지 않고 진리 중에 진리다. 그런데 잠깐 대화한다고 꼰대에게 영향을 줄 수 있을까? 불가능하다. 그런 데는 에너지를 소모하지 않는 것이 최선이다.

더 나아가 말도 안 되는 주장을 펴는 사람이 60대 이상이라면 더욱 안타깝다. 통계가 말해 주는 우리나라 노인의 상황이 좋지 않기 때문이다. 불명예스럽게도 OECD 국가 중 노인 빈곤율과 노인 자살률이 1위인 나라다. 슬픈 현실이다. 이런 상황에서 불만족에 대한 절규를 외치는 OB들이 진심으로 측은해진다. 지나가는 비는 잠깐 피하면 되듯, 스치는 꼰대의 말은 '그러려니' 하는 것이 가장 효과적인 대응이다.

두 번째는 자주 봐야 하는 꼰대를 대하는 경우다. 이때는 대처 방식이 180도 바뀐다. 이런 상황에서는 '그러려니' 받아 주면 안 된다. 기회를 봐서 단호하게 그만하라고 얘기할 수 있어야 한다. 그래야 오히려 건강한 관계가 지속될 수 있다. 하지만 절대 쉽지 않은 일이다. 잘못 말했다가 인생이 꼬일 수도 있으니 신중해야 한다.

회사에 다닐 때 경력이 10년 정도 차이 나는 A수석이 있었다. 실력 면에서는 배울 것도 많아서 좋게 지내고 싶었지만, 쉬는 시간에 툭하면 훈계를 해서 도저히 가만히 듣고 있을 수가 없었다. 하루는 A수석과 사원 한 명과 함께 쉬고 있는데 또 훈계를 시작했다. 그래서 정색하면서 "죄송하지만 제가 이야기를 계속 들어 보니 책을 읽어도 수석님보다 못해도 2배는 많이 읽었을 것 같고, 경험도 회사 경험 빼고는 다른 분야에서는 훨씬 더 다양한 경험을 한 것 같습니다. 그러니 업무 관련 외에 조언은 이제 그만해 주셨으면 좋겠습니다. 쉬는 시간에는 다 같이 진짜 쉬었으면 좋겠습니다."라고 말했다. 나중에 A수석은 훈계를 한 이유를 몇 번이고 피력했지만, 딱히 반응을 보이지 않자 적어도 나에게는 꼰대 놀이를 하지 못했다.

누구나 '사이다' 같은 대응을 하고 싶겠지만, 감정이 폭발해서 대처하면 안 된다. 나는 기회를 기다렸고, 난처한 상황을 만들고 싶지 않아서 사원 한 명만 있을 때 칼을 뽑았다. 게다가 당시 A수석은 나에 대한 인사 평가 권한이 없었고, 실제 권한을 가지고 있는 그룹장과 파트장과의 관계는 매우 원만했다. 후배 및 동료 사원들도 A수석의 훈계를 너무 싫어해서, 문제가 되면 모두의 의견을 수렴해 공론화할 준비도 되어 있었다.

최악의 경우 다른 개발실로 옮기거나 몇 년 참다가 회사를 그만둘 계획도 있었다. 촘촘하게 준비가 되어 있었기에 단호하게 말할 수 있었고, 꼰대의 늪에서 어렵지 않게 탈출할 수 있었다.

꼰대에게 대처하는 방법을 이야기하다 보니 불현듯 '나는 꼰대가 아닌가?' 하는 생각이 든다. 어떤 면에서는 꼰대다. 이 책도 어찌 보면 한없이 꼰대스럽다(그래도 독자가 돈을 주고 구매했으니 이 책을 읽는 것은 정신'노동'이 아닌 정신'운동'이라고 혼자 정신 승리를 해 본다).

꼰대의 정의는 무엇인가? 상황에 따라 다르겠지만, 자신의 경험에 비추어 본인의 생각만이 절대적으로 옳다고 믿고 상대방이 원하지도 않는데 그 생각을 알려 주려는 사람이 아닐까. 그렇다면 나이 많은 OB들만 꼰대일까? 무논리와 상대방의 의사를 존중하지 않는 태도가 결합되면 모두가 꼰대다. 우리가 궁극적으로 꼰대에 대처하려면 '내가 오늘 꼰대 짓을 한 게 아닐까?' 반성해야 한다. 그래서 (잠재적 꼰대 후보생인) 나부터 벽 보고 진지하게 반성한다.

●

꼰대의 정의는 무엇인가? 상황에 따라 다르겠지만,
자신의 경험에 비추어 본인의 생각만이 절대적으로
옳다고 믿고 상대방이 원하지도 않는데
그 생각을 알려 주려는 사람이 아닐까.
그렇다면 나이 많은 OB들만 꼰대일까?
무논리와 상대방의 의사를 존중하지 않는 태도가 결합되면
모두가 꼰대다. 우리가 궁극적으로 꼰대에 대처하려면
'내가 오늘 꼰대 짓을 한 게 아닐까?' 반성해야 한다.
그래서 (잠재적 꼰대 후보생인) 나부터 벽보고
진지하게 반성한다.

유튜브에서 "꼰대에 대처하는 우리의 자세"를 검색하세요!

내가
생각하는
엘리트

우리는 어떤 영역에서 빠르게 승승장구하고 있는 사람을 일
컬을 때 "엘리트 코스를 밟았다."라는 표현을 쓰고는 한다. 그
리고 엘리트 교육이라고 하면 부유층 혹은 특권층의 소수정예
교육을 떠올린다. 하지만 내가 생각하는 엘리트의 개념은 많
이 다르다. 우선 앞에서 언급된 엘리트와 달리 개인적으로 생
각하는 엘리트는 입학 점수가 높은 대학을 치열한 경쟁을 뚫
고 들어가 동년배보다 더 높은 연봉을 받는 직위에 있는 사람
을 말하지는 않는다. 특히 경제적, 문화적으로 여유가 있는 환
경에서 태어나서 (쉽게 말하면 '금수저'로 태어나서) 자신의 의지와

노력보다는 환경적인 요소 때문에 좋은 대학에 입학하게 되고 그 과정의 연장선에서 직업적으로 빠르게 성공하는 경우는 더더욱 엘리트라고 생각하지 않는다.

사실 부유한 환경에서 태어났다고해서 무조건 경제적, 혹은 지적으로 성취를 거두는 것도 아니다. 그 과정에서도 개인의 노력은 반드시 수반되어야 한다. 하지만 개인적으로 수많은 사람들을 만나 본 결과 (여전히 편협하겠지만) 어떤 분위기가 조성되어 있으면 누구나 자신의 능력치 이상의 결과를 발휘하는 경향을 어렵지 않게 볼 수 있었다. (그래서 다들 각자의 목적과 기호를 가지고 살아가지만 온/오프라인에서 인연을 맺게 된 사람들과는 조금 더 으쌰 으쌰 해서 성장하는 방향으로 '분위기'를 만들고자 죽어라 노력하는 것이다.) 그렇게 경제적, 혹은 직업적 성공을 이뤄 낸 사람을 엘리트라고 부르지 않는다면 도대체 누가 엘리트란 말인가?

내가 주장하는 엘리트의 핵심에는 리더십이 있다. 우리는 장유유서와 호봉제 문화에 익숙해져서 리더는 명령하고 지시하는 사람이라고 착각하는 경향이 있다. 리더십도 여러 가지 관점에서 정의를 내릴 수 있겠지만, 반드시 도덕성과 책임이라는 뿌리가 있어야 한다. 리더는 결과의 가장 많은 부분을 취하는 사람이 아니라, 최고의 결과를 만들기 위해 가장 치열하게

노력하고 모든 결정에서 발생하는 결과에 책임을 지는 사람이
다. 경제적 이득은 훌륭한 리더십을 발휘했을 때 자연스럽게
따라오는 결과물일 뿐이지, 그것을 절대적 목적으로 삼아 탐욕
에 가득 찬 사람은 리더가 될 수 없다. 엘리트라는 호칭도 부적
합하다. 하지만 언론이나 미디어에서 말하는 엘리트의 전형적
표본은 그 본질이 왜곡되었다는 생각을 지울 수 없다.

여기서 절대 착각하면 안 되는 부분이 있다. 그렇다면 기업
이나 조직의 의사 결정권자는 정의롭고 멋진 의지만 가지면
되는 것인가? 결코 그렇지 않다. 기업 운영의 제1원칙은 절대
부정할 수 없다. 바로 높은 매출과 높은 영업이익을 발생시키
는 일이다. 조직의 의사 결정권자가 엘리트, 즉 훌륭한 리더의
덕목인 도덕성과 책임감을 완벽하게 갖췄다고 해서 기업의 경
쟁력은 전혀 보장되지 않는다. (개인적으로 회사를 운영하면서 여러
가지 원칙이 있지만 가장 중요한 원칙은 우리 직원들의 경제적 안위를 지
켜 내는 것이 무엇보다 우선순위다.) 모든 사람은 자신의 뜻이 가장
소중하고 대단하다고 생각한다. 그런 각자의, 혹은 그룹의 철
학이 치열하게 부딪치는 곳이 바로 '비즈니스 세계'다. 그렇기
에 단순히 좋은 뜻과 태도만으로는 그 누구도 성공은 고사하
고 생존도 할 수 없다.

그렇다면 실적만 잘 내는 리더가 아닌 동시에 엘리트라는 호칭을 얻으려면 어떻게 해야 할까? 단순히 실적을 많이 내는지 따질 것이 아니라, 얼마나 많은 사람들과 윈윈을 만들어 냈는지 따져 봐야 한다. 윈윈은 여러 가지 형태로 나타난다. 좋은 제품을 합리적인 가격에 소비자에게 공급했다면 그것도 일종의 윈윈이다. 더 많이 고용한 기업도 사회와 윈윈했다고 말할 수 있다. 회사가 얻은 이익을 직원과 더 나누고 사회에 어떤 형태로든 환원한다면 더할 나위 없이 좋은 윈윈이라고 할 수 있을 것이다.

무조건 금전으로 기부하는 것이 좋은 리더십은 아니다. 잘못된 선의는 오히려 사회적 생태계를 파괴할 수도 있다. 사회 환원도 잘하면 긍정적인 임팩트를 줄 수 있다. 운까지 따라 준다면 환원의 과정이 문화가 되어 사회 전반을 바꾸는 계기가 되기도 한다. 그래서 유기적으로 효과가 발생하는 좋은 일을 하고 싶다면 공부를 많이 해서 냉정하게 판단해야 한다. 이렇듯 자신의 이권을 넘어서서 세상을 위한 공부를 하는 사람들에게 엘리트라는 호칭이 어울릴 것이다.

이 글을 쓰는 가장 큰 목적은 나 또한 엘리트가 되고 싶다고 다짐하는 것이다. 어떻게 하면 더 올바른 방법으로 세상에 긍정적인 임팩트를 주고 더 많은 사람과 윈윈할 것인지 다시금 고민하고, 그동안 무엇을 잘못했는지 반성해 보기 위해서다.

내가 살아 있는 동안 세상을 원하는 만큼 바꾸기는 힘들 것이다(그렇다고 불가능하다고 생각하지도 않는다). 그러나 적어도 주변에 있는 사람과는 엘리트 후보생들인 '이기적 이타주의자' 그룹을 만들어 낼 것이다. 우리의 후배와 자녀가 살아갈 다음 세상을 위해 부지런히 씨앗을 심고 새싹이 잘 자라도록 시작하는 것만으로도 의미가 크다고 믿고 싶다. 안타깝게도 새싹은 여러 가지 이유로 밟히기도 하고 말라 죽기도 하고 뽑히기도 하겠지만, 다시 씨앗을 심고 열심히 기르면 된다. 포기하지만 않는다면 언젠가 반드시 노력이 열매를 맺을 것이다. 그렇게 절대 포기하지 않는 엘리트가 되고 싶다.

이 가슴 뛰는 도전을 많은 사람이 함께해 줬으면 좋겠다.

●

내가 주장하는 엘리트의 핵심에는 리더십이 있다.
우리는 장유유서와 호봉제 문화에 익숙해져서 리더는
명령하고 지시하는 사람이라고 착각하는 경향이 있다.
리더십도 여러 가지 관점에서 정의를 내릴 수 있겠지만,
반드시 도덕성과 책임이라는 뿌리가 있어야 한다.
리더는 결과의 가장 많은 부분을 취하는 사람이 아니라,
최고의 결과를 만들기 위해 가장 치열하게 노력하고
모든 결정에서 발생하는 결과에 책임을 지는 사람이다.
경제적 이득은 훌륭한 리더십을 발휘했을 때
자연스럽게 따라오는 결과물일 뿐이지,
그것을 절대적 목적으로 삼아 탐욕에 가득 찬 사람은
리더가 될 수 없다. 엘리트라는 호칭도 부적합하다.
하지만 언론이나 미디어에서 말하는 엘리트의
전형적 표본은 그 본질이 왜곡되었다는 생각을 지울 수 없다.

유튜브에서 "내가 생각하는 엘리트"를 검색하세요!

우리는
왜
힘든가?

천사같이 잠든 딸을 바라보고 있으면 모든 근심걱정이 사라질 때가 있다. 그러다가도 딸이 살아갈 미래를 생각하면 온갖 불안감과 두려움으로 가득 찬다. 걱정의 쓰나미는 도대체 어디서 오는 것일까? 왜 이렇게 힘든 세상이 기다리고 있는 것일까?

사실 대한민국의 앞날이 답답한 이유는 준비되지 않은 상태에서 성장의 포화 구간에 들어갔기 때문일지도 모르겠다. 포화 구간에서는 죽어라 노력해도 그 과정에 비례하는 결과를 얻지 못할 확률이 매우 높다. 이런 상황은 우리나라에만 국한된 문제는 아니다. 많은 나라들이 비슷한 상황에 처해 있다. 여러 가지 대내외적인 이유 때문에 좋은 방향으로 반전될 가능성도 희박하다. 그렇기에 숨이 턱 막힌다.

거기다 압축 성장으로 세계 어떤 나라보다도 빠르게 성장했기 때문에 전혀 다른 관점을 가진 세대들이 함께 살아가고 있다. 아직도 현역에 가까운 50~70대는 20~30대를 이해할 수 없다. 그들은 노력의 선형 구간에 있었으므로 노력한 만큼 가지고 갈 수 있었다. 선형 구간에서 일하는 즐거움을 경험한 기성세대에게 20~30대의 헬조선 타령은 어리광 섞인 투정으로만 보인다.

과거에 비해 먹고살 만해진 것은 확실하다. 하지만 어떻게 사람이 밥만 먹고 살겠는가? 마음도 먹고 꿈도 꾸고 살아야 하는데 미래가 보이질 않으니 쉽게 결심하고 새로운 도전을 해볼 엄두가 생기질 않는다. 의지에 찬 결심이 아니라 떠밀리듯 결정하니 상대적으로 포기한 사람처럼 보이고, 그로 인해 잔소리만 듣게 되니 절로 헬조선 타령이 나오지 않겠는가?

그러나 딱히 방법이 없다. 더 열심히 사는 수밖에는.

대한민국은 앞으로 더 좋아질 요소를 찾기가 어렵다. 오피니언 리더를 가장한 '사짜' 전문가들이 획기적인 반전을 통해 포화 구간을 탈출할 수 있다고 주장하는데, 위험한 발상이다.

포화 구간에서 퀀텀 점프는 없다. 영역에서 벗어났다면 극심한 추락을 경험하고 있을 가능성이 높다. 우리가 지금 해야 할일이 있다면 잘하는 것은 1퍼센트라도 더 잘하려고 이를 악물고 노력하는 것이다. 망할 것처럼 보인다면 빨리 색출해서 과감하게 결단하여 그 과정이 사회에 부정적 파장을 미치지 않도록 서서히 연착륙시켜야 한다.

그런데 성장이 완전히 막혔으니 새로운 분야에서 먹거리를 찾는 것이 절대적인 진리인 양 떠드는 사람들을 보면 어이가 없다. 2부 리그 축구 팀이 10년간 한 등수 차이로 1부로 승격하지 못하니 야구 팀으로 전환하자는 꼴이다. 물론 새로운분야에 도전해야 한다. 하지만 그것을 유일한 정답으로 착각하여 총력을 기울이면, 상황이 좋아지기는 고사하고 리스크만키워서 급작스럽게 나빠질 수도 있다. 이미 대기업들이 성장동력이 막혔다고 해서 전혀 모르는 분야에 뛰어들었다가 망한사례는 너무 많다. 체계적인 계획이 아닌 불안감에서 나온 막연한 시도에 국운을 걸면 안 된다. 급할수록 돌아가라는 말을되새길 시점이다.

어떤 면에서 보면 우리나라에는 큰 가능성이 있다고 본다. 제대로 된 교육을 받아서 합리적으로, 효율적으로 무엇인가

해 본 적이 없기 때문이다. 우리나라의 경제력과 대학 진학률을 고려했을 때 현재 대학교의 연구 수준은 터무니없이 형편없다. 반대로 생각하면 교육부터 제대로 바꾸면 전혀 예상하지 못한 가능성이 존재할 수도 있다는 말이다. '먹고사니즘'도 해결했으니, 이제는 밑단부터 제대로 해 볼 때도 된 것이다.

뿌리부터 바꾸는 새로운 시도는 지금의 20~30대가 해내야 한다. 그리고 깨어 있는 기성세대들이 이 과정을 전폭적으로 지원해 주기를 간절히 소망한다. 할머니, 할아버지가 독립을 하고 한국전쟁의 후유증을 이겨 냈고, 엄마와 아빠가 민주화와 산업화를 성공했다면, 이제 우리 세대는 합리적으로 일하고 포화 구간에서 살아남을 수 있는 학술적, 기술적 진일보를 이뤄 내야 한다고 생각한다. 전후 복구 과정과 민주화는 정말 힘들고 어려웠겠지만 명확하게 보이는 긍정적인 미래가 있었다는 관점에서는 어쩌면 지금이 더 어려울 수도 있겠다.

세상을 원망하는 청춘을 보면 미안한 마음도, 안타까운 마음도 든다. 안타까운 마음이 더 큰 것은 왜 힘든지 모르고, 안다 한들 대처 능력이 없기 때문이다. 엄마 아빠 시대에는 열심히 하면 잘 먹고 잘살 수 있었지만, 지금은 제대로 잘하면서 열심히 해야 잘 먹고 잘살 수 있다. 그래서 더 피곤하고 답답

한 것이다. 거기에 우리를 답답하게 보는 기성세대의 눈초리
가 짐을 더한다.

기술의 발달로 어설픈 신변잡기식 공부는 설 자리를 잃어
가고 있다. 어설프게 수능만 잘 보고 학점만 잘 받았을 뿐, 내
용에 대한 지식의 탐색과 심화는 하나도 안 된 공부는 필요 없
다. 다시 강조하지만, 방법은 하나뿐이다. 제대로, 꾸준하게 잘
하는 것이다.

이 포화의 영역에서 살아남는 것은 우리가 극복해야 할 시
대적 과제다. 복합적으로 조금씩 모든 영역이 개선되어 그 효
과가 복리로 합해져야 가시적으로 가능성이 있음을 확인할 수
있을 만큼 어려운 문제다. 답을 찾는 요령보다는 탐구 방법을
몸에 익히고 문제 해결 능력을 키워야 한다. 답이 있는 문제를
잘 푸는 학생이 아니라 답이 없는 문제에 도전하고, 답을 만들
어 내지는 못해도 답에 가까워지려 노력하는 사람들이 많아져
야 한다.

먹고살 만하니까 이제는 정신적인 부분에서도 조금 더 성숙
한 삶을 만들어 낼 필요가 커졌다. 배려가 아닌 습관적 오지랖
은 서로서로 줄이면서 공동체 내에서의 개인주의는 더 인정해
줘야 한다. (그렇다고 사회적 공생 관계는 철저하게 무시하는 이기주의

는 개인주의와 구별해야 한다.) 또 좀 더 나누는 기쁨을 알아 가는 사회가 되어야 한다. 기술 트렌드는 점점 승자 독식 구조가 가속화되기 때문에 사회 전체 분위기가 (특히 경제적 부의 정점에 있는 리더들이) 나눔을 의무가 아닌 기쁨으로 받아들이지 못하면 삶은 더 퍽퍽해진다. (그렇다고 나눔을 당연시하고 강요하면 우리 모두가 지옥으로 가는 급행열차를 타는 경험을 하게 될 것이다.) 그래서 교육이 정말 중요한 것이다. 타인에 의한 강제가 아닌 마음속에서 우러나오는 더불어 사는 기쁨에 대해 우리 모두가 진지하게 배워야 한다.

아빠는 우리 딸 미래가 이렇게 걱정이 되는데 우리 딸은 어떻게 쌔근쌔근 잘 자는지 모르겠다. 이렇게 또 잘 자니깐 아빠가 우리 딸 옆에서 조금이나마 함께 잘되는 방향을 고민하고 또 실천할 생각을 할 수 있었겠지. 어떻게 보면 내가 널 키우는 게 아니라 가끔은 네가 날 키우는 것 같기도 하다. 일단 세상 걱정은 접어 두자. 널 키우는 게 때로는 힘겹기도 한데 이렇게 너를 통해 내가 성장하는 모습을 보니 한편으로는 고맙다. 우리 함께 잘해서 힘든 세상을 잘 살아 보자!

●

뿌리부터 바꾸는 새로운 시도는 지금의 20~30대가 해내야
한다. 그리고 깨어 있는 기성세대들이 이 과정을 전폭적으로
지원해 주기를 간절히 소망한다. 할머니, 할아버지가 독립을
하고 한국전쟁의 후유증을 이겨 냈고, 엄마와 아빠가
민주화와 산업화를 성공했다면, 이제 우리 세대는 합리적으로
일하고 포화 구간에서 살아남을 수 있는 학술적, 기술적
진일보를 이뤄 내야 한다고 생각한다. 전후 복구 과정과
민주화는 정말 힘들고 어려웠겠지만 명확하게 보이는
긍정적인 미래가 있었다는 관점에서는 어쩌면 지금이 더
어려울 수도 있겠다.

유튜브에서 "우리는 왜 힘든가?"를 검색하세요!

회사에서
미움 받을
용기

우리 인생에서 가장 어렵고 또 해결하기 쉽지 않은 문제는 직장에서의 인간관계일 것이다. 일단 천재지변과 인재부터 구별하자. 질량 보존의 법칙, 에너지 보전의 법칙과 나란히 세계 3대 보존 법칙 중에 하나인 '또라이' 보존 법칙에 해당되는 나쁜 동료나 상사를 만났다면 심심한 위로의 말을 건넨다. (너무 슬픈 현실이지만 진짜 말이 안 통하는 사람도 상당히 많다.)

이번에는 그렇게 불가항력적인 경우가 아니라 조금은 미움 받을 용기가 있다면 해결 가능한 경우를 함께 이야기 해보려고 한다. 다시 한 번 강조하지만 대한민국에서 회사 생활은 힘들 수밖에 없는 구조다. 우리가 집필한 다른 책의 '입사 후 숨 이 막히는 신입사원에게' 칼럼에서 간략하게 그 이유를 확인해 보자.

"여러 가지 이유로 힘들겠지만, 가장 큰 원인은 역시 인간관계다. 대한민국은 그 어떤 나라보다 고도의 압축 성장을 경험한 나라다. 1970년 한국은 중-저소득(Lower-middle-income) 국가로 분류되었지만, 2010년에는 고소득(High-income) 국가가 되었다. 전 세계에서 40년 동안 중-저소득 국가에서 고소득 국가로 변신한 나라는 우리가 유일하다. 그런 변화를 겪은 기성세대와 현재의 청년 세대는 같은 모습을 하고 같은 말을 하면서 같은 국가에 살고 있지만, 성장 배경이 전혀 다르기 때문에 다른 형태의 사고방식을 지녔다고 해도 사실상 무리가 없다. 거기다 정치적, 기술적 환경의 변화 속도까지 가중치를 주면 조금 과장을 보태서 서로 다른 인류라고 정의하고 싶을 정도다. 대한민국에서 취업이라는 것은 그렇게 다른 종족이 만들어 놓은 생태계에 들어가서 적응하는 것이다.

만약에 이렇게 새로운 문화에 적응하는 정도라면 직장 생활이 그렇게 숨 막힐 수는 없다. 조금 더 구체적이고 정량적인 근거를 제시하면, 핵심 원인은 현재 회사의 핵심 의사 결정을 하는 기성세대의 낮은 문해력이라고 생각한다. 국제 성인 역량 조사(PIAAC)에서 발표한 16~65세 한국인의 문해력은 OECD 평균과 거의 동일하다. 하지만 조금만 자세히 들여다보면 상당히 충격적인 결과를 발견할 수 있다. 16~24세의 평균은 세계 4위로 상당히 높았지만, 45~54세의 평균은 OECD 국가 중에 뒤에서 4등, 55~65세의 평균은 뒤에서 3등이라는 처참한 결과였다. 객관적 지표는 이렇지만, 현실에서 기성세대는 누구도 부정할 수 없는 엄청난 성취를 이뤄 냈다. 이런 문해력의 실제 결과를 보면 '한강의 기적'이라는 말은 과장이 아니라고 느껴질 정도다.

낮은 문해력과 눈부신 업적이라는 전례가 없는 기형적 조합은 사실상 두 세대 사이의 대화를 불가능하게 만들 만큼 엄청난 장벽이 되었다. 제대로 논리적인 소통을 하더라도 타인의 공감을 얻고 이견을 좁히는 일이 쉽지 않은데, 기성세대는 이미 일궈 낸 성공이라는 정답을 전제로 깔고 대화를 하므로 신입사원에게 숨을 쉴 틈을 줄 리가 만무하다. 이렇게 따지고 보니 회사 생활이 안 힘든 게 이상할 정도다." (《일취월장》, 520쪽)

특히 직장에서 인간관계가 답답한 이유는 너무 빠르게 압축 성장한 부작용 때문이다. 상담을 하다 보면 20~40대 직장인은 생각보다 발전하고 성장하고 싶은 욕구가 엄청나게 강하다. 하지만 50대 이상 OB들은 다르다. 그들은 개인의 성장보다는 팀워크에 방점을 찍는 성향이 있다. 그래서 회식하면서 코가 삐뚤어지게 마셔야 서로의 진심을 확인할 수 있고, 오래 사무실에 앉아 있는 것이 일을 열심히 했다는 핵심 KPI 중 하나가 된다. 예전에는 그다지 잘못된 전략이 아니었다. 그래도 일이 되던 시절이 있었다. 하지만 이제는 아니다. 세상이 빠르게 바뀌고 있고, 예전의 전략을 의사 결정권자가 고수하면 모두의 미래가 위태로워질 수 있다.

그래서 모두를 위해 조금은 미움 받을 용기가 필요하다. 일을 다 했으면 눈치 보지 말고 퇴근하는 용기를 가져야 하고, 쓸데없는 회식을 거절하는 용단을 내려야 한다. 예전에는 이런 의견에 말도 안 된다고 정색하는 경우가 많았지만, 이제는 상황이 바뀌고 있다. 대기업뿐 아니라 빠르게 성공해 규모가 커진 스타트업부터 이런 문화가 조금씩 자리 잡고 있다.

중소기업 대표들은 인재가 없다고 노래를 부르는데, 우선 돈은 많이 주지 못하더라도 올바른 조직 문화가 회사에 자리 잡는 것부터 신경 써야 한다. (개인적으로 간곡하게 부탁드린다.) 그리고 동료 간에도 전혀 불필요한 업무 외적 활동에 빠지는 것을 은근히 모난 사람 취급하는 경우도 많다. 제발 여러분의 소중한 친구와 사랑하는 가족이 당신을 애타게 기다리고 있다는 사실을 잊지 말자. (업무 시간 내에 꼭 필요한 단체 활동도 있기 마련인데 이것조차 안 하려는 것은 개인주의자라고 하면 안 되고 이기주의자로 보는 게 맞다. 이런 분들은 혼자 활동하는 프리랜서를 직업으로 삼는 것이 자신과 주변을 모두 행복하게 하는 길이다.)

모든 것이 네트워크로 촘촘하게 연결되기 시작하면서 세상은 어느 때보다 빠르게 변하고 있다. 20대 초반에 배웠던 전공 지식으로만은 절대 먹고살 수 없는 시대가 도래했다. 꾸준하게 배우고 익히지 않으면 앞으로는 회사 생활뿐 아니라 삶 자체가 고난의 시간이 될 수도 있다. 그래서 OB들이 만들어 놓은 기준을 무의식적으로 받아들이면 안 된다.

연공서열이 가장 강력한 이데올로기일 때는 나이만 먹으면 관리라는 명분으로 버틸 수 있었지만, 점점 관리의 영역은 사라질 것이다. 대부분 기업의 관리는 결과와 자료를 취합하는 성격이 강한데, 이 부분은 시스템적으로 점점 효율화될 것이다. 좋은 보고 시스템(인프라)이 있다면 관리자는 팀장으로 충분하다. 이제는 모두 스페셜리스트가 되어야 하는 시대가 오고 있다. 동시에 일의 주제가 너무 빨리 바뀌기 때문에 제너럴

리스트가 되어야 지식의 탐색과 심화 사이에서 적절히 균형을 잡아 일할 수 있다.

그러기 위해서는 자기 시간을 확보해야 한다. 능력 있는 리더라면 밀도 있게 일하게 하고 회사에서도 업무에 관련된 자기 계발의 시간을 확보해 줘야 한다. 우리나라 성인의 문해력이 나이가 들어감에 따라 계속 뒷걸음질 치는 원인은 명백하다. 굳이 독서가 아니더라도 능동적으로 정보를 습득하지 않기 때문이다. 뇌는 가소성이 있다. 쓰면 발달하고, 쓰지 않으면 기능이 저하된다. 단순하지만 무서운 진리다. 그래서 회사가 아닌 자신을 위해 공부해야 한다. 궁극적으로 회사도 개인도 사는 길이다.

여전히 의사 결정권자 OB들은 조금만 버티면 되는 데다 이미 쌓아 놓은 게 많기 때문에 예전의 관습을 고수할 것이다. 일을 마치고 먼저 퇴근하거나 회식 자리에서 술을 거부하거나 상사가 마시자는 권유를 거절하면 싫어하는 동료나 상사가 많을 것이고, 성격 파탄자로 치부될 수도 있다. 하지만 그런 미움은 잠깐이다. 그리고 거절하다 보면 자연스럽게 점점 인정해 주는 경우도 많다.

회사도 사람 사는 곳인데 어떻게 인간적인 관계가 없겠는가? 그래도 개인에게 선택권을 주자. 업무가 끝났으면 그 외의 일은 정말 중요한 일이 없을 때 차선으로 결정할 수 있도록 개인의 선택을 존중해 주자. 왜곡된 문화에 올바른 목소리를 낼 때 미움 받을 각오를 하는 게 아니라 존중 받을 상황을 우리가 함께 만들어 보자.

우리가 책을 쓰는 여러 가지 이유 중 하나는 조직 문화를 바꾸기 위해서다. 우리 회사는 최선을 다해 최고의 조직 문화를 만들기 위해 지금도 실험 중이다. 이 글을 쓰는 시기에 회사의 한 직원은 스웨덴으로 한 달 넘게 여행을 갔다. 휴가는 15일 정도만 사용했고 나머지 시간에는 스웨덴에서 열심히 원격으로 일하고 있다. 그 직원이 행복해 하는 만큼 우리도 행복하다. 그렇게 시행착오를 겪으면서 작지만 행복으로 가득 찬 강한 회사가 되고 있다(나 혼자만 그렇게 믿고 있는 것일 수도⋯⋯).

요즘 한 기업에서 상당한 권한을 가지고 있는 책임자를 만나고 있는데, 함께 협력하는 조건 중 하나는 좋은 조직 문화가 회사에 뿌리내리도록 책임자가 적극적으로 협조하는 것이다. 그 의사 결정권자는 내 제안을 흔쾌히 받아들였고, 나는 자진해서 회사의 결정권자가 책임을 지고 있는 그룹의 멘토가 되기로 했다. 모두가 공부해서 성장하는 분위기를 꽃피우고 성공하는 사례를 우리 회사뿐만 아니라 다른 기업에서도 보여 줄 것이다. 그래서 개인의 성장이 회사의 성장임을 증명할 것이다. 그렇게 좋은 사례가 자꾸 퍼지면 좋은 기업으로 인재는 몰릴 것이고, 나쁜 기업 문화를 가지고 있는 회사는 점점 시장에서 퇴출될 것이다. 이런 현상은 이미 조금씩 드러나고 있다.

　물론 말 안 해도 힘들다는 건 안다. 세상에 대한 불평만 늘어놓는다고, 참기만 한다고 바뀌는 것은 없다. 우리가 움직여야 한다. 그 시작은 미움 받을 각오를 하는 것이다. 혼자가 아니다. 우리는 함께하고 있다.

●

특히 직장에서 인간관계가 답답한 이유는 너무 빠르게 압축 성장한 부작용 때문이다. 상담을 하다 보면 20~40대 직장인은 생각보다 발전하고 성장하고 싶은 욕구가 엄청나게 강하다. 하지만 50대 이상 OB들은 다르다. 그들은 개인의 성장보다는 팀워크에 방점을 찍는 성향이 있다. 그래서 회식하면서 코가 삐뚤어지게 마셔야 서로의 진심을 확인할 수 있고, 오래 사무실에 앉아 있는 것이 일을 열심히 했다는 핵심 KPI 중 하나가 된다. 예전에는 그다지 잘못된 전략이 아니었다. 그래도 일이 되던 시절이 있었다. 하지만 이제는 아니다. 세상이 빠르게 바뀌고 있고, 예전의 전략을 의사 결정권자가 고수하면 모두의 미래가 위태로워질 수 있다.

그래서 모두를 위해 조금은 미움 받을 용기가 필요하다. 일을 다 했으면 눈치 보지 말고 퇴근하는 용기를 가져야 하고, 쓸데없는 회식을 거절하는 용단을 내려야 한다.

유튜브에서 "회사에서 미움 받을 용기"를 검색하세요!

모두가 싫어하는 상사의 5가지 특징

여러 가지 행운이 있지만, 그중에서 최고를 꼽으라면 좋은 상사와 함께 일하는 것이다. (어떻게 로또 맞을 확률이랑 비슷한 느낌이⋯⋯.) 반대로 최악의 상사와 일하는 것은 불행을 넘어 전생에 무엇을 잘못해서 이런 시련을 겪는지 업보를 고민하게 만든다.

그런데 꼴도 보기 싫은 상사에게 딱 하나 장점이 있다. 그 사람을 제외한 나머지 팀원의 단합력을 극대화시켜 준다는 점이다. 지금부터 그런 사람들의 공통적인 특징을 살펴보면 "맞아! 맞아!"를 외치며 모든 월급쟁이가 대동단결할 것이다. 그들이 이 글을 읽고 반성하리라는 기대는 버리자(혹시 또 운이 좋다면 그 상사가 이 책을 읽고 반성할지도 모른다…… 헛된 희망은 품지도 말자. 그 이유는 두 번째에 나온다).

1. 무조건 '열심히'가 정답인 줄 안다

'열심히'가 정답이 아니라 '제대로'가 정답이다. 과거 우리나라가 성장할 때는 무작정 열심히 해도 되는 시절이 실제로 있었다. 하지만 지금은 아니다. 대부분의 시장에서 승자독식 현상이 벌어지고 있기 때문에 제대로 일하지 않는다면 열심히 한 노력은 단 1%도 보상받지 못할 수도 있는 것이 현실이다. 열심히 안 할 수는 없다. 특히 물들어올 때는 노 저어야 하고, 위기 때는 사력을 다해 산소호흡기 떼기 전에 살아나야 한다. (당연히 그런 과정을 겪어 내면 리더는 어떠한 형태로든 팀원에게 적절한 보상을 해 줘야 한다.) 절대 매 순간 죽어라 일하는 것은 터무니없는 소리다. 진짜 열심히 일해야 하는 순간과 호흡을 고르는 시간을 구별하여 직원들의 업무 강도를 조절해 줄 수 있는 것이 진정으로 좋은 리더의 조건이다.

2. 학습 능력이 없다

리더의 가장 큰 역할은 새로운 문제와 조우하는 순간에 선봉에 서는 것이다. 새로운 문제를 다루기 위해서는 현상을 파악해야 하는데, 그때 가장 요구되는 능력이 바로 학습 능력이다. 안타깝게도 우리나라 성인은 학습 능력의 근간인 문해력 및 수리력이 나이가 들어감에 따라 떨어진다. 통계적인 조사 결과도 그렇고 기업 강연을 하면서 현장에서 부딪혀 봐도 그렇고, 정말 열심히 공부를 해야 할 위치에 있는 상사들이 공부를 하지 않는다는 것은 어렵지 않게 알 수 있다.

엑셀, 파워 포인트 같은 기본적인 업무 관련 프로그램을 사용할 줄 몰라서 쓸 때마다 부하 직원을 부르는 상사를 보고 있으면 회사에 계속 다녀야 하는지 자괴감이 몰려올 것이다.

3. 과거에 집착한다

"예전에는 말이야." 하면 일단 할 말이 없다. 예전은 지금과 상황이 다르다. 기술의 발달 속도가 상상을 초월할 만큼 빨라지면서 파괴적 혁신이 일상화되고 있다. 그 결과 과거에는 영광을 누렸던 기업들이 급변하는 비즈니스 환경에 적응하지 못하고 사라지고 있다. 반면 새로운 변화에 적응하고 이를 이용하는 기업들의 성장 속도는 비교할 수 없을 정도로 빨라지고 있다.

예전에는 〈포춘〉 500대 기업이 시가총액 10억 달러가 되는데 20년이 걸렸다. 그런데 그 기간이 급속도로 짧아지고 있다. 1998년에 설립한 구글은 8년이 걸렸지만, 2009년에 창업한 우버는 3년, 2011년에 만들어진 스냅챗과 오큘러스는 겨우 2년이 걸렸다. 상황이 이런데도 과거에 사로잡힌 인질이 되어서 호랑이 담배 피우던 시절을 이야기하면 답이 없다. VR로 호랑이를 만나고 3D 프린터로 호랑이를 직접 만드는 이야기를 해야 할 때다.

4. 객관적인 평가를 하지 못한다

객관적인 평가는 중요하면서도 어려운 일이다. 많은 상사가 객관적으로 평가한다고 생각하겠지만, 실상은 그렇지 못하다. 얼마나 쉽게 편견에 휩쓸려 사람을 평가하는지 알 수 있는 사례는 너무나 많다.

한 연구에 따르면, 동일 인물의 사진을 가지고 키를 195센티미터와 165센티미터로 수정한 후 실험 참가자들에게 사진 속 인물의 리더십을 평가하게 했다. 그랬더니 195센티미터가 165센티미터보다 리더십이 25퍼센트 더 있을 것이라는 평가를 받았다.

또 미국과 영국 직장인 8,500명을 대상으로 수십 년간 연구한 자료에 의하면, 키는 급여와 매우 큰 상관관계가 있었다. 목소리 또한 리더십 평가에 크게 영향을 미쳤고, 면접이 이루어지는 시간 또한 정확한 평가를 교란시켰다. 절대적으로 객관적이기는 힘들겠지만, 의식적인 노력을 기울이는 모습을 보여 주기만 해도 직장에서 신뢰도는 올라갈 것이다. 신뢰가 올라가면 그룹에서 소모적인 불협화음은 눈에 띄게 줄어들 것이다. 열심히 일한 것을 인정받지 못하는 상황만큼 괴로운 경우도 없다. 그러니 '치맥'을 함께 자주 한 것이 인사고과에 영향을 주는 식의 정신 나간 평가는 하지 말자.

5. 업무 지시가 명확하지 못하다

일할 때 제일 피곤한 스타일 중에 하나다. 업무 지시만 정확하게 이루어져도 사실 업무의 반은 끝났다고 해도 과언이 아니다. 그런데 사실 업무 지시를 명확하게 하기 힘든 경우도 많다. 여기서 핵심은 업무 지시보다는 그 지시를 실행했을 때 결과를 대하는 태도에 있다. 모호한 지시도 자율성이라는 관점에서 보면 그렇게 나쁘지 않다. 특정 가이드라인이 없기 때문에 실무자가 자신의 역량 안에서 다양한 시도를 해 볼 수 있기 때문이다. 하지만 문제는 결과가 좋지 않을 때다. 본인이 부정적으로는 모호하게, 긍정적으로는 자율성을 최대한 보장하는 지시를 내렸다면 그 실행에 따른 결과도 결정권자가 책임을 져야 한다. 하지만 잘되면 꼭 그냥 넘어가고(심지어 자신이 잘 이끌어서 일이 잘됐다고 착각까지 하고), 잘못되었을 때 왜 일을 그 모양으로 했냐고 구박하면 진짜 이런 상사는 답이 없다. 이런 상사에게서 생존하려면 애매한 지시를 받았을 때는 즉각 구체적인 사항을 다시 꼭 물어봐야 한다. (그래도 딱히 대답은 잘 못해 주겠지만…….)

이런 글을 SNS에 쓰면 수많은 댓글이 달린다. 안타깝게도 이런 상사가 정말로 우리 주변에 많기 때문이다. 일이 아니라 상사의 무능력 때문에 힘들어 하는 사람이 너무 많다. 한편, 되묻고 싶다. 그렇다면 우리는 준비된 리더인가? 상사가 되었을 때 업무 지시를 명확하게 할 수 있고, 학습 능력이 뛰어나며, 객관적인 평가를 할 수 있을까? 그렇다고 대답할 수 있는 사람이 과연 얼마나 있을까? 나 자신부터 깊게 반성한다.

●

모두가 싫어하는 상사의 5가지 특징

1. 무조건 '열심히'가 정답인 줄 안다.

2. 학습 능력이 없다.

3. 과거에 집착한다.

4. 객관적인 평가를 하지 못한다.

5. 업무 지시가 명확하지 못하다.

유튜브에서 "모두가 싫어하는 상사의 5가지 특징"을 검색하세요!

이별을
제대로
하는 법

인생에서 가장 큰 후회는 할머니한테 작별 인사를 하지 못한 것이다. 10년도 더 된 이야기이지만, 지금도 타자를 치면서도 눈물이 쏟아질 것 같다. 지금도 할머니가 너무 보고 싶고, 할머니와의 마지막 날 밤도 기억이 생생하다.

할머니는 속초에서 할아버지와 함께 농사도 짓고 민박을 치면서 지내셨다. 할아버지께서 먼저 세상을 떠나시고 혼자 속초에 계시던 할머니를 아버지가 서울로 모셔 와 함께 살게 되었다. 할머니께서는 '손자 바보'라, 평생 글도 못 읽으셨지만 내가 대학을 입학했을 때 누구보다 기뻐하셨고 학교에서 장학금이라도 타면 동네 노인정에서 하루 종일 내 자랑을 하셨다. 그리고 아버지가 할머니께 용돈을 드리면 그 돈을 꾸깃꾸깃 모아서 몰래 나에게 주셨다.

나는 종종 할머니와 둘이서 통닭을 시켜 먹고는 했다. 대학생 때 지독하게 짠돌이여서 아르바이트로 번 돈은 한 푼도 가족을 위해 쓰지 않았지만, 할머니는 예외였다. 할머니는 통닭에 딸려 오는 무 국물을 "아유, 시그럽다(시다)."면서 한 모금씩 마셨다. 그래서 나도 통닭을 먹고 느끼할 때 무 국물을 마시곤 한다. 돌이켜 보니 나는 할머니와 암묵적 '베프'였던 모양이다.

할머니께서는 삶의 마지막에 치매 증상을 보이셨다. 심각하지는 않았지만, 이상한 소리도 자주 하셨다. 그래도 나는 할머니와 단둘이 통닭을 먹었다. 대학교 3학년 2학기 때 1년간 교환학생으로 미국에 가게 되었다. 외국에 가서 공부할 생각을 하니 설렘보다 두려움이 압도적으로 컸다. 정신없이 이것저것 준비하다 보니 어느덧 출국 날짜가 다가왔다.

출국 전날 밤에 할머니 방에 들어갔다. 방에 들어갔을 때 할머니께서는 치매 증상을 보이셨다. 내가 들어가니깐 바닥에 애기 조심하라며, 밟으면 안 된다고 하셨다. 할머니 손을 꼭 잡으면서 "할머니, 미국 가서 1년 공부하고 올게."라고 말하자 그

제야 정상적으로 나랑 대화를 나누셨다. "아이고, 우리 손자 가면 누가 내 심부름해 주나. 우리 영준이 보고 싶어서 어쩌나." 더 이상 대화를 하면 울 것 같아서 금방 돌아온다고 말씀드리고 할머니 방을 나왔다.

출국 당일 날 아침 비행기여서 새벽같이 집을 나와야 했다. 집을 나오는데 엄마가 "할머니 돌아가실지도 모르니깐 큰절한 번 하고 가."라고 하셨다. 나는 무슨 재수 없는 소리를 하나며 엄마에게 화를 내고 빠르게 집을 나섰다. 그리고 미국으로 갔고 새로운 환경에 이리저리 치이면서 정신없이 꾸역꾸역 살아갔다.

그러던 어느 날 문득 국제전화가 걸려 왔다. 항상 불안한 예감은 슬프게 현실이 된다. 한 번도 나에게 전화를 한 적이 없던 아빠 목소리가 들린다. 말을 꺼내지 않아도 알 수 있었다. 할머니께서 돌아가셨다⋯⋯.

한국으로 오는 가장 빠른 비행기를 타고 집으로 돌아왔다. 아무도 없는 집에 도착해서 할머니 방의 문을 열었을 때 덩그러니 놓여 있는 할머니 침대를 보자 가슴이 찢어질 것같이 아팠다. 그렇게 택시를 타고 장례식장에 도착해서 할머니 얼굴을 보자 그냥 미안했다. 뭐가 미안한지도 모르겠지만 그냥 미안했다. 그런데 미안하다는 말을 직접 할 수가 없어서 죽을 것 같이 힘들었다. 벌써 10년도 넘은 일이지만 여기까지 글을 쓰는데도 눈물이 계속 나온다.

시작이 있으면 반드시 끝이 있기 마련이다. 할머니와 나와의 만남도 당연히 끝이 있었고 누가 생각해도 우리의 인연은 끝에 더 가까웠지만, 나는 그것을 잘 인지하지 못하고 있었다. 내가 과거로 돌아가도 교환학생으로 미국을 갈 사실은 변함이 없고 할머니가 어떤 시점에 돌아가시는 것도 변하지 않는 사실이다. 하지만 나는 이별을 하지 못했다.

더 잘해 드리지 못해서 미안하고, 너무 잘해 주셔서 고맙다고, 사랑한다고 말하지 못했다. 할머니가 내 할머니이고 내가 할머니 손자라서 행복했다고 말하지 못했다. 그 말을 하는 데 5분이면 충분했는데, 이렇게 가슴속에 평생 아쉬움과 후회를 안고 살아가야 한다.

사실 이별을 잘하는 것은 시작을 잘하는 것보다 훨씬 어려운 일이다. 시작은 마음먹은 대로 할 수 있지만 이별은 그렇지 않기 때문이다. 그래서 사랑하는 사람과의 이별에 대해서는 더 진지하게 생각해야 한다. 이별은 어느 순간에 다가올지 모른다는 사실을 깨닫고 언제나 이별의 순간에 하고 싶은 말을 자주 해야 한다. 그 말에는 사랑, 고마움, 미안함, 용서 같은 인생에서 가장 본질적인 단어가 포함될 것이다. 슬픈 이별을 깨닫고 나면, 역설적으로 지금 이 순간 함께하는 것이 얼마나 소중한지 깨닫게 된다. 이제는 통닭 말고 더 비싼 것도 사 드릴 수 있는데, 그럴 수 없어서 슬프다.

우리 할머니 진짜 보고 싶다.

●

사실 이별을 잘하는 것은 시작을 잘하는 것보다
훨씬 어려운 일이다. 시작은 마음먹은 대로 할 수 있지만
이별은 그렇지 않기 때문이다. 그래서 사랑하는 사람과의
이별에 대해서는 더 진지하게 생각해야 한다.
이별은 어느 순간에 다가올지 모른다는 사실을 깨닫고
언제나 이별의 순간에 하고 싶은 말을 자주 해야 한다.
그 말에는 사랑, 고마움, 미안함, 용서 같은 인생에서 가장
본질적인 단어가 포함될 것이다. 슬픈 이별을 깨닫고 나면,
역설적으로 지금 이 순간 함께하는 것이
얼마나 소중한지 깨닫게 된다.

유튜브에서 "이별을 제대로 하는 법"을 검색하세요!

가슴 아픈 실수,
미안해

몇 년 전, 중고등학생들을 대상으로 강연을 한 적이 있다. 나는 행동 변화에 '환경'이 얼마나 중요한지 강조하기 위해 비만의 예를 자주 든다.

"친구가 비만이면 여러분이 비만일 확률이 얼마나 되는지 아세요? 놀라지 마세요. 50퍼센트가 넘습니다!"

그런데 예기치 못한 일이 벌어졌다. 코앞에서 강의를 가장 열심히 듣던 한 여중생이 갑자기 난처한 표정을 지으며 자리에서 일어나 구석으로 가는 것이 아닌가. 그 친구는 자리를 옮기면서 이렇게 말했다.

"얘들아, 미안하다."

순간, 가슴이 철렁 내려앉았다. 아이는 상처를 입은 게 분명했다. 죄책감이 밀려왔다. 하지만 강의를 계속해야 했기 때문에 죄책감을 억누를 수밖에 없었다. 강의가 끝난 후, 나는 정신을 차리지 못했다.

'다가가서 아이에게 미안하다고 얘기해야 하나? 아니, 그러면 아이가 비만이라는 것을 인정하는 꼴이 되니 오히려 더 상처가 될까? 어떻게 해야 하지?'

고민하며 허우적대다가 결국 명쾌한 해답도 내리지 못하고 속 시원한 행동도 하지 못한 채 집으로 돌아왔다.

누구든 실수를 한다. 하지만 최악의 실수는 상대방에게 상처를 입히고 그 사실을 알고도 제대로 용서를 구하지 못하는 것이다. 상대가 여릴수록 실수의 크기는 깊어진다. 가슴 아픈 실수는 결국 나 자신을 심판하게 된다. 쉬이 사라지지 않는 형벌을 준다.

그 친구가 이 글을 읽는다면, 그날 못했던 말을 부끄럽게 적어 본다.

"미안해, 친구야."

누구든 실수를 한다.
하지만 최악의 실수는 상대방에게 상처를 입히고
그 사실을 알고도 제대로 용서를 구하지 못하는 것이다.
상대가 여릴수록 실수의 크기는 깊어진다.
가슴 아픈 실수는 결국 나 자신을 심판하게 된다.
쉬이 사라지지 않는 형벌을 준다.

유튜브에서 "가슴 아픈 실수, 미안해"를 검색하세요!

평균보다
멘탈이 강한 사람의
10가지 차이

요즘 어느 때보다 멘탈 챙기기가 쉽지 않은 것 같다. 취직을 하기도 쉽지 않고, 직장 생활도 만만치 않으며, 자영업과 스타트업은 안 망하면 다행이다. 어딜 가나 경쟁, 경쟁, 경쟁이다.

그러다 보니 많은 사람들이 메일과 메시지로 '멘탈 갑'이 되기 위한 방법을 문의한다. 나 또한 과거에 대학교 중퇴, 스타트업 실패라는 어려움을 겪으면서 멘탈이 가루가 되었던 기억이 많다. 지금은 실패의 경험과 지속적인 공부로 어느 정도 강한 멘탈을 갖게 되었다. 다음은 내가 생각하는 멘탈이 강한 사람들의 특징이다. 하나씩 스스로에게 적용하다 보면 웬만한 풍

1. 메타 인지를 높여 내가 할 수 있는 것과 없는 것을 구분한다

메타 인지란 내가 뭘 알고 모르는지, 내가 하는 행위가 어떠한 결과를 낼지 아는 것을 말한다. 실제로 상위 1퍼센트 학습자와 잘나가는 비즈니스맨은 일반인보다 메타 인지가 상대적으로 높은 것으로 나온다.

그렇다면 메타 인지가 멘탈과 무슨 상관이 있을까? 메타 인지가 높은 사람은 자신의 능력뿐만 아니라 한계까지도 명확하게 안다. 그렇기에 할 수 있는 것과 할 수 없는 것을 빠르게 파악하고, 할 수 없는 것은 빠르게 받아들이고 해낼 수 있는 것에 최선을 다하는 경향이 높다. 즉, 바꿀 수 없는 것에 정신을 쏟지 않고 자신이 할 수 있는 일을 묵묵히 한다는 말이다.

《완벽한 공부법》을 집필할 당시 국가에 정치적인 큰 사건이 터지며 내 멘탈이 가루가 된 적이 있었다. 집필 중에는 정신적으로 상당히 예민한데, 나라꼴이 나를 가만두지 않았다. 하지만 약속한 날짜가 있어서 무조건 탈고를 해야 했다. 그래서 나는 정신을 가다듬고 가장 먼저 내가 할 수 있는 것과 할 수 없는 것을 구분 했다. 할 수 있는 것은 최선을 다하되 그 이상은 최대한 신경 쓰지 않으려고 노력했다. 다행히 멘탈을 다시 챙기고 원고를 탈고할 수 있었다.

멘탈 갑이 되길 바란다면 라인홀트 니부어(Reinhold Niebuhr)의 기도를 기억하길 바란다.

"주여, 바꿀 수 없는 것을 받아들이는 평온함과 바꿀 수 있는 것을 변화시킬 수 있는 용기를 주시고, 이 둘의 차이를 알 수 있는 지혜를 주시옵소서."

2. 자기 효능감이 높다

자기 효능감은 과제 수행 능력에 대한 믿음을 말한다. 메타 인지로 할 수 있는 것과 할 수 없는 것을 나눌 수 있다면, 할 수 있는 것을 해낼 수 있다는 자신에 대한 믿음이 있어야 한다. 그러한 믿음이 있을 때 강한 멘탈을 소유할 수 있다.

여기서 놓치지 말아야 하는 것은 자기 효능감은 과제 수행 능력 자체를 말하는 것이 아니라 그런 능력이 있다는 '믿음'을 말한다는 점이다. 많은 과제가 단번에 이뤄지는 경우는 없으며, 많은 실패를 동반하게 된다. 이때 자기 효능감이 없다면 포기하거나 절망하거나 도망갈 가능성이 크다. 그러면 멘탈이 부서진다. 하지만 자기 효능감이 높다면 실패에도 불구하고 계속 도전할 것이다.

그리고 높은 메타 인지를 소유한 상태에서 시행착오가 계속되면 과제를 성공시킬 가능성이 커진다. 이런 일이 반복되게 되면 더더욱 자기 효능감은 높아지는 것이다. 그런 의미에서 실패에도 좌절하지 않는 성장형 사고방식은 멘탈에 매우 중요하다.

3. 성장형 사고방식을 갖고 있다

세계적인 심리학자 캐롤 드웩(Carol S. Dweck)은 인간은 존재에 대한 2가지 믿음(Mindset)이 있다는 것을 알아냈다. 하나는 자신을 고정적으로 바라보는 것이다. 예를 들어 지능과 성격은 변하지 않는다. 그러므로 모든 사람은 타고난 대로 고정되어 있다고 생각하는 것이다. 이를 고정형 사고방식이라고 한다.

반대로 지능과 성격도 변할 수 있으며 노력만 한다면 모든 사람은 변할 수 있다고 믿는 사람이 있다. 이런 사람을 성장형 사고방식을 가졌다고 한다.

　　대부분 실패를 경험했을 때 멘탈이 부서진다. 그런데 실패를 경험했을 때 고정형인 사람은 자아에 위협을 느끼고 존재에 상처를 입을 가능성이 크다. 반면 성장형은 실패가 성장을 위한 과정일 뿐이라고 생각한다. 당연히 두 부류의 사람은 멘탈 유지력에서 엄청난 차이가 있다.

　　그런 의미에서 높은 메타 인지와 성장형 사고방식이 만나면 환상적인 일이 벌어진다. 성장형은 재능이 아니라 노력을 중요시하기 때문에 어마어마하게 노력한다. 하지만 무언가를 이루기 위해서는 많이 노력하는 것만으로는 한계가 있다. 노력하는 방법이 매우 중요하다. 즉, 제대로 된 방법으로 노력해야 하는 것이다. 그런데 방법론/전략은 메타 인지가 높을수록 제대로 수립할 수 있다. 자연히 자기 효능감도 올라간다. 그렇게 멘탈 갑이 되는 것이다.

4. 의미를 잘 찾는다

니체는 "살아야 할 이유를 아는 사람은 어떠한 상태에서도 견딜 수 있다."라고 말했다.

　　삶의 목적은 무엇인가? 공부를 왜 하는가? 직장은 왜 다니는가? 왜 그 일을 하고 있는가? 이런 물음에 명확하게 답할 수 있을 때 멘탈은 강해진다. 물론 그 이유가 꼭 한 가지일 필요는 없다. 대신 버텨야 할 이유가 많을 때는 앞의 사항을 함께 갖춰야 한다. 그 많은 이유에 짓눌리지 말아야 하기 때문이다.

지금껏 10권이 넘는 책을 썼지만 여전히 책을 쓰는 것은 어렵다. 글이 안 써지면 멘탈이 나갈 때가 많다. 하지만 금방 회복한다. 내가 책을 써야 하는 이유는 명확하기 때문이다.

1) 가족의 생계를 책임져야 한다.
2) 독자들의 삶에 긍정적인 영향을 미칠 수 있다. 때론 한 사람의 인생을 바꿀 수도 있다.
3) 최고의 성취감과 성장을 준다.

내가 책을 쓰는 데는 이런 의미가 있기 때문에 어려움에 직면해도 금방 일어설 수 있었다. 하는 일마다 의미를 찾아보자. 멘탈을 찾을 수 있을 것이다.

5. 매력적인 목표가 있다

그런 의미에서 매력적이고 원대한 목표를 갖는 것은 좋다. 꿈, 비전이라고 해도 된다. 원대한 목표가 있다면 사소한 일에서 실패를 경험해도 그 속에서 의미를 찾을 수 있다. 매력적이고 원대한 목표는 무엇인가? 멘탈이 흔들릴 때마다 오스카 와일드의 명언과 함께 원대한 꿈을 떠올려 보길 바란다.

"우리는 모두 진흙탕에서 허우적대지. 하지만 그중 몇몇은 밤하늘의 별들을 바라본다네."

6. 구체적인 실행 계획이 있다

멘탈이 강한 사람들은 원대한 목표와 함께 구름 위에서만 놀지 않는다. 그 목표를 이루기 위해 매우 구체적인 실행 계획이 있다. 원대한 장기적인 목표를 단기 목표로 세분화하고 단기 목표를 이루기 위한 세부 계획이 있는 것이다. 이렇게 되면 실제 목표를 이룰 확률은 상당히 커진다. 무엇보다 작은 계획들을 많이 세웠기 때문에 작은 성공을 많이 경험하면서 자신감을 얻고 멘탈이 강화된다. 실제로 여러 심리 연구에서 작은 성공은 미래를 낙관적으로 보게 하는 힘이 있음이 증명되었다.

미래를 낙관하게 되면 현실의 어려움을 잘 극복할 수 있다. 강한 멘탈의 소유자가 되는 것이다.

7. 환경 설정을 잘한다

멘탈이 가루가 되는 일은 여러 가지가 있지만, 특히 해야 할 일을 제대로 해내지 못하는 순간이 괴롭다. 이때 멘탈이 강한 사람들은 막무가내로 그 상황을 극복하려 하지 않는다. 대신 환경 설정을 통해 상황을 이겨 내려고 노력한다.

나는 집필을 할 때 SNS와 블로그를 하지 않는다. 블로그나 페이스북에 글을 쓰면 좋아요나 댓글에 반응해야 하고, 시간과 인지 능력 낭비가 심해지므로 집필을 제대로 할 수 없다. 마감 날짜는 다가오는데 집필 진도가 안 나가면 정말 힘들다. 그래서 완전히 차단하는 것이다. 특히 SNS에는 당분간 떠나 있겠다고 말해 둔다. 그렇기에 순간적으로 하고 싶어져도 참을 수 있다. 그리고 집필에 중요한 책을 집중적으로 읽을 때는 카페에 들어가 스마트폰을 끄고 책을 읽는다. 최대한 외부와 차단하는 것이다.

이런 식으로 환경 설정을 잘하면 해야 할 일을 제대로 할 수 있고 멘탈 관리 또한 잘할 수 있게 된다. '깡'으로만 상황을 이기려 하지 말고 환경을 어떻게 설정할지 생각해 보자. 멘탈 갑으로 가는 지름길이다.

8. 평소에 몸 관리를 잘한다

행복 연구의 대가인 조지 베일런트에 의하면 행복의 조건 7가지 중에 4가지가 건강과 관계가 있었다. 그만큼 정신은 몸과 밀접한 관계가 있다는 것이다. 그렇기에 운동의 습관화, 안정적인 수면 생활, 건강한 식습관 등을 통해 평소에 몸을 잘 챙겨야 한다. 몸을 잘 관리하고 몸의 메커니즘을 잘 알고 있으면 멘탈뿐만 아니라 공부나 업무에도 매우 긍정적인 영향을 미친다.

　바디 갑이 곧 멘탈 갑이다.

9. 건전한 대인 관계를 형성하고 있다

앞서 말한 행복의 조건 7가지 중 4가지는 몸과 관련이 있다면 2가지는 대인 관계와 관련이 있다. 특히 나를 절대적으로 지지해 주는 사람이 있다면 멘탈 측면에서 천군만마를 얻었다고 할 수 있다. 외로움의 정도는 친구의 숫자나 대인 관계 범위에 따라 달라지지 않는다. 나를 지지해 주고 믿어 주는 친구가 한 명만 있어도 외로움은 사라진다.

또한 남을 도와주고 기부하는 이타주의자일수록 더 큰 만족도를 느끼게 된다. 강한 멘탈을 소유할 가능성이 커지는 것이다.

10. 실력을 키운다

마지막으로 하는 분야에서 실력을 키워야 한다. 실력을 키우기 위해서는 평소에 독서와 공부를 게을리 해서는 안 된다.

지금까지 9가지 내용은 알고 보면 공부와 일에 대한 실력을 키우기 위한 태도와 전략에 가깝다. 자신이 하는 학업과 일에 상당 수준의 실력을 갖추게 되면 그 자체로 멘탈이 강해질 수밖에 없다. 나 또한 책을 읽지 않았던 29살 때에 비하면 비교도 할 수 없을 정도로 강한 상태다. 하지만 지난 10년 동안 실력을 키우기 위해 공부하지 않았다면 나이만 들었을 뿐 멘탈 수준은 비슷했을 것이다.

나는 사업을 하면서도 매년 200권 이상의 책을 읽고 1,000쪽의 글을 썼다. 물론 20대 때 너무 열심히 논 덕에 30대부터 더 열심히 한 것은 사실이다. 어찌 되었든 그 시간은 실력을 쌓게 해 주었고 쌓인 실력은 멘탈을 강하게 해 주는 데 일등 공신의 역할을 하고 있다.

그러므로 실력을 쌓아야 한다. 실력은 강한 멘탈의 가장 강력한 조력자가 될 것이다.

●

평균보다 멘탈이 강한 사람의 10가지 차이

1. 메타 인지를 높여 내가 할 수 있는 것과 없는 것을 구분한다.

2. 자기 효능감이 높다.

3. 성장형 사고방식을 갖고 있다.

4. 의미를 잘 찾는다.

5. 매력적인 목표가 있다.

6. 구체적인 실행 계획이 있다.

7. 환경 설정을 잘한다.

8. 평소에 몸 관리를 잘한다.

9. 건전한 대인 관계를 형성하고 있다.

10. 실력을 키운다.

유튜브에서 "평균보다 멘탈이 강한 사람의 10가지 차이"를 검색하세요!

습관을
바꾸고 싶다면
무조건 적어라

사람은 잘 변하지 않는다. 그 이유는 변할 수 있다고 믿지 않기 때문이고, 변화가 가능할 때까지 노력하지 않았기 때문이다.

그런데 흥미로운 사실은 이 2가지 이유가 역으로 보면 습관을 바꾸는 방법이라는 것이다. 나쁜 습관을 바꾸고 좋은 습관을 습득하기 위해서는 변화에 대한 믿음과 습관이 형성될 때까지의 반복 행동이 필요하며, 보통 66일이 걸린다. 즉, 변화가 쉽지 않은 이유는 행동이 습관화되어 있기 때문이다. 그래서 위대한 심리학자 윌리엄 제임스(William James)는 이렇게 말했다. "삶이 일정한 형태를 띠는 한, 삶은 습관 덩어리일 뿐이다."

그렇다면 습관을 바꾸면 된다. 첫 번째는 믿음인데, 그것에 관해서는 성장형 사고방식과 자기 효능감, 뇌의 가소성 등에서 이미 언급했다. 믿음의 중요성을 알고 믿기 시작했다면 그 다음 필요한 것이 습관을 바꾸거나 새로운 습관을 형성하기까지 버티는 것이다. 어떻게 버틸 수 있을까? 가장 간단하면서도 강력한 비법이 있다면, 바로 적는 것이다.

1. 나의 하루를 적어라, 데일리 리포트

2009년 미국 국립보건원의 지원하에 비만자 1,600명을 대상으로 연구했다. 비만자에게 일주일에 하루만이라도 자신이 먹은 것을 빠짐없이 기록해 보라고 한 것이다. 실험 참가자들은 처음에는 힘들었지만 대부분의 참가자들이 먹었던 음식 목록을 적기 시작했다. 그런데 6개월 후 놀라운 일이 벌어졌다. 음식 일기를 적은 그룹이 그렇지 않은 그룹보다 2배나 더 많이 체중을 뺀 것이다. 연구진이 요구한 것은 기록 이외에 아무것도 없었는데도 말이다.

음식 일기를 기록한 비만자는 기록을 적으면서 자신의 모습을 적나라하게 보게 됐다. 아침과 점심 사이에 식사에 버금가는 간식을 먹고 일주일 내내 기름진 음식을 먹고 있는 자신을 알게 된 것이다. 제대로 인지하지 못했던 자신의 모습을 발견하게 되면서 식습관을 진지하게 반성하기 시작했고, 이후 스스로 식단을 계획하는 등 전략을 세우고 진지하게 노력하게 되었다.

이와 마찬가지로, 자신의 삶을 객관적으로 평가할 수 있어야 한다. 그래야 고쳐야 할 습관이 무엇이고 새롭게 장착해야 할 습관이 무엇인지 안다. 일단 자신의 하루를 1시간 단위로 적고 평가해 보기 바란다. 내 영혼의 파트너 신 박사는 데일리 리포트를 통해 어려운 박사 과정을 잘 극복했다. 1년 이상 악착같이 데일리 리포트를 기록하면서 2년 만에 박사 논문을 다 쓰고도 남을 만큼 실험 결과를 만들었으며, 그 결과를 바탕으로 2년 동안 5개의 논문을 상당히 좋은 저널에 게재하는 데 성공했다. 졸업하기 전까지 1년 넘게 연구실과 후배를 위해 박사 논문 주제와 다른 실험을 진행하기도 했다.

습관을 바꾸고 변화하고 싶다면 오늘부터 당장 자신의 하루를 적고 평가해 보자. 변화는 무조건 올 것이다.

하루 기록을 적는 것과 동시에 또 하나 기록해야 할 것이 있다. 오늘 할 일을 기록하는 것이다.

이와 관련된 흥미로운 일화가 있다. 글로벌 금융회사 JP모건을 만든 모건에게 한 신사가 찾아와서 편지 봉투를 내밀며 이렇게 말했다. "이 봉투 안에는 성공 방정식을 적은 편지가 들어 있습니다. 이 방정식을 2만 5,000달러를 받고 당신에게 기꺼이 팔고 싶습니다."

그러자 모건은 "봉투 안의 내용이 무엇인지 모르지만, 먼저 내용을 본 뒤 마음에 든다면 기꺼이 사겠소."라고 답했다.

신사가 편지 봉투를 건네자, 모건은 봉투 안에서 한 장의 종이를 꺼내 그 내용을 보았다. 그리고 아무 말 없이 신사에게 2만 5,000달러를 주었다. 종이에는 이렇게 적혀 있었다고 한다.

"성공 방정식 = 매일 아침 그날 해야 할 일의 목록을 적어라. 그리고 그 목록대로 실천하라."

매우 단순하지만 저 말에 해답이 들어 있다. 그날 할 일을 적으면 그 일을 할 확률이 비약적으로 상승한다.

스코틀랜드의 병원에서 환자들에게 실험을 했다. 한 그룹은 재활만 했고, 다른 한 그룹은 재활을 위해 해야 할 실천 목록을 매일 쓰게 했다. 결과는 놀라웠다. 실천 목록을 쓴 환자들이 그렇지 않은 환자들에 비해 2배나 일찍 걷기 시작한 것이다. 그리고 3배나 일찍 누구의 도움도 받지 않고 휠체어를 타고 내렸다. 게다가 혼자 신발을 신고 세탁하며 스스로 식사를 준비하는 것도 빨랐다고 한다.

이것이 바로 쓰기의 힘이다. 쓰는 것만으로도 그 일을 실행할 확률이 올라간다. 하지만 이왕 쓸 거라면 구체적으로 쓰길 바란다.

A
독서

B
□ 독서 :《뼈 있는 아무 말 대잔치》, 홍대입구에 있는 스타벅스, 저녁 7~9시

이렇게 써 놓으면 B가 A보다 독서를 실천할 확률이 압도적으로 높다. 이를 행동 계기의 법칙이라고 한다. 앞의 네모 칸은 그날 계획한 것을 실천했는지 체크하는 것이다. 이렇듯 눈

으로 확인할 때 행동력은 더 높아진다.

그리고 처음부터 실천 확률을 100퍼센트로 잡지 말고 어제보다는 높인다고 생각하자. 그래야 포기하지 않고 꾸준히 할 수 있다.

이렇게 66일간, 9~10주 정도 실천하기 시작하면 습관이 들기 시작한다. 습관이 들면 모든 일이 쉬워진다. 오히려 실천하지 않으면 이상한 상황이 벌어진다. 결국 변화하는 것이다.

'데일리 리포트'와 '데일리 플랜'으로 삶을 몇 단계 업그레이드해 줄 좋은 습관을 많이 만들어 보길 바란다.

적자생존!

●

습관을 바꾸고 싶다면 무조건 적어라

1. 나의 하루를 적어라, 데일리 리포트

자신의 삶을 객관적으로 평가할 수 있어야 한다.
그래야 고쳐야 할 습관이 무엇이고
새롭게 장착해야 할 습관이 무엇인지 안다.
일단 자신의 하루를 1시간 단위로 적고 평가해 보기 바란다.

2. 하루 할 일을 적어라, 데일리 플랜

하루 기록을 적는 것과 동시에 또 하나 기록해야
할 것이 있다. 오늘 할 일을 기록하는 것이다.
쓰는 것만으로도 그 일을 실행할 확률이 올라간다.
하지만 이왕 쓸 거라면 구체적으로 쓰길 바란다.

유튜브에서 "습관을 바꾸고 싶다면 무조건 적어라"를 검색하세요!

완벽한
하루

8주짜리 멘토링 프로젝트를 2년 동안 100명도 넘는 멘티와 함께 진행했다. 멘토링 프로젝트의 핵심은 간단하다. 우선 8주 동안 매일같이 자신이 하루 동안 했던 일을 시간 단위로 기록하는 데일리 리포트를 작성하는 것이다. 간단해 보이지만, 8주 동안 완벽하게 하루하루를 시간 단위로 기록하기는 어렵다. 무언가를 꾸준히 하는 일은 생각보다 힘들다.

　대수로워 보이지 않는 데일리 리포트를 꾸준하게 적으면 놀랄 만큼 생산성과 집중력이 향상된다. 비밀은 없다. 매일같이 자신이 한 일을 적어 보고 반성하는 것이 전부다. 인식과 현실의 차이는 생각보다 크다. 하루를 꼼꼼히 기록하고 나면 얼마나 낭비한 시간이 많고 집중한 시간이 적었는지 어렵지 않게 알 수 있다.

그 기록이 누적되면 생활 패턴이 보이기 시작한다. 한 달 정도 적으면 프로젝트에 참여한 멘티는 대부분 데일리 리포트에 익숙해진다. 개인차가 있기는 하지만, 멘토링 프로젝트 기간에는 시간을 생산적으로 쓰려고 의식한다. 이에 익숙해질 때쯤 프로젝트의 최고 난이도 미션인 '완벽한 하루'가 시작된다.

완벽한 하루 미션도 복잡하지는 않다. 하루 목표를 구체적으로 세우고 매 시간 목표를 완벽하게 수행하면 된다. 예를 들어 2시간 독서를 하기로 하면 그 시간에는 독서만 한다. 스마트폰을 확인해도 안 되고 전화가 와서 받아도 미션은 실패로 끝난다.

일주일 동안 매일같이 완벽한 하루를 사는 것도 아니고 그중 딱 하루만 스스로 정해서 완벽한 하루에 도전하라고 하면 성공률은 얼마나 될까? 20퍼센트 이하만이 미션에 성공한다. 참가자들도 생각보다 미션이 어려워서 혀를 내두르고, 혹시 '완벽한 일주일' 같은 지옥의 미션이 나올까 봐 지레 겁을 먹기도 한다.

하루 동안만 자신의 목표를 지키면 되는 '완벽한 하루' 미션이 왜 이렇게 어려울까? 참가자들의 데일리 리포트를 살펴보면 이유를 알 수 있다. 우선, 목표를 너무 과하게 설정한다. 완벽한 하루를 밀도 있게 해내야 된다는 강박관념에 사로잡혀 집중력을 엄청나게 요구하는 일을 하루 계획에 너무 많이 넣는다. 그렇게 하면 적절히 쉬는 시간도 계획해야 하는데, 대부분은 쉬는 시간을 계획에 포함하지 않는다. 그래서 진이 빠지고 결국에는 포기하게 된다. 실제로 완벽한 하루에 성공한 멘티 중에는 이를 악물고 목표를 지킨 후 몸살이 나는 경우도 있었다.

두 번째로는 스마트폰이다. 아무 생각 없이 습관적으로 스마트폰을 만지작거리다가 자신도 모르게 스마트폰으로 빨려들어간다. 집중을 잘하다가도 메시지가 오거나 알람이 뜨면 무의식적으로 스마트폰을 사용했고, 한 멘티는 메시지를 확인하려 했는데 귀신에 홀린 것처럼 웹툰을 보고 있는 자신을 발견했다고 웃픈 고해성사를 하기도 했다.

그렇다면 '완벽한 하루' 미션의 의미는 무엇일까? 하루를 꽉 차게 살아 보는 임계점을 넘기는 경험을 해 보는 것이다. 하루의 목표도 못 지키면서 과연 인생의 꿈을 이룰 수 있을까?

반대로 하루만 완벽하게 살아 낼 수 있다면, 그리고 그런 하루를 계속 이어 간다면 과연 이루지 못할 꿈이 있을까?

'완벽한 하루'에 성공한 사람들이 후기를 말할 때면 나까지 가슴이 벅차오른다. 한 멘티는 시험 때도 이렇게 열심히 해 본 적이 없는데, 평범한 하루 동안 스스로 정한 계획을 지키려고 사력을 다하면서 하루를 보내며 24시간 동안 많은 일을 해낼 수 있었다고 울먹이면서 말했다. 그리고 이런 마음가짐이라면 그동안 불가능하다고 여겼던 많은 일이 가능할지도 모른다는 희망을 봤다고 말할 때는 참여한 멘티 모두가 함께 울컥했다. 몇몇 멘티는 프로젝트가 끝나고 스스로 나태해질 때 '완벽한 하루'에 내일 도전하겠다는 이메일을 보내기도 한다.

그렇다면 다음 미션은 '완벽한 일주일'일까? 절대 아니다. 이 글을 읽어도 완벽한 하루에 도전하는 게 사실 얼마나 힘든 일인지 이해하지 못할 가능성이 높다. 그래서 데일리 리포트도 꼭 써 보고 할 수 있다면 완벽한 하루에 도전해 보라고 강력하게 권유한다. 그렇게 해 보면 완벽한 일주일에 잘못 도전하다가는 앰뷸런스에 실려 갈지도 모른다는 사실을 깨닫게 될 것이다.

딱 하루만 온전하게 내 삶에 몰입하자. 운동을 계획했으면 집중해서 땀 흘리며 운동하고, 공부를 계획했으면 스마트폰을 잠시 끄고 배우기에 매진하자. 쉴 때도 구체적으로 계획을 짜거나 뇌가 쉴 수 있도록 의도적으로 '멍 때리기'를 하는 것이다.

완벽한 하루의 핵심은 인생을 스스로 세운 계획대로, 완벽히 자신의 의지대로 이끌고 가는 것이다. 그렇게 속이 야무지게 꽉 찬 하루를 경험하면 많은 것이 새롭게 보인다. 아무리 글로 완벽한 하루의 위력을 설명하려고 해도 쉽지 않다. 해 보는 수밖에 없다. 어차피 밑저야 본전 아닌가? 주말이나 특별한 날을 기다릴 필요도 없다. 당장 직장에서, 학교에서, 완벽한 하루를 살아 보는 것이다. 그러면 무료하고 평범했던 일상이 특별한 하루로 바뀔 수도 있다는 사실을 깨닫게 될 것이다. 완벽한 하루에 도전하는 여러분을 진심으로 응원한다!

●

완벽한 하루 미션도 복잡하지는 않다.
하루 목표를 구체적으로 세우고 매 시간 목표를
완벽하게 수행하면 된다. 예를 들어 2시간 독서를
하기로 하면 그 시간에는 독서만 한다.
스마트폰을 확인해도 안 되고 전화가 와서 받아도
미션은 실패로 끝난다.
일주일 동안 매일같이 완벽한 하루를 사는 것도
아니고 그중 딱 하루만 스스로 정해서 완벽한 하루에
도전하라고 하면 성공률은 얼마나 될까?
20퍼센트 이하만이 미션에 성공한다.

유튜브에서 "완벽한 하루"를 검색하세요!

성공하는 사람들이 '거부'하는 9가지

비즈니스를 하는 사람이라면 미래를 알고 싶어 한다. 그래서 5년 후나 10년 후에 어떤 미래가 펼쳐질지 연구하거나 전문가에게 물어본다. 하지만 아마존 창업자인 제프 베조스(Jeffrey Preston Bezos)는 질문이 잘못되었다고 말한다. 제대로 된 질문은 "10년이 지나도 변하지 않을 것은 무엇인가?"라는 것이다. 그는 10년이 지나도 변하지 않을 '저렴한 가격', '빠른 배송', '방대한 선택의 폭'이라는 빅 아이디어를 강력하게 실천해 나감으로써 2018년에 세계 최고의 갑부가 되었다.

성공에 대해서도 발상을 전환할 필요가 있다. 성공하기 위해 '무엇을 해야 하는지' 고민하지만, 그만큼 '무엇을 하지 말아야 할지' 아는 것이 중요하다. 그렇다면 무엇을 하지 말아야 할까?

1. 남 탓

실수나 실패를 남 탓으로 돌리는 사람은 답이 없다. 반성하는 사고가 결여되어 있기 때문에 성장을 기대할 수 없기 때문이다. 함께하는 이들만 피곤해질 뿐이다. 2014년 크리스토퍼 마이어스(Christopher Myers) 팀이 다양한 연구를 통해 실수의 원인을 외부로 돌렸던 사람은 그 원인을 자신에게서 찾았던 사람보다 올바른 판단을 내릴 확률이 떨어진다는 사실을 밝혀냈다. 그러니 남 탓은 하지 말고, 남 탓이 습관화되어 있는 사람과 거리를 두라.

남 탓은 성공의 최대 장애물이다.

2. 너무 완벽한 계획

비즈니스 경험이 풍부한 사람은 완벽한 계획이란 존재하지 않는다는 사실을 잘 안다. 비즈니스 세계는 복잡계이기 때문에 사전에 정확하게 예측할 수 없다. 당연히 완벽한 계획도 세울 수 없다.

그래서 현명한 비즈니스맨은 완벽한 계획을 세우기 위해 시간과 돈을 낭비하지 않는다. 부족한 계획이라도 빠르게 실행해 보고 피드백을 통해 계획을 업그레이드해 나간다. 이를 학습주의라고 한다.

그러므로 계획주의자는 일에서 학습주의자를 이길 수 없다.

3. 자신만 이기는 거래

일은 일종의 거래다. 거래에는 승-패, 패-승, 패-패, 승-승이 있다. 이때 승-승이 아니면 거래를 하지 않는 자세가 중요하다는 스티븐 코비(Stephen Covey)의 주장에 나도 전적으로 동의한다. 자신만 이기는 것이 아니라 상대방도 이길 수 있어야 장기적인 거래뿐 아니라 추가적인 거래도 가능해진다.

지금은 초연결 사회이기 때문에 승-승 시너지의 선순환 속도가 더 빨라지고 있다. 자신만 이기는 거래를 하는 사람은 점점 오래가기가 힘들다. 평판의 입소문 속도가 광속이기 때문이다.

우리 회사는 여기서 한발 더 나아가 '승-승-승'을 추구한다. 우리가 만들어 내는 제품과 서비스가 고객에게 이득이 될 뿐만 아니라 사회에도 이득이 되어야만 비즈니스를 하는 것이다. 우리의 상품을 필요로 하는 고객이 있어도 그 상품이 사회와 국가에 해를 끼친다면 과감히 이익을 포기하기로 결심했다. 이것이야말로 보람을 느낄 뿐만 아니라, 장기적으로 모두가 승리할 수 있는 길이라 믿기 때문이다.

4. 자신을 한계 짓기

얼마만큼 성장할 수 있을까? 바로 자신이 한계 짓는 선까지 성장한다. 대단한 성취를 이룬 사람들은 스스로를 특정한 한계에 가두지 않는다. 교육학 연구를 통해 밝혀졌듯이, 잠재력을 높이는 방법은 잠재력이 높다고 '믿는' 것이다. 뇌 과학에서 밝혀졌듯이 인간의 뇌는 가소성이 있어서 죽을 때까지 성장할 수 있다. 모든 혁신은 한계를 부숴 버릴 때 등장한다.

자신을 한계 짓는 외부의 수군거림과 내 마음의 속삭임에 속지 마라. 단호히 거절하자.

5. 나이와 경험 우선주의

20세기만 해도 변화의 속도가 이렇게 빠르지 않았기에 나이와 경험이 중요했다. 하지만 시대가 달라졌다. 기존의 지식이 구닥다리가 되는 속도가 너무 빨라졌기 때문이다. 이제는 과거의 지식보다 새로운 지식을 얼마나 빨리 습득하는지가 중요하다. 다시 말해 나이와 경험으로 밀어붙이던 시대는 지났다는 것이다.

하지만 아직도 상황 파악을 못한 꼰대 같은 사람이 많다. 이런 사람들은 주변을 피곤하게 할 뿐만 아니라 결국 도태될 수밖에 없다.

성장하기 위해서는 과거에 무엇을 했는지에 매몰되면 안 된다. 새로운 시대에 적응하기 위해 지금 무엇을 하고 있느냐가 중요하다.

오직 실력이 답이다.

6. 공짜로 일하기

자원봉사가 아닌 이상 프로는 절대 공짜로 일하지 않는다. 가까운 사람일수록 더 잘 챙겨야 한다. 친한 친구인데 당신의 능

력을 공짜로 쓰는 것을 아무렇지도 않게 여긴다면 그 친구와
는 친구로만 남아야 한다. 절대 동업하지 마라. 같이 일할 자격
이 없는 사람이다.

영화 대사 중에 희대의 명언이 있다.

"호의가 계속되면 권리인 줄 안다."

영화 〈부당거래〉에 나온 말이다. 공짜로 일하지 않아야 한
다. '호구'가 되어서는 안 된다. 그것이 장기적으로 서로에게
좋은 거래다. 부당 거래가 되어서는 안 된다.

7. 실패에 굴복하기

실패에 굴복하는 것을 치욕으로 여기는 사고방식을 갖고 있다
면 성공은 그리 멀지 않을 것이다.

일을 하다 보면 실패를 경험할 수밖에 없다. 그런데 어떤 사
람은 실패로 무너지거나 다음의 실패가 두려워 도망가지만,
어떤 사람은 실패를 성공으로 가는 과정으로 여겨 버티고 배
우고 도전한다. 성공은 후자를 위한 것이다. 그렇기에 창의적
인 사람은 아이디어의 질이 높다기보다 양이 압도적으로 많
다. 이는 도전도 많이 하고 실패도 많이 한다는 뜻이다. 이들은

실패에 지지 않는다.

캐롤 드웩 교수에 의하면, 실패에 두려움을 느끼는 고정형 사고방식의 사람들보다 실패를 쿨하게 받아들이는 성장형 사고방식의 사람들이 더 큰 성공을 이룬다.

또한 생산성과 밀접한 관계가 있는 '그릿'은 실패에 굴복하지 않고 근성으로 꾸준히 밀고 나가는 힘을 말한다. 미국의 경우, 과거에 실패한 경험이 많은 창업자일수록 스타트업을 성공시킬 확률이 높다고 한다.

이렇듯 실패에 굴복하는 것을 거부하라.

8. '감'이나 '촉'에 의지하기

스포츠 선수, 바둑 기사, 소방관, 전투기 조종사, 응급 구조 요원 등은 '감'과 '촉'이 중요하다. 이런 사람들은 패턴이 정해진 세계에서 일을 하기 때문이다. 하지만 일반적인 비즈니스를 하는 사람이 감과 촉에 의지했다가는 망하기 딱 좋다. 대부분의 일은 일정한 패턴이 없고 미래를 예측할 수 없는 복잡계에 속하기 때문이다.

"난 직감으로 돈 좀 벌었는데?" 하는 사람들은 대부분 운이 좋았을 뿐이다. 비즈니스는 만만치 않다. 알량한 직감으로 정복할 수 있는 세계가 아니다. 통계적 사고, 인식론적 겸손, 검증의 생활화, 최악을 대비하는 습관 등을 갖춰야 비로소 복잡계가 지배하는 '일의 세계'에서 제대로 된 승부를 펼칠 수 있는 최소한의 준비가 된 것이다.

직관이나 통찰력 운운하면서 '자뻑'하는 인간과는 결코 함께 일하지 말자. 로또를 맞을 만큼 운이 따르지 않는다면 같이 망하기 십상이다.

9. 타인을 함부로 평가하기

할머니는 팔순 잔치 때 내게 이렇게 말씀하셨다.

"영성아, 이 세상에서 가장 무서운 게 뭔지 아니? 나무와 어린아이란다. 어떻게 자랄지 도무지 알 수가 없거든."

할머니의 팔순 잔치 때 많은 손님이 왔는데, 할머니는 그 사람들의 어렸을 적 모습을 알고 계셨다. 아마도 어떤 아이가 성공할 것 같은지, 혹은 사고뭉치가 될지 자연스레 판단을 내렸을 것이다. 하지만 시간이 흘러 보니 할머니의 평가는 터무니없이 틀린 경우가 많았다.

가장 어리석은 행동 중에 하나가 타인을 함부로 평가하는 것이다. 사람은 매우 복잡하기 때문에 단기간에 한 사람을 온전히 알기가 힘들다. 게다가 시간에 따라 변하고 외부 환경이나 상황에 따라 예측 불가능하게 행동한다. 그러므로 사람 보는 눈이 있다는 알량한 자만심으로 타인을 함부로 평가했다가는 반대로 함부로 평가 당할 가능성이 크다.

그렇기에 "하나를 보면 열을 안다."라는 속담은 사람에게 적용하면 안 된다. 순간적인 판단이 아니라 진지하고 인내심 있게 타인과 상호작용을 하면서 평가해야 한다. 그리고 그 사람이 갖고 있는 잠재력을 높게 보고 단점보다 장점을 보려는 태도가 중요하다.

혼자 성공하는 시대는 지나갔다. 혁신은 집단에 의해 이루어지며, 아무리 개인의 역량이 뛰어나도 똑똑한 팀에는 상대가 되지 않는다. 여러 연구에서도 밝혀졌듯이, 스타 인재는 '연결 지능'이 있는 사람이다. 곧 대인 관계 능력이 뛰어나다는 뜻이다.

게다가 타인을 함부로 평가하는 사람과 함께하고 싶은 사람은 아무도 없을 것이다.

●

성공하는 사람들이 '거부'하는 9가지

1. 남 탓

2. 너무 완벽한 계획

3. 자신만 이기는 거래

4. 자신을 한계 짓기

5. 나이와 경험 우선주의

6. 공짜로 일하기

7. 실패에 굴복하기

8. '감'이나 '촉'에 의지하기

9. 타인을 함부로 평가하기

유튜브에서 "성공하는 사람들이 '거부'하는 9가지"를 검색하세요!

나는 100번의
기업 강연을 통해
무엇을 보았나?

3년 동안 진행한 기업 강연을 헤아려 보니 100번이 넘었다. 대기업에서 과장으로 퇴사해서 스타트업을 운영하다 보니, 많은 대기업과 자리 잡은 중견 기업 스타트업에서 강연 요청을 받았다. 기업마다 조금씩 달랐지만, 강의 주제의 큰 틀은 '어떻게 제대로 공부할 것인가?'였다. 그렇게 3년 동안 100번 넘게 기업 강연을 다니다 보니, 다양한 회사를 간접적으로 경험하면서 어디에서도 배울 수 없는 경험을 할 수 있었다. 그 경험을 통해 내가 알게 된 몇 가지 사실을 이야기하려 한다.

1. 주간 보고 = 주간 소설

회사의 핵심은 보고다. 크든 작든, 회사는 보고로 시작해서 보고로 끝난다. 관리자 직급으로 올라가면 보고서와 씨름하게 된다. 어느 회사를 가든 주간 보고서를 작성하는 이야기에 반응이 좋은 것도 그래서다. 금요일에 주간 보고를 한다면 목요일에는 주간 보고서를 완성하기 위해 모든 부서원의 전투력이 급상승한다. 보고할 만큼 제대로 된 결과가 딱히 없는 주에는 심지어 창의력까지 올라가서 아름다운 소설 한 편을 제출하기도 한다고 하면, 다들 '다른 회사도 똑같구나!' 하면서 배꼽을 잡고 웃었다. 회사를 다닐 때 제일 비효율적이라고 생각했던 점이 보고 체계였다. 과장이 차장에게, 차장이 부장에게, 부장이 상무에게 보고서를 올리는데, 사실 중간 과정이 너무 많다. 내가 차장에게 넘긴 보고서를 차장이 고쳤는데, 이를 부장이 다시 고쳐서 내가 쓴 내용으로 돌아온 적도 있었다. 게다가 일을 하다 보면 가시적인 결과가 나오지 않을 때도 있다. 그런데도 결과가 있는 것처럼 쥐어짜서 보고서를 써내야 하는 사실이 매우 씁쓸했다. 이는 우리 사회가 저(低)신뢰 사회이기 때문에 보이지 않는 과정을 인정해 주지 않아서 비롯된 비효율이다.

2. 강연만 봐도 기업 문화가 보인다

강연 요청을 하는 인사과 사람과 이메일만 몇 번 주고받아도 기업 문화를 어렴풋이 예측할 수 있다. 인사 담당자가 강연에 대해 꼬치꼬치 요구하는 경우, 막상 강연 참여도가 확연하게 떨어졌다. 이런 곳은 어떻게 직원들이 회사에 충성하게 되고 일을 주도적으로 할 수 있는지 동기 강요(?) 강연을 요청하는 경우가 많은데, 그런 강연은 할 줄도 모르고 알아도 하기 싫다. (내 원칙은 회사 생활은 회사가 나를 딱 인정해 주는 만큼만 하는 것이다.) 강연은 단발성 기획이다. 그래서 영감을 주는 것이 중요하다. 하지만 직원에게 동기 부여가 아닌 세뇌를 시키려는 회사가 생각보다 많다. 근무 시간 외에 강연을 진행하는 회사도 상당히 많은데, 이런 회사는 요청해도 가지 않는다.

반대로 강연장에 임원급이나 대표가 나와서 열심히 듣는 회사는 확실히 조직 문화가 좋았다. 당연히 강연 참여도 더 활발했고 강연이 끝나도 궁금한 점을 이메일을 통해 훨씬 많이 물어봤다. 그리고 전반적으로 조직 문화에 있어서는 한창 성장하고 있는 스타트업을 대기업이 이길 방법은 없는 것처럼 보였다. 상대가 되질 않았다.

3. 질문을 못하는 게 아니다

흔히 우리나라 사람은 질문을 못한다고 하지만, 그렇지 않다. 질문할 수 있는 환경이 조성되지 않았을 뿐이다. 강의가 끝나고 궁금한 점이 있으면 질문하라고 하면, 처음에는 모두가 망설인다. 대개 질문이 없는 것으로 알고 강연을 마치겠다고 하는 사람도 있겠지만, 나는 이렇게 질문할 기회가 없다면서 끝까지 질문할 수 있도록 물고 늘어진다. 어떤 질문을 해도 된다며 진입 장벽을 낮춘다.

이렇게 분위기를 조성하면 질문을 하기 시작한다. 그러면 최대한 웃음을 유발시키려고 드립을 치면서 대답해 준다. 사람들이 웃기 시작하면 더 많은 사람들이 용기 내어 질문하고, 분위기가 무르익으면 질문이 계속 쏟아져 나온다. 질의응답은 아무리 짧아도 30분 이상이고, 많이 할 때는 1시간 이상 한다. 그래서 인사 담당자는 이렇게 질문을 많이 하는 것을 처음 본다고 말한다.

그러니 리더들은 질문할 수 있는 환경을 만들어 주자. 그렇게 되면 회사의 소통이 더 원활해져서 업무와 인간관계 측면에서 회사의 수준이 올라갈 것이다.

전부는 아니지만 자기 계발 욕구가 강한 회사원들이 생각보다 많다. 그런 사람들은 끝나면 조언을 구하거나 이메일을 보내는데, 강의 듣는 인원의 10~20퍼센트에 해당한다. 그들의 고충을 들어 보면 가슴이 아프다. 회사에서 자기 계발을 하면 이상하거나 유별난 사람으로 취급 받는다는 것이다. 내가 회사에 다닐 때도 그런 분위기는 똑같았다. 점심시간에 쉬지 않고 독서하거나 공부하면 회사 생활이 편하다며 빈정거리는 희한한 상사가 있었다.

막상 하고 싶은데 어떻게 해야 할지 몰라 포기하거나 시작도 못한 사람도 많았다. 일단 거창한 목표는 잡지 말고, 배경 지식이나 교양을 늘리는 공부를 하다가 재미있어 보이는 주제가 나타나면 파고드는 것이 효과적이다. 관련 분야의 전문성을 키우려고 교과서부터 펴는 경우도 많은데, 그러면 너무 지루해서 포기하는 경우가 많다.

요즘은 KMOOC같이 양질의 무료 강연을 보여 주는 곳도 있고, 관련 분야에 대해 블로깅을 하는 사람도 많아서 좋은 강연을 보고 글을 읽으면서 공부 관성을 만들기 좋다. 체계적으로 깊게 들어가고 싶으면 그때는 전공 서적을 보는 것이 도움이 된다. 더 나아가 관련 분야의 논문이나 최신 잡지를 볼 수 있으면 더 깊게 공부할 수 있다.

5. 전반적으로 기업 문화는 유연해지고 있다

기업 강연을 하면서 얻는 보너스는 인사 담당자들과 대화를 나누면서 기업이 어떤 변화를 만들려고 노력하는지 간접적으로 경험할 수 있다는 점이다. 속도가 빠르지는 않지만 대부분의 기업이 좋은 기업 문화를 만들기 위해 노력하고 있다. 선의를 베풀기 위해서가 아니라 그렇게 하지 않으면 인재를 유치할 수 없기 때문이다.

우리나라 모 대기업은 10년 전만 해도 업계에서 위상과 높은 연봉 때문에 SKY를 졸업한 친구들이 앞 다투어 지원했지만, 이제는 보수적인 기업 문화 때문에 그 숫자가 현저하게 줄어서 회사 차원에서 걱정이 많다고 한다. 이제는 자리를 잡아서 대기업 혹은 중견 기업이 된 스타트업이 매우 빠른 속도로 기존의 대기업 인재들을 역으로 빨아들이고 있다. 자율적인 조직 문화를 자랑하는 스타트업이 연봉조차 대기업 수준으로 주고 있기 때문에 실력 있는 경력자들이 스타트업으로 옮기는 추세는 점점 강화될 것이고, 비합리적인 조직 문화가 팽배한 대기업은 서서히 그 경쟁력을 잃기 시작할 것이다. 그러므로 능력 있는 사람들이 빠져나간 대기업에서 일하는 사람들은 갑작스럽게 조직이 붕괴되는 상황을 맞이할 수 있다는 점을 명심해야 한다.

기업 강연의 마지막 슬라이드는 항상 내가 딸아이와 놀고 있는 모습을 보여 준다. 강연 주제가 공부에 관한 것인 이유는 공부 좀 하라고 간곡히 부탁하기 위해서다. 내 딸아이가 20년 뒤에 취업할 때쯤이면 지금의 20~30대들이 회사에서 부장이나 임원이 되어 있을 것이다. 그런데 공부를 안 해서 능력이 없는 상사가 과연 우리 딸을 '칼퇴'시켜 줄 수 있을까? 그러니 99퍼센트는 자신의 발전을 위해, 1퍼센트 정도는 우리 아이들의 칼퇴를 위해 공부했으면 좋겠다. 아이 아빠인 나도 좋은 조직 문화가 더 많이 자리 잡도록 사력을 다해 할 수 있는 일을 하겠다고 약속한다.

●

나는 100번의 기업 강연을 통해 무엇을 보았나?

1, 주간 보고 = 주간 소설

2. 강연만 봐도 기업 문화가 보인다.

3. 질문을 못하는 게 아니다. 질문할 수 있는 환경이
   조성되지 않았다.

4. 성장의 욕구가 강한 사람도 의외로 많다.

5. 전반적으로 기업 문화는 유연해지고 있다.

유튜브에서 "나는 100번의 기업 강연을 통해 무엇을 보았나?"를 검색하세요!

스타트업, 해도 괜찮을까요?

대기업에서 나와 어느 정도 성공적으로 스타트업을 운영하고 있다 보니 스타트업 창업에 관한 질문을 정말 많이 받는다. 특히 패기가 넘치는 젊은 친구들이 스타트업에 도전하고 싶어 하는 경우가 많다. 여기저기서 창업 장려에 대한 목소리가 높으니, 반대로 보수적인 측면에서 스타트업 창업에 대해 이야기해 보려고 한다.

우선 꼭 알아야 할 사실이 있다. 스타트업이라는 말을 쓴다고 특별하지 않다는 것이다. 작은 비즈니스를 시작하는 것이 스타트업이다. 중소기업에 다닌다고 자랑스럽게 말하는 사람

은 없는데, 스타트업에서 일하고 있다는 것은 자랑스럽게 말
하는 경향이 있었다. 내복은 창피하지만 히트텍은 입어도 된
다는 식의 프레임 설정에 매몰된 듯 보인다.

또 내 꿈이 정말 의미 깊고 아무리 좋은 뜻을 가지고 있어
도 세상이 알아주기를 바라면 안 된다. 사실 자신의 욕심을 명
분에 숨기는 경우가 많아서, 스타트업을 통해 세상을 더 좋은
곳으로 만들겠다고 포부를 밝히지만 번지르르한 말뿐, 진심은
돈 벌고 싶다는 경우가 대부분이다. 진짜 좋은 뜻이라면 열심
히 해서 결과로 이야기해야 한다. 세상은 누군가의 뜻과 뜻이
부딪혀 치열하게 경쟁하는 곳이다. 진짜 뜻을 펼치고 싶다면
그만큼 강해져서 경쟁에서 살아남아야 한다.

스타트업에 몸담으려면 알아야 하는 절대적인 원칙이 있다.
10년 안에 조직이 망할 확률이 90퍼센트도 넘는다는 것이다.
스타트업뿐만 아니라 모든 자영업의 생존 확률이다. 10팀 중
에 1팀만 살아남는 것에 막연한 희망을 가지고 뛰어드는 것은
결국 내가 망하는 90퍼센트 중에 하나가 되겠다는 것과 똑같
은 말이다. 또 그 과정에서는 '먹고사니즘'을 해결하기 위한 적
절한 수입이 없을 확률이 매우 높다. 꿈을 논하기 전에 현실을
이야기해야 한다. 어떻게 버틸지 구체적인 각오가 서 있지 않

다면 빨리 꿈 깨는 것이 좋다.

많은 사람들이 여러 가지 이유로 스타트업에 뛰어들지만, 가장 큰 이유 중 하나는 자유로운 문화일 것이다. 하지만 그 자유로움이 유지되려면 철저한 자기 관리가 기본이 되어야 한다. 사람을 충분히 만나 보지 못한 것일 수도 있겠지만, 나는 자기 관리가 뛰어난 사람을 본 적이 거의 없다. 자기 관리가 되는 사람은 일반적으로 10퍼센트 미만인 것 같다. 그 비율은 스타트업의 90퍼센트가 망하는 흐름과 비슷하다고 생각한다.

일반적인 회사나 조직에서 40~50대와 일을 하는 것은 쉽지 않다. 사고방식이 지금의 20~30대와는 많이 다르다. 하지만 조직에서 벗어난다고 40~50대로부터 벗어날 수 있는 것은 아니다. 그들은 결국 고객이 된다. 조직에서 일로 그들에게 스트레스를 받았다면, 고객으로 그들을 만났을 때의 스트레스는 더 어마어마할 수 있다. 40~50대는 구매력이 가장 높은 고객층이기도 하다.

대부분의 스타트업은 아이디어가 있기 때문에 시작한다. 하지만 스타트업이 망하는 가장 큰 이유 중 하나는 그 아이디어를 시장이 원하지 않기 때문이다. 주변을 둘러보면 스타트업이라고 해서 완전히 다른 아이디어는 딱히 없다. 기존의 시장에서 새로운 방식의 마케팅을 하거나 소프트웨어적인 요소를 가미하는 경우가 대부분이다. 정말 스타트업을 하고 싶다면 아이디어는 기본이고 마케팅, 재무, 인사의 3개 영역은 확실히 꽉 잡고 있어야 한다.

또한 스타트업을 하려면 학습 능력이 아주 높아야 한다. 특히 초반에는 모든 팀원이 슈퍼맨이 되어야 한다. 주어진 직책에 관계없이 필요하면 배워서 그때그때 문제를 해결해야 하기 때문이다. 사업을 하면 문서를 검토해야 하는데 문해력이 낮으면 고역스러울 것이고, 특히 법이나 세무에 관해서는 세무사나 법무사의 설명을 들어도 이해 못하는 경우가 정말 많다.

스타트업의 반 이상은 소프트웨어 관련업인데, 프로그램을 짜서 만든 소프트웨어가 아니라 디지털 기반의 서비스를 제공하는 것이다. 그런데 우리나라는 소프트웨어를 공짜로 쓸 수 있다는 의식이 강해서 수익을 창출하는 것이 보통 힘든 게 아니다. 사실 스타트업에 관한 정보는 미국의 경우가 많은데, 미국과 한국의 상황은 전혀 다르다. 문화를 떠나서 시장 규모가 어마무시하게 차이가 난다. 그래서 해외 유명 사례를 한국에 적용하려 하면 시장에 대한 철저한 조사가 필요하다.

하는 일이 잠깐 잘된다고 해서 영원히 잘되는 것도 아니다.

다른 후발주자 스타트업이 벤치마킹해서 빠르게 치고 올라올 수도 있고, 대기업이 막강한 자본력을 가지고 똑같은 서비스를 만들어 낼 수도 있다. 또 규제로 인해 한 방에 훅 갈 수도 있다. 똑똑한 직원이나 팀 동료가 다른 곳으로 고액으로 스카우트돼서 회사가 휘청거릴 수도 있다.

그렇기에 스타트업에서 일한다는 것은 보통 어려운 일이 아니다. 스타트업에서 일하다가 오히려 대기업으로 옮겨서 즐겁게 회사 생활하는 사람들도 있다. 안정된 기업에서 호기롭게 나와서 스타트업으로 옮겼다가 상당히 힘들게 살고 있는 사람도 많다. 그런데도 스타트업은 여전히 매력적이다. 자율성에서 나오는 의미 부여 때문일 것이다. 학습 능력이 높고, 자율적인 환경에서도 자기 관리가 잘되며, 열악한 상황에서도 악착같이 버틸 수 있는 사람이라면, 스타트업은 최고의 선택일 수도 있다. 도전하는 모든 사람들에게 진심으로 건투를 빈다.

●

대부분의 스타트업은 아이디어가 있기 때문에 시작한다.
하지만 스타트업이 망하는 가장 큰 이유 중 하나는
그 아이디어를 시장이 원하지 않기 때문이다.
주변을 둘러보면 스타트업이라고 해서 완전히 다른
아이디어는 딱히 없다. 기존의 시장에서 새로운 방식의
마케팅을 하거나 소프트웨어적인 요소를
가미하는 경우가 대부분이다.
정말 스타트업을 하고 싶다면 아이디어는 기본이고 마케팅,
재무, 인사의 3개 영역은 확실히 꽉 잡고 있어야 한다.

유튜브에서 "스타트업, 해도 괜찮을까요?"를 검색하세요!

하루는 경기도에 위치한 연수원에 강연하러 갔다. 강연 시작은 1시였고 연수원이 워낙 외딴 곳에 떨어져 있어서 점심 먹기가 상당히 애매한 상황이었다. 다행히 주최 측에서 배려해 주어서 강연을 듣는 분들과 함께 연수원 식당에서 밥을 먹을 수 있었다. 연수원 규모가 커서 다양한 회사에서 다양한 연령대가 연수를 받고 있었다. 밥을 다 먹고 식기를 반납하러 갔는데, 많은 사람들이 한꺼번에 몰리니 식기 반납이 자동임에도 불구하고 관계자가 따로 정리를 안 할 수가 없었다. 사람들은 끊임없이 식기를 반납했고 퇴식구 반대쪽에서는 빨간 고무장갑을 낀

손이 들락날락하면서 정신없이 식기를 받았다.

지극히 개인적인 취향이지만 식사의 마무리는 커피가 아닌 감사의 표현이라고 생각한다. 식기를 반납하면서 고맙다고 인사하는 것은 의무도 아니고, 이미 서비스에 대한 비용을 지불했는데 굳이 인사까지 필요한가 하는 반론에 딱히 할 말은 없다. 그냥 세상을 너무 건조하게 바라보는 태도에 대해 안타까운 마음을 갖는 정도가 내가 할 수 있는 반응의 전부일 것 같다.

당시에는 2가지 상황이 애매하게 겹치면서 식사 후 그 어떤 고마움의 교감도 없는 불편한 상황이 벌어졌다. 우선 식기를 받아 주는 사람의 얼굴이 보이지 않다 보니 딱히 대화를 건네기가 어려웠다. 다른 하나는 내가 줄을 섰을 때 식기를 반납하는 그룹이 40~50대로 구성된 남성이었다. 누구보다 표현이 서투른 사람들이다. 그런 상황이기 때문에 식기를 반납할 때는 의도적으로 약간 큰 목소리로 톤을 올려서 "잘 먹었습니다! 수고하세요!"라고 말했다. 분명히 아무도 인사를 건네지 않았었지만 내가 그렇게 인사를 하자 바로 뒤에 있는 사람들이 무의식적으로 수고하시라는 인사를 건넸다. 그리고 물을 마시면서 지켜보니 띄엄띄엄이지만 몇몇 사람이 인사를 하는 것을 볼 수 있었다. 엄청 대단한 일은 아니지만 나는 그날 소소하게 행복을 전염시켰다.

세상에서 행복의 전염만큼 좋은 일도 없는 것 같다. 의도하지 않았어도 전염된 사람들은 자신도 모르게 행복해진다. 감사는 행복한 감정의 가장 세련된 표현일 것이다. 우리는 감사해 하지 않는 것이 아니라 표현에 서투르다. 그렇다 보니 은근히 받아들이는 것도 자연스럽지 않다. 간단한 한마디로 쉽게 더불어 행복해질 수 있는데, 애먼 곳에서 행복을 찾으려 한다.

행복은 엄청난 에너지원이다. 동기 부여의 핵심 요소 중의 하나는 즐거움이다. 행복이라는 감정은 쉽게 즐거움으로 변환될 수 있다. 그래서 행복의 전염이 심각한 수준으로 발전되면 멈춰져 있던 주변 사람들의 동기 엔진에 즐거움이라는 연료가 주입되면서 감염자(?)마저 행동하게 만든다.

몇 년 동안 일만 죽어라 하다가 건강을 잃었다. 그냥 푸념할 정도가 아니라 너무 많이 잃어서 위기감을 느낄 정도였다. 그래서 도저히 안 되겠다는 마음에 매일같이 뛰고 안 되면 걷기라도 해야겠다고 결심했다. 결심까지는 쉽지만 언제나 한 발짝 떼는 순간이 가장 힘겹다. 세상 구할 것 같은 결심은 진작 했지만 행동으로 옮기는 데까지 결심 후 2주일이나 더 걸렸던 것 같다.

그렇게 처음 뛰고 나니까 심장이 터질 것 같았다. 물론 오랜만에 목표한 만큼을 뛰었던 기쁨도 컸지만 달리기 후 몰려오는 피로감은 그 기쁨을 충분히 압살하고도 남았다. 하지만 이번에는 단순히 건강을 위해서 운동을 시작한 것이 아니라 생존을 위해 시작했기에 다시 운동화 끈을 질끈 고쳐 매고 다시 뛰었다. 건강 상태가 워낙 바닥에서부터 출발해서 그런지 몇 주일 뛰니깐 육체적 건강을 넘어서 스트레스가 많이 줄어드는 것을 확연하게 느낄 수 있었다. 조금씩 즐겁고 행복해지기 시작했다.

그렇게 달리기를 하면서 내가 뛴 경로와 기록을 앱으로 측정한 후 고영성 작가와 내 아내에게 계속 캡처해서 보냈다. 둘 다 그 메시지를 봤을 때 반응은 비슷했다. "오, 잘했네, 나도 해야겠다." 그리고 쉽게 예상되겠지만 둘 다 전혀 뛰지 않았다, 그래도 나는 계속 뛴 다음 꾸준하게 내가 뛰거나 산책한 경로를 두 사람에게 보내면서 뛰라고 강요하기보다는 계속 이렇게 뛰어서 내가 얼마나 행복한지 말해 줬다.

어느 날 메시지가 왔다. 연수구에 위치한 해돋이 공원에 빨간색 동그라미가 여러 개 그려져 있는 그림이었다. 고영성 작가가 자기가 뛴 경로를 캡처해서 보낸 것이다. 오랜만에 뛰어서 죽을 뻔했다는 짧은 멘트도 함께 보냈다. 그리고 내 아내는 운동 프로그램에 등록해서 출산하고 몇 년 만에 다시 사실상 제대로 된 운동을 시작했다. 이렇게 마음의 공진이 일어나 함께한다는 것이 얼마나 행복한 일인가?

일적으로 정신적으로 나랑 가장 가까운 사람들에게 예전에도 운동을 해야 한다고 몇 번 말했지만 그렇게 하면서 정작 나도 운동을 안 했고 건강을 제일 많이 잃은 사람은 나였다. 운동하면 좋다는 당연한 논리로는 그들을 움직이지 못했다. 하지만 힘들어도 운동을 가고 더워도 운동을 가고 여행을 가서도 운동을 하는 나의 행복감은 그들의 마음속에 어렵지 않게 들어갈 수 있었다. 그래서 더 행복해지고 싶다. 거대한 행복 바이러스의 숙주가 되어서 전염을 창궐시키고 싶다. 인류 역사에 세상을 뒤덮은 거대한 행복 바이러스가 있었다고 기록될 정도로…….

●

세상에서 행복의 전염만큼 좋은 일도 없는 것 같다.

의도하지 않았어도 전염된 사람들은 자신도 모르게 행복해진다.

감사는 행복한 감정의 가장 세련된 표현일 것이다.

우리는 감사해 하지 않는 것이 아니라 표현에 서투르다.

그렇다 보니 은근히 받아들이는 것도 자연스럽지 않다.

간단한 한마디로 쉽게 더불어 행복해질 수 있는데,

애먼 곳에서 행복을 찾으려 한다.

행복은 엄청난 에너지원이다.

동기 부여의 핵심 요소 중의 하나는 즐거움이다.

행복이라는감정은 쉽게 즐거움으로 변환될 수 있다.

그래서 행복의전염이 심각한 수준으로 발전되면

멈춰져 있던주변 사람들의 동기 엔진에 즐거움이라는

연료가 주입되면서 감염자(?)마저 행동하게 만든다.

유튜브에서 "행복의 전염"을 검색하세요!

너무 뻔해서
어처구니가 없는
성공의 비밀

집필과 사업 때문에 최근 3년 동안 평생 만날 사람을 다 만난
것 같다. 시너지를 만들거나 배움을 얻기 위해 적극적으로 만
남을 청한 경우가 많아서 성공한 사람을 많이 만났다. 여기서
말하는 성공은 경제적인 잣대로만 평가한 것이 아니다. 사회
적으로 큰 영향을 끼친 비영리 활동을 하는 사람도 있었고, 엄
청나게 퍼져 나간 영상의 주인공 및 유명 인터넷 BJ도 있었다.
학생들을 극적으로 변화시킨 선생님도 있었고, 평범한 직장인
이었지만 자신의 성장을 위해 수천 권의 책을 꾸준히 읽고 독
서로 쌓인 내공을 주변과 나누면서 누구보다 행복하게 살아가

는 사람도 있었다.

그렇게 많은 사람들을 만나면 성공의 비밀스러운 패턴을 찾고 싶어진다. 하지만 그들이 이뤄 낸 성공의 상황과 맥락이 달랐기 때문에 어떤 사람의 장점은 다른 사람에게는 단점이 될 수 있다. 또 비슷하게 노력해도 결과는 판이하게 다른 경우도 있었다. 성공에는 절대적 공식이란 없었다. 만나 본 모든 사람에게서 찾은 공통점은 아니지만, 70~80퍼센트 이상에게서 사소하지만 인상적인 비슷한 자질을 몇 개 찾아냈다. 그중 많은 사람들이 알았으면 하는 3가지를 나누려고 한다.

1. 장점에 주목한다

많은 사람들이 철저하게 자신이 잘하는 일에 집중했다. 여기서 또 잘한다는 말을 쓰면 '재능 예찬론자'들은 "내가 그럴 줄 알았지! 결국에는 타고난 재능이 성공의 핵심이지!"라는 반응을 보일 것이다. 무언가를 잘한다는 것은 단순히 선천적으로 주어진 재능을 의미하지 않는다. 그것은 너무나 심각한 오해다. 분명히 어떤 기호는 타고날 수 있겠지만 (그래서 재미를 근간으로 더 수월하게 집중할 수 있겠지만) 좋아하는 분야에서 기호를 능력으로 발전시키려면 정말 이 악물고 꾸준히 노력해야 한다. (여기서 그렇게 하는 노력도 재능이라고 하면 더 이상 해 줄 말은 없다. 심심한 위로를 전할 뿐이다.)

이를 간단하게 정의하면 '성향+지속성' 정도로 표현할 수 있다. 외향적인 성향을 가진 사람들은 세일즈 같은 분야에 집중했고, 내향적인 성향을 가진 사람들은 혼자 어떤 컨텐츠를 만드는 것에 집중했다는 이야기이다. 그렇게 자신의 강점을 활용하는 일을 꾸준하게 했다. 여기까지는 사실 뻔한 이야기다. 이제 좀 덜 뻔한 이야기를 해 보자.

장점에 주목한다는 것은 단점도 잘 파악하고 있다는 말이다. 대부분 그들은 단점을 보완해 주는 파트너와 함께 일했다. 제품은 기가 막히게 만들지만 홍보를 할 줄 모르는 사람은 마케팅 전문가인 동료가 있었다. 달리 말해 상대방의 장점에도 주목한 것이다. 그들은 자신과 주변에 대한 메타 인지가 높아서, 장점은 강화하고 단점은 아웃소싱하는 경향이 있었다. 많은 사람들이 모두 잘하려고 하는 경향이 있는데, 그러면 죽도 밥도 안 될 확률이 높다. 이는 모든 과목에서 점수를 잘 받아야 상위권 대학에 들어갈 수 있는 수능의 폐해가 아닌가 싶다.

그러므로 자신의 장점과 단점을 진지하게 고민해 보길 권한다. 무작정 노력한 두 사람이 각각 10이라는 결과를 얻어 총 20의 결과를 얻을 수 있다면, 장단점을 완벽히 파악한 두 사람이 서로를 보완할 경우 100이라는 최종 결과도 얻을 수 있다. (멋진 이야기이지만 여전히 시너지를 내는 것은 결코 쉬운 일은 아니다.)

안타깝게도 상담할 때 자신의 장점이 무엇인지 말해 보라고 하면 대부분 대답을 잘 못한다. 메타 인지가 낮거나, 정말로 장점이 없어서다. 단점의 경우는 더 심각해서, 장점보다 정확히 파악하는 경우가 없다. 최악의 경우는 단점을 장점으로 착각하고 있다는 것이다. (이런 사람을 '고문관'이라고 한다. 생각보다 주변에 많이 존재한다……)

2. 정말로 꾸준하다

인생에는 기복이 없을 수 없다. 좋을 때도 있고, 나쁠 때도 있다. 분위기가 좋으면 평정심이 깨져서 실수를 하고, 나쁘면 해야 할 일도 제대로 못해서 상황을 더 악화시킨다. 내가 만나본 성공한 사람들은 존경스러울 정도로 꾸준했다. 특히 존경스러운 그룹은 새벽에 일어나서 독서를 하거나 운동을 하는 사람들이었다. (예전부터 하고 싶었지만 절대 못해 본 영역이다.) 이번 이야기도 뻔함을 넘어서 식상하기까지 하다. 그러니 조금 더 디테일한 이야기를 해보자.

그중 하나가 사소한 것을 잘 지킨다는 점이었다. 특히 약속에 관해서는 엄격한 기준을 가지고 있었다. 나도 약속을 지키기로는 어디서든 빠지지 않을 만큼 칼 같다. 항상 약속 시간보다 30분 전에 나간다. 그래야 돌발 상황이 발생해도 약속에 늦지 않기 때문이다. (보통은 1시간 전에 나가서 책을 읽는다.) 그런데 그들을 만나면서 대부분이 약속 시간보다 훨씬 일찍 도착하는 것을 보고 놀랐다. 2시 미팅이면 1시 반부터 시작한 경우가 많았다.

우연히 발견한 또 다른 공통점은 대화할 때 스마트폰을 보지 않는다는 것이다. 평범한 사람들의 70퍼센트 이상은 대화 중에 메시지가 오면 핸드폰을 확인했다. 별것 아닌 것처럼 보이지만 생각보다 중요하다. 상대방이 얼마나 중요하지 않게 여겨지면 대화 중에 메시지를 확인할까? 회사에서 사장님을 만날 때도 그럴까? 예비 장인어른을 처음 찾아간 자리라면? 결국 성공의 핵심 요소는 집중이다. 그리고 집중의 1순위는 당연히 사람이어야 한다. 그러나 대부분은 중요하지도 않은 스마트폰 메시지에 매우 민첩하게 반응한다.

　사소해 보이고 쉬워 보이는 일을 1~2번 하기는 어렵지 않다. 하지만 그것을 꾸준하게 몇 년 동안 실천하여 습관으로 만드는 것은 만만한 일이 아니다. 대수롭지 않아 보이지만 상대방에게 신뢰를 줄 수 있는 작은 습관이 뼛속까지 스며든다면 인간관계와 비즈니스에서 크게 도움이 될 것이다. 그런 기본적인 일도 못하면서 큰 꿈을 꾼다면 냉큼 포기하기를 강력하게 권한다.

3. 변명하지 않는다

개인적인 사정이 없는 사람은 없다. 일을 하다가 제일 난감할 때가 아기가 아플 때였다. 일이고 뭐고 딸을 데리고 빨리 병원에 가야 하기 때문이다. 누구에게나 예상치 못한 상황이 발생하고, 그 순간 일을 못하면 업무에 공백이 생긴다. 하지만 성공하는 사람들은 자신의 처지에 대해 변명하지 않았다. 정신 승리라기보다는 항상 리스크에 대비하는 플랜 B나 자신의 위치를 보완해 줄 수 있는 믿을 만한 동료나 팀이 있었다. 이렇듯 불확실성을 감내하기 위한 시스템을 구축한 것이 그들의 성공의 비결이었다.

또 인터뷰 중에 들었던 것 중에 가장 인상 깊었던 말이 하나 있다. 소름이 돋을 정도였다. 이 이야기를 해 준 사람은 전기설비 시공 관련 업체를 운영하였는데 연 매출이 보통 300~500억 정도라는 60대 사장님이었다. 살다 보니 운이 좋을 때가 있었고 운이 나쁠 때도 있었다고 하셨다. 특히 IMF 때 회사가 부도가 나서 당시가 인생에서 가장 힘든 시기였지만, 돌이켜 보니 가장 많은 것을 배운 시기였다. 그때 잠깐 진짜 먹고살려고 다른 업을 하셨는데 그 업을 한 게 지금의 사업을 하는 데 크게 도움이 됐다. (순간 스티브 잡스가 픽사를 간 이야기가 머릿속을 스쳤다.) 결국 극한 상황을 이겨 내면 경험이 되고 그 경험에서 무언가를 배웠다면 실력이 되는 것이다.

소프트웨어 업체 대표님이 해 준 말도 뇌리에 남았다. 그는 살면서 운이 좋은 적이 별로 없었다고 한다. 그래서 계속 운이 없다면 어떻게 해야 할지 고민하다 답을 찾았다. "운이 좋은 사람에게 붙어 살자!" 원래는 전공이 신소재였지만, 친구가 당시 피처폰에서 게임으로 대박을 내는 것은 보고 컴퓨터 학원에 등록했고 주경야독으로 프로그래밍을 배웠다. 그리고 친구 회사에 들어가서 노하우도 배우고 꾸준하게 하다 보니 내공이 쌓여서 게임 개발 회사의 사장이 되었다고 했다. 친구 운을 조금 훔쳐 왔다고 웃으며 말하는 그를 보며 감동의 쓰나미가 가슴속에 휘몰아쳤다. 그들은 변명하지 않았다. 그럴 시간과 힘으로 적응하려고 노력했다. 진심으로 존경스러웠다.

아무리 구구절절 설명한들, 누군가의 정답이 모두의 정답은 될 수 없다. 몇 번이나 강조하지만 정답이 오답이 될 수도 있다. 그래도 먼저 꿈을 이룬 선배들의 이야기를 들으면서 자신을 되돌아보고 반성할 수 있다면, 귀 기울여 경청할 가치는 충분하다고 생각한다. 그들의 조언이 지금 자신의 맥락에 딱 맞아떨어진다면 시행착오를 줄일 수도 있을 것이다. 결론은 성공에는 비밀이 없다는 뻔한 말이다. 누구나 악착같이 도전하면서 운만 따라 주면 또 다른 뻔한 성공 스토리가 될 것이다. 그 이야기를 즐겁게 들을 날을 기다리고 있겠다.

●

너무 뻔해서 어처구니가 없는 성공의 비밀

1. 장점에 주목한다.

장점에 주목한다는 것은 단점도 잘 파악하고 있다는 말이다.

2. 정말로 꾸준하다.

사소해 보이고 쉬워 보이는 일을 1~2번 하기는 어렵지 않다.
하지만 그것을 꾸준하게 몇 년 동안 실천하여 습관으로 만드는 것은
만만한 일이 아니다. 대수롭지 않아 보이지만 상대방에게
신뢰를 줄 수 있는 작은 습관이 뼛속까지 스며든다면 인간관계와
비지니스에서 크게 도움이 될 것이다. 그런 기본적인 일도 못하면서
큰 꿈을 꾼다면 냉큼 포기하기를 강력하게 권한다.

3. 변명하지 않는다.

개인적인 사정이 없는 사람은 없다. 누구에게나 예상치 못한 상황이
발생하고, 그 순간 일을 못하면 업무에 공백이 생긴다.
하지만 성공하는 사람들은 자신의 처지에 대해 변명하지 않았다.
정신 승리라기보다는 항상 리스크에 대비하는 플랜 B나 자신의 위치를
보완해 줄 수 있는 믿을 만한 동료나 팀이 있었다. 이렇듯 불확실성을
감내하기 위한 시스템을 구축한 것이 그들의 성공의 비결이었다.

유튜브에서 "너무 뻔해서 어처구니가 없는 성공의 비밀"을 검색하세요!

**나는
차별을
몰랐다**

운이 좋아서 나는 또래보다 키가 크고 힘이 센 남자아이로 태어났다. 그렇게 주어진 특권을 당연하게 여기며 자랐다. 우리 집에는 공부를 잘한 사람이 없었다. 할머니, 할아버지께서는 평생 한글을 읽지 못하셨다. 딱히 부모님이 공부를 많이 시킨 것도 아니었다. 그래도 나는 반에서 거의 3등 안에 들었다. 공부를 잘한 이유도 생각해 보면 어처구니가 없다.

집에 컬러 백과사전이라는 게 있었는데, 심심하면 백과사전의 그림을 봤다. 백과사전이 닳아서 찢어질 정도였다. 어머니께서는 내가 공부를 열심히 하는 줄 아시고 없는 형편에 제대로 된 글이 많은 백과사전을 사 주셨다. 어머니께는 미안하지만 그림이 거의 없었던 백과사전은 전혀 보지 않았다. 우연히 그림이 많은 백과사전을 자주 보다 보니 공부에 흥미가 조금 더 있었을 뿐이다.

결정적으로 공부를 잘할 수 있었던 이유는 시험을 못 보면 부모님한테 매를 맞는 줄 알았기 때문이었다. (부모님은 전혀 그럴 생각이 없었는데……) 혼자 지레 겁을 먹고 매를 맞지 않기 위해 공부를 했다. 공부를 그렇게 '야매'로 하다 보니 평균이 90점이어도 어떤 과목은 30~40점도 받았다. 이렇게 운이 좋아서 공부를 조금 잘했고 덩치도 크고 입담도 좋아서 딱히 누군가에게 차별 받은 적이 없었다.

우리 집은 전혀 부유하지 않았다. 건설업체를 다니시다가 사업을 시작하신 아버지의 회사는 하청의 하청이었다. 여기서는 조금 뻔한 이야기가 나와서 짧게 언급한다. 당연히 IMF 때 부도가 났고, 한동안 아버지는 집에 들어오시지 못했다. (1970~1980년대생에게는 IMF에 관련된 부모님의 실직 및 부도가 그렇게 특별한 이야기는 아니다.)

어머니께서 공공 근로 사업도 나가시고 파출부 일도 하시면서 우리를 키우셨다. 아버지께서는 꽤 오랜 시간 동안 신용

불량자로 사셨다. 확실히 부유하지는 않았다. 하지만 운이 좋게 가난하다고 느끼지도 않았다. 부도가 나면서 급격히 가세가 기울기는 했지만 나는 전혀 힘들다고 느끼지 못했다. 당연한 것이라고 생각하고 오히려 10원짜리 99개를 주섬주섬 모아서 '○○'도시락에서 콩나물비빔밥을 사 먹고 희열을 느끼고는 했다.

대학에 입학해서도 학구적 목적이 아닌 경제적 목적으로 남들 다 노는 1학년 1학기 때부터 정말 미친 듯이 공부했다. 무조건 높은 학점을 받아서 장학금을 받겠다는 각오로 주말에는 구민 독서실까지 가서 고3처럼 공부해서 1학년 첫 학기 때 4.2점을 받는 어처구니없는 경험을 하게 되었다. 그렇게 유전적으로 가우시안 분포에서 오른쪽에 태어났고, 당시 사회가 만들어 낸 한계상황이 나의 멘탈을 단련시켰다. 육체적으로, 그리고 정신적으로 남들보다 강하다 보니 나는 그 어떤 차별에 대해서도 생각해본 적이 없었다.

32살에 우리나라 대기업에 책임 연구원(과장)으로 입사했다. 모든 일이 잘되었고 아버지도 말년에 사업이 다시 잘되어 부모님을 경제적으로 봉양할 필요도 없었다. 세상에 불만이 없었고, 계속 열심히 살아서 다니던 회사에서 40대가 되기 전에 부장이 되고 그 여세를 몰아 임원도 해 보면 좋겠다고 생각했다. 한편 기회가 되면 퇴사해서 뭔가 해 보고 싶은 생각도 입사 때부터 있었다.

그러다가 세상을 전혀 새롭게 보게 된 역사적 사건이 일어났다. 딸이 태어난 것이다. 딸이 살아갈 세상은 그렇게 좋아 보이지 않았다. 나에게는 아무것도 아닌 것처럼 보였던 일이 딸에게는 커다란 잠재적 위험 요소였다. 여성에게는 유리 천장이 아니라 콘크리트 천장이 존재한다는 사실을 알게 되고 차별이라는 것을 깨닫기 시작했다. 그러면서 사회적 소외 계층 및 약자의 입장에서 많은 것을 생각해 보게 되었다.

그러면서 작가의 길로 들어서고 상담을 하고 멘토링 프로젝트를 시작했다. 너무나 당연하다고 여겼던 것이 너무 많은 사람들에게는 어려움이었다. 운이 좋게 신체적으로 매우 건강하고 위기를 기회로 만들 수 있었지만, 모두가 그럴 수 있는 것은 아니었다.

애초부터 노력의 기회조차 얻지 못하는 사람도 너무 많았다. 경제적 문제이기보다는 정서적인 문제가 더 심각했다. 의지보다 더 강력하게 우리 삶에 영향을 미치는 것은 환경이다. 주변에 좋은 롤 모델이 있거나 좋은 이야기를 해 줄 사람이 있으면 인생에서 변할 수 있는 계기를 접할 수 있게 된다. 하지만 제대로 된 이야기나 정보에 접근하지 못하는 사람도 정말 많았다. 나는 부족한 사람이지만, 그래도 역량이 허락하는 한 계기를 마련해 주고 싶었다. 힐링이나 공허한 열정에 초점을 맞추고 싶지 않았다.

내가 원하는 것을 정확히 표현하기는 힘들지만 아마 인식의 변화 정도로 표현할 수 있을 것 같다. 고정형 사고방식을 성장형 사고방식으로, 증명 목표를 성장 목표로, 테이커에서 기버가 될 수 있도록 인식의 변화를 주고 싶었다. 그런 변화를 만들어 내기 위해 3년 동안 활동했고, 이제는 그런 프로젝트에서 변화한 사람들의 성장 이야기를 널리 퍼뜨리는 일도 열심히 하고 있다.

이 세상에서 차별을 완전히 없애는 일은 불가능하다. 다양성이 존재하면 어떤 형태로든 차이가 발생하고, 차별이라는 부작용은 자연스럽게 발생한다. 우리가 해야 할 일은 부작용을 완벽히 제거하기보다는 부작용이 발생하는 근본적인 원인을 파악하고 부작용의 파장을 감당할 수 있는 수준으로 떨어뜨리려 노력하는 것이다.

그렇다면 구체적으로 어떻게 노력해야 할까? 우선 우리나라의 평균 문해력부터 높여야 한다. 차별을 이야기하는데 뜬금없이 문해력을 언급한다고 생각하겠지만, 차별을 원천적으로 제거할 방법은 없다면 문제를 해결하기 위해 사회적으로 함께 토론을 해야 한다. 하지만 우리나라 성인 평균 문해력은 2단계다. 정상적으로 글을 읽고 토론이 불가능한 수준이란 뜻이다. 선거 토론 방송이나 시사 프로그램에서 토론하는 모습을 보면서 어떻게 방송에 나와서 저런 코미디를 할까 생각하는 사람들이 많을 텐데, 이는 우리나라 평균 문해력이 매우 낮기 때문이다. 그래서 우리가 하는 비영리 활동의 1순위는 문해력 증진에 관한 프로젝트다.

다음으로 중요한 일은 상대방의 입장에서 생각하는 것이다. 역지사지라는 식상한 이야기를 꺼내려는 것이 아니다. 적극적으로 상대방의 입장에서 생각해 보자. 예를 들어 성별에 관한 문제가 발생한다면, 남성이 여성을, 여성이 남성을 상대방의 입장에서 이해하는 것이 가능할까? 매우 힘든 일이다. 하지만 관점을 바꿔 보면 이해할 수 있다. 상대방을 직접 이해하기보다는 가까운 사람을 생각해 보는 것이다. 내 딸이, 내 아들이 저렇게 힘든 상황이라면 얼마나 괴로울까? 내 남편이, 내 아내가, 내 친구가 저 상황이라면 얼마나 힘들까? 물론 그런다고 해서 입장 차이가 극적으로 줄어들지는 않겠지만, 꽁꽁 닫혔던 마음의 문은 열리지 않을까? (실제로 나는 그래서 아이들 관련 문제만 보면 우리 딸 생각이 나서 그런지 시도 때도 없이 눈물을 흘린다…….)

상황을 객관적으로 바라보려는 노력과 공감 그리고 의식적 배려만 습관처럼 만들 수 있다면 어떤 분야를 막론하고 사회적 차별은 줄어들 것이라 믿는다. 우선 나부터 무의식중에 차별하고 있는 것은 아닌지 반성하고, 차별을 막기 위해 반대로 역차별은 만들고 있는 것은 아닌지 진지하게 고민해야겠다. 또한 다양한 콘텐츠와 프로젝트를 통해 우리 아이들이 살아갈 세상은 지금보다는 함께하는 기쁨이 넘치는 곳이 되도록 그 기반을 닦아 주고 싶다.

●

그러다가 세상을 전혀 새롭게 보게 된 역사적 사건이
일어났다. 딸이 태어난 것이다. 딸이 살아갈 세상은
그렇게 좋아 보이지 않았다. 나에게는 아무것도 아닌 것처럼
보였던 일이 딸에게는 커다란 잠재적 위험 요소였다.
여성에게는 유리 천장이 아니라 콘크리트 천장이 존재한다는
사실을 알게 되고 차별이라는 것을 깨닫기 시작했다.
그러면서 사회적 소외 계층 및 약자의 입장에서 많은 것을
생각해 보게 되었다.

유튜브에서 "나는 차별을 몰랐다"를 검색하세요!

미라클 모닝이
있으면
미라클 나이트도
있다

가끔 9시에 시작하는 강연 요청이 올 때가 있다. 강연 시간에 맞춰 늦지 않게 도착하려면 집에서 8시에는 나가야 한다. 대중교통만 이용하기에 지옥철을 타야 한다. 대중교통을 오래 타는 것은 상관없지만, 그 시간에 책을 읽지 못하거나 생산적인 일을 하지 못하고 집중력을 극도로 끌어올려야 하는 강연 전에 지하철이나 버스에서 기운을 소진한다면 문제가 된다. 그렇다면 내가 선택할 수 있는 최고의 전략은 무엇일까? 곰곰이 생각해 보니 답이 나왔다.

"집에서 6시 50분에 나가자."

그러면 강연장 근처에 8시쯤에 도착한다. 그리고 카페에 들어가 커피와 베이글을(혹은 샐러드) 시킨다(평소에는 베이글을 먹지도 않는다). 그리고 8시 50분까지 차분하게 독서를 한다. 그렇게 나는 조금 일찍 일어나는 고통을 감내하고 육체적 쾌적함, 지적 충만감 그리고 약간의 허세를 쟁취한다. (가끔 가방에 영문 신문이나 잡지를 넣어 가기도 하지만 실제로 읽은 적은 없다⋯⋯.) 실제로 이렇게 일찍 도착해서 책을 읽으면 강연 중간에 방금 읽은 책에서 얻은 통찰을 운이 좋게 즉흥적으로 공유하면서 강연의 퀄리티 및 생동감을 더 끌어올리기도 한다.

사실 매일 출퇴근하는 직장인에게 매일같이 일찍 일어나는 것은 쉽지 않은 일이다. 하지만 몸과 눈꺼풀에 작용하는 중력과의 싸움을 이겨 낼 수만 있다면 인생의 효율이 달라진다. 혹자는 이렇게 말할 것이다. "당신은 작가라서 맨날 마음대로 일어나고 자니까 가능하겠지만, 맨날 그러는 게 쉬운 줄 아나. 비현실적인 소리는 집어치워!"

예전에 회사를 다닐 때 회사 버스를 타려면 5시 50분까지 버스 타는 곳으로 가야 했다. 놓치면 1시간 반이나 걸리는 회사에 대중교통으로 갈 방법이 없기 때문에 이 악물고 자명종 뻐꾸기처럼 제시간에 꼬박꼬박 버스가 정차하는 장소에 나타나야 했다. 너무 일찍 일어나서 출근하다 보니 '장 트러블'이라도 생기는 날에는 씻지도 못하고 회사 버스를 타러 갔다. 그래서 회사 헬스장에서 씻은 적이 한두 번이 아니다.

그렇게 힘들었지만 회사 다닐 때도 필요하면 5시에 일어나서 30분간 공부하거나 필요한 원고 작업을 하고 출근했다. 그런 준비가 있어서 다행히 퇴사하고 생각보다 빠르게 자리를 잡을 수 있었다. (이렇게 얘기하면 의지가 솟아올라서 벌떡 일어나 선비처럼 앉아서 차분히 공부하는 모습을 상상하겠지만 공부하면서 꾸벅꾸벅 조는 경우가 훨씬 많았다. 또 연속으로 꾸준하게 한 경우도 거의 없다. 포기했다가 다시 하고 또 포기했다가 다시 했다.)

이야기의 흐름을 보고 있으면 일찍 일어나 세상 벌레는 다 잡아먹은 전설의 새에 대해 말하는 것 같지만, 절대 아니다. 아침형 인간도, 미라클 모닝을 말하는 것도 아니다. 자신만의 방식대로 시간을 만드는 법에 대해 얘기하는 것이다. 아침에 죽어도 일찍 못 일어나는 사람이 있다. 그러면 어떻게 시간을 마련할 것인가? 시간을 만드는 비법 따위는 없다. 결국 무엇을 포기할 것인가에 관한 이야기로 귀결된다.

미라클 모닝이 있다면 미라클 이브닝도 있고 미라클 나이트도 있다. 그런데 왜 더 쉬워 보이는 미라클 나이트에 관한 이야기는 없을까? 똑같이 마음먹어도 환경 설정이 다르다. 새벽이나 아침 시간에 술 한잔하자고 연락하는 친구는 없다. 재미있는 TV 프로그램도, 스포츠 중계도 없다. 그리고 새벽에는 세상이 고요하다. 그렇기에 상대적으로 자신에게 더 밀도 있게 집중할 수 있다. 저녁에 그것이 가능하다면 그렇게 하는 것도 좋다. 나는 친구와의 만남과 취미를 철저하게 포기하면서 미라클 '야밤'을 만드는 데 성공했다.

결국 원하는 것을 이루기 위해서는 자신의 본능을 충족시키기 위한 행동들을 칼같이 포기할 수 있어야 한다. 역설적이지만 포기하는 만큼 얻을 수 있다. 그렇게 포기해서 얻은 시간을 잘 활용하여 자신을 발전시킨다면 모든 일의 효율이 올라가고 또 추가적으로 시간을 얻게 된다. 그렇게 양의 되먹임(positive feedback) 구간에 진입하게 되는 것이다. 만약 포기할 수 없다면 애초부터 원인 제공 요소의 싹을 잘라야 한다. 제대로 한 환경 설정 하나 열 의지 안 부럽다. 언제나 말하지만 우리에게 부족한 것은 시간이 아니다. 시간이 부족하다고 불평하지만 막상 또 시간이 주어지면 어찌할 바를 모른다. 결국 부족했던 것은 시간이 아니라 계획과 의지였다.

●

결국 원하는 것을 이루기 위해서는 자신의 본능을 충족시키기
위한 행동들을 칼같이 포기할 수 있어야 한다.
역설적이지만 포기하는 만큼 얻을 수 있다. 그렇게 포기해서
얻은 시간을 잘 활용하여 자신을 발전시킨다면 모든 일의
효율이 올라가고 또 추가적으로 시간을 얻게 된다.
그렇게 양의 되먹임(positive feedback) 구간에 진입하게 되는
것이다. 만약 포기할 수 없다면 애초부터 원인 제공 요소의
싹을 잘라야 한다. 제대로 한 환경 설정 하나 열 의지 안 부럽다.
언제나 말하지만 우리에게 부족한 것은 시간이 아니다.
시간이 부족하다고 불평하지만 막상 또 시간이 주어지면
어찌할 바를 모른다. 결국 부족했던 것은 시간이 아니라
계획과 의지였다.

유튜브에서 "미라클 모닝이 있으면 미라클 나이트도 있다"를 검색하세요!

분노가
솟구쳐
오를 때

화가 난다. 갑질을 당하면, 꼰대를 만나면, 부조리를 경험하면, 분노가 솟구쳐 오른다. 화가 날 때는 어디 가서 소리라도 지르고 싶고, 무엇이라도 부수면 속이 풀릴 것 같다. 그렇다고 바뀌는 것은 없지만, 뭐라도 안 하면 답답해 죽을 것 같다. 일이 아니라 인간적으로 괴롭히는 상사에게는 손가락 중에 과연 어떤게 가장 긴 손가락인지 하나만 정확하게 보여 주고 싶을 지경이다. 이렇게 분노의 화염이 인생을 덮칠 때 우리가 할 수 있는 최선은 무엇일까? 꾹 참는 것일까, 아니면 폭발하는 것일까? 무조건 참는 것도, 그렇다고 화내는 것도 정답은 아니다.

언제나 그렇듯이 결국 맥락이 중요하다.

일단 한숨 고르면서 상황부터 살펴보자. 일단 짜증나는 상황에 직면하면 정도의 차이는 있겠지만, 누구나 반사적으로 화가 나는 게 정상이다. 하지만 고의적인 잘못이 아닌 실수가 나쁜 영향을 끼쳤을 때는 힘들어도 참는 게 궁극적으로 정신 건강에 좋다.

식당에서 밥을 먹고 있는데 서빙을 하던 종업원이 지나가던 손님과 부딪혀 내게 물을 쏟았다고 하자. 당연히 짜증은 나겠지만 종업원에게 소리를 지르는 게 과연 올바른 행동일까? (하지만 생각보다 이런 상황에서 소리 질러서 뭐라도 하나 받으려고 하는 사람이 많은 게 안타까운 현실이다……) 살다 보면 운이 없는 날도 있다. 그럴 때는 기분이 나빠도 그러려니 하면서 넘어가는 게 최선이다. 개개인의 분노 유발에 대한 내성이 생기면 사회 전반적인 스트레스 지수가 내려간다. 실수 같은 예측 불가능한 상황에 대해 느슨한 사회적 안전망을 구성하는 셈이다.

분노에 직면하는 상황은 '먹고사니즘'과 관련된 경우가 많다. 특히 직장에서 상사와 일하다 보면 먹살을 움켜쥐고 싶을 때가 한두 번이 아니다. 이런 상황도 차분히 그 뿌리를 살펴봐야 한다. 직장 상사나 동료가 업무와 관계없이 인신공격을 한다면 어느 순간에는 조치를 취하기 위해 용단을 내려야 한다.

하지만 그 짜증이 업무에서 오는 것이라면 어쩔 도리가 없다. 결국 회사는 경쟁을 통해 매출을 발생시키고 그 와중에 쥐어짜서 이윤도 내야 하기 때문에, 당연히 즐거움보다는 짜증이 넘쳐날 수밖에 없다. 그래도 누적된 짜증이 자의적, 타의적으로 폭발하려는 상황이 온다. 그럴 때는 시뮬레이션을 돌려봐야 한다. 이 분노의 수류탄을 투척했을 때 그 후 파생될 상황을 어느 정도 정확하게 인식하고 그것을 감당할 수 있다면 수류탄 핀을 뽑아도 된다.

시뮬레이션이 말로는 쉽지만, 실제로 일이 벌어진 뒤 상황을 생생하게 그려 보는 것은 쉬운 일이 아니다. 이렇게 생각해보라. 분노를 표출하는 것은 부정적 감정을 배설하는 것이다. 그리고 어른과 어린이를 구별하는 여러 기준 중에 하나는 대소변의 능동적 통제 여부다. 편도로 1시간 반 동안 버스를 타고 고속도로를 통해 출퇴근하던 시절에 나이 30살 넘어서 바지에 '응가'를 할 뻔한 적이 있었다. 영혼이 몸을 떠나는 게 어떤 기분인지 체험할 수 있었다. 겨우 참고 중간에 휴게소에 내려서 위기를 극복했다. 그런데 왜 그렇게 이를 악물고 생물학적 배설을 막았을까? 배설 후 뒷감당이 안 되기 때문이다. 치우기도 힘들고 옆 동료들이 그 상황을 알아챘을 때의 후폭풍을 도저히 감당할 자신이 없었다. 그러니 이런 뒷감당을 할 자신이 있으면 분노를 폭발시켜도 좋다. (나의 식은 땀 나는 에피소드가 꼭 뒷감당 시뮬레이션을 이해하는 데 도움이 되기를 바란다.)

무조건 참는 것도 답이 아니다. 누가 봐도 말이 안 되는 상황에서는 폭발시키는 것이 옳다. 하지만 그때도 올바른 방법으로 분노를 폭발시켜야 여진에서 오는 피해를 최대한 줄일 수 있다. 예를 들면 회사에서 직원을 노예처럼 부려 먹고 돈도 제대로 안 주면 당연히 사표를 써야 한다. 하지만 무작정 쓸 것이 아니라 여기저기 미리 알아보고 이직의 공백을 최대한 줄여서 회사를 나와야 경제적 피해를 최소화할 수 있다. 퇴사가 확정되면 화를 내기보다는 회사의 문제점을 의사 결정권자한테 요목조목 따지고 나오는 것도 좋다. 그러면 괴롭혔던 당사자가 조직 안에서 불이익을 받을 수도 있다. 만약 최고 의사 결정권자가 나를 괴롭히고 더 나아가 불법적인 요소가 있었다면, 법적인 조치도 검토해 보자. 인생은 언제나 실전이다.

시스템의 불합리에는 차가운 머리로 대응하자. 관공서나 규모 있는 집단이 구조적 시스템에서 나오는 힘을 이용해 우리를 괴롭힌다면 감정적으로 맞대응해서는 안 된다. 그러면 해결되는 것은 없고 열만 받는다. 그러니 분노가 치밀어 올라도 참고 민원이나 고객 상담에 불만을 접수하는 것이다(그럴 때 민원 및 고객 상담 담당자는 막상 문제와 상관없는 사람들임을 인지하고 절대 화풀이하지 말자).

그래도 해결이 안 되면 글을 쓰자. 글을 쓴다고 해결될 확률은 극히 낮지만, 문제의 사안이 심각하면 언제든지 의견이 공론화될 가능성이 있다. 최악의 경우 아무것도 해결되지 않는다고 해도, 적어도 부정적인 감정을 다스릴 수 있다.

또 세상의 부조리와 비합리에는 합법적 시위나 적극적인 투표를 통해 분노를 표출할 수 있다. 당장 급진적으로 해결하고 싶은 욕구도 들겠지만, 모든 문제는 법과 규칙 안에서 해결해야 한다. 그러지 않으면 우리의 행동이 또 다른 누군가의 분노를 유발할 확률이 높다.

우리는 유기적으로 매우 촘촘하게 연결되어 있다. 거대한 세상의 부조리에 나 하나 목소리 낸다고 세상이 바뀌지는 않을 것 같지만, 불합리와 부정이 임계점을 넘으면 개인이 아니라 세상이라는 시스템이 반응한다. 그때 혼자가 아니라 함께라는 마음으로 합리적 판단에 의해 반응하는 것이 곪디곪은 세상의 문제를 도려 낼 수 있는 기회다. 세계 어느 나라보다 빨리 경제적으로 성장한 만큼 사회적인 부작용도 많았지만, 성숙된 시민 의식으로 생각보다 많은 문제를 평화롭게 해결했다.

상황이 어찌 되었든, 분노는 결과적으로 삶을 좀먹는다. 마냥 참고 지나칠 수만은 없는 상황이 시도 때도 없이 우리를 괴롭힐 것이다. 근본적인 해결 방법은 아니지만, 그럴 때는 운동이나 심호흡을 할 것을 권한다. 운동의 효과는 두말할 것도 없고 복식호흡만 제대로 해도 자잘한 분노는 어렵지 않게 제압할 수 있다. 스트레스 때문에 우울증 약을 반년 넘게 먹은 프로 복식호흡러의 조언이니 새겨듣길 바란다.

●

무조건 참는 것도 답이 아니다.
누가 봐도 말이 안 되는 상황에서는 폭발시키는 것이 옳다.
하지만 그때도 올바른 방법으로 분노를 폭발시켜야
여진에서 오는 피해를 최대한 줄일 수 있다.

유튜브에서 "분노가 솟구쳐 오를 때"를 검색하세요!

호랑이가 뛰어오면
어쩔 수 없이
뛰게 된다

가끔, 뒤에서 호랑이가 날 잡아먹으려고 미친 듯이 뛰어오는 것을 상상할 때가 있다. 그러면 나는 얼마나 빨리 뛸까? 순간 공포에 감전되어 그 충격의 에너지로 우사인 볼트가 될지도 모른다. 수많은 상담을 하다 보면 태풍 속 성냥불 같은 나약한 의지와 세상을 달관한 듯한 성인급 초연함을 보여 주는 '귀차니즘'을 극복하고 싶다는 고민을 어렵지 않게 만날 수 있다.

  밥 먹듯이 마음도 먹었지만 변화는 일어나지 않는다. 밥 먹고 시간이 지나면 화장실에서 시원하게 모든 것을 비워 내듯, 우리의 결심도 매번 마음속에서 텅 비워진다. 그렇다면 어떻게 행동해야 할 것인가? 다짐보다 더 강력한 호랑이를 불러내자. 주먹만 불끈 쥘 것이 아니라 안 하면 주먹에 쥐어 터지는 환경 설정을 시작해 보자.

누구나 다이어트를 시도해 본 경험이 있을 것이다. 실제 다이어트 성공률과 감량 후 유지하는 비율은 조사 결과에 따라 차이가 있지만 10퍼센트를 넘지 않는다고 한다. 다이어트에 성공하기 위한 첫 번째 원칙은 식단 관리다. 건강한 음식을 과식하지 않으면 체중은 감소한다. 하지만 식욕은 강력한 자석 같아서, 의사와 상관없이 어느 순간 수많은 간식이 입으로 빨려 들어간다. 그만큼 엄청난 의지력을 필요로 하는 다이어트를 어떻게 하면 성공할 수 있을까?

나는 여러 번 다이어트를 시도해서 2번 성공한 적이 있다. 처음 다이어트에 성공했을 때 9킬로그램을 감량했는데, 그때 일등 공신은 양치질이었다. 달콤하고 짭짤한 간식을 사랑했던 나는 불타오르는 식욕을 의지만으로는 굴복시킬 수 없다는 사실을 깨닫고, 식욕의 화마를 잠재우기 위해 양치질이라는 소방수를 투입했다.

양치질을 하고 나면 순간의 식탐은 어렵지 않게 사라졌다. 잘 버티다가도 양치질이 귀찮아지는 위기가 찾아온 적도 있었다. 이때 내 의지를 절대 믿지 않고 양치질보다 행동의 진입 장벽이 낮은 구강 청결제로 주기적으로 식욕을 질식시켰다.

습관적으로 먹던 간식의 양을 확 줄이고 주기적으로 유산소 운동을 해 주자 체중은 어렵지 않게 줄어들었다. 식욕을 정신 승리로 이기겠다는 낭만적인 생각보다 양치질이라는 환경 설정을 통해 먹고 싶은 욕망을 죽여 첫 번째 다이어트를 성공한 것이다.

일반적인 이야기를 해 보자. 우리 회사는 대교 사회공헌실과 함께 대한민국 평균 문해력을 올리려는 야심 찬 활동인 '빡독' 프로젝트를 진행하고 있다. 빡독의 구성은 간단하다. 책을 진짜 집중해서 읽고 싶은 사람들이 주말에 함께 모여서 핸드폰을 끄고 8시간 동안 책만 읽는 활동이다. 별것 아닌 것처럼 보이는 이 프로젝트의 결과는 생각보다 훨씬 고무적이다.

프로젝트를 진행할 때마다 책 한 권을 완독한 사람이 30퍼센트가 넘는다. 책의 난이도와 독자의 문해력에 따라 읽는 속도와 이해하는 정도는 차이가 나겠지만, '빡독러'들의 성취도는 생각보다 높다. 인생에서 하루 한 권의 완독을 처음 경험해 본 사람도 20퍼센트가 넘는다. 원래 책을 많이 읽던 사람에게는 별것 아닌 경험일 수도 있지만, 그런 경험이 없는 사람에게 하루에 책 한 권을 다 읽는 것은 정말 놀라운 경험이다. 한 번 임계점을 넘는 경험은 인생을 바꾼다. 제대로 된 환경 설정을 한다면 1년에 50권의 책을 읽는 것이 그리 어렵지 않은 목표라는 것을 깨닫게 된다.

빡독의 핵심은 '스마트폰 죽이기'와 '함께 읽기'다. 현대인은 스마트폰 중독인 경우가 많다. 심지어 중독되었는지 모르는 경우도 많다. 휴대가 쉽기 때문에 항상 손에 들려 있는 작은 컴퓨터를 무의식적으로 항상 들여다본다. 자꾸 보면 정이 들고 결국 사랑에 빠져서 하루라도 안 보면 죽을 것같이 힘들다. 우리는 그렇게 스마트폰과 사랑에 빠진다.

그런 스마트폰을 자의 반, 타의 반으로 칼같이 끄고 책을 읽는 것이 빡독 행사다. 그렇게 방해 요소를 제거했어도 책 읽기가 습관이 되어 있지 않고 동기가 없는 사람에게 독서는 그렇게 만만한 일이 아니다. 하지만 빡독 행사에서는 모두가 책을 읽는다. 식곤증 때문에 졸린 사람은 서서 읽는 경우도 많다. 주변 모두가 오롯이 책을 읽고 있기 때문에 분위기에 자연스럽게 휩쓸린다. 행사에 참여하는 대부분은 환경 설정의 힘을 이용하려는 사람이다. 거대한 환경 설정의 힘은 막강하다. 그래서 빡독을 비롯하여 더 다양한 분야에서 긍정적인 성장을 이

룰 수 있도록 환경 설정이 설계된 비영리 프로젝트를 더 많이
진행할 예정이다.

　무한한 결심보다 약간의 환경 설정이 훨씬 효과적인 경우가
많다. 그러니 어떤 일에 실패했다고 스스로를 자책하기보다는
사막에서 꽃을 피우겠다는 식의 터무니없는 생각을 한 것은
아닌지 살펴보자. 호랑이가 뛰어오면 누구라도 뛰게 된다는
진리를 잊지 말자.

●

무한한 결심보다 약간의 환경 설정이
훨씬 효과적인 경우가 많다.
그러니 어떤 일에 실패했다고 스스로를 자책하기보다는
사막에서 꽃을 피우겠다는 식의
터무니없는 생각을 한 것은 아닌지 살펴보자.
호랑이가 뛰어오면 누구라도 뛰게 된다는
진리를 잊지 말자.

유튜브에서 "호랑이가 뛰어오면 어쩔 수 없이 뛰게 된다"를 검색하세요!

친구들과 밥 먹으면
왜 그렇게
많이 먹게 될까?

나는 꽤 마른 편이라 살을 찌우려고 몇 번이나 노력했지만 실패했다. 이 무슨 망언이냐고 분노하는 사람도 있겠지만, 사실 저체중으로 고민하는 사람들이 꽤 많다. 스스로를 분석한 결과, 이유는 간단했다. 평소에 많이 먹지 않고, 먹는 것 자체를 귀찮아 한다. 가장 신기한 사람들이 혼자서도 밥을 챙겨 먹는 사람들이다. 나는 식사는 허기만 가시도록 간단하게 때운다.

그런데 나도 많이 먹을 때가 있다. 친구들과 함께 먹을 때는 그렇다. 혼자서는 라면 1개도 겨우 먹지만, 친구들과 먹으면 1개 반에서 2개는 거뜬히 먹는 것 같다. 스스로 신기하게 여긴

점이 있다면 삼겹살 등의 고기를 상당히 많이 먹는다는 것이었는데, 나중에 알고 보니 지금까지 혼자 삼겹살을 먹은 적이 없다. 언제나 누군가와 함께 먹었다. 그래서 고기 배는 따로 있다는 착각을 했던 것이다.

나만 그럴까? 연구를 살펴보면 아닌 것 같다. 인간은 함께 먹을 때 많이 먹는 경향이 있다. 연구에 의하면, 친구 1명과 식사를 하면 혼자 먹을 때보다 평균 35퍼센트를 더 먹는다. 3명의 친구와 함께 하면 무려 75퍼센트나 더 먹고 6명의 친구와 회식을 하면 2배를 더 먹는다. 6명의 친구와 라면을 끓여 먹는다면 6개만 끓이면 안 된다. 연구에 의하면, 12개는 요리해야 평화롭게 우아한 식사를 즐길 수 있다고 말한다.

왜 이런 일이 벌어지는 것일까? 여성 70쌍을 3,000번 넘게 관찰한 결과, 서로 먹는 것을 무의식적으로 모방한다는 사실을 알아냈다. 자신의 평소 속도에 더해 상대방의 속도까지 따라가다 보니 자신도 모르게 더 많이 먹게 되는 것이다. 그러니 모방할 대상이 많을수록 먹는 양은 늘어나게 된다.

그러므로 내가 살이 찌려면 친구들과의 회식 시간을 늘려야 한다. 반대로 체중 감량을 목표로 한다면 가급적 친구들과의 식사는 피하는 것이 좋다. 강력한 모방 욕구가 자제력을 무참히 무너뜨릴 수 있기 때문이다.

흥미로운 사실은 먹는 것만이 아니라 상대방의 표정, 말투와 삶의 태도, 비전까지 닮으려는 경향이 강하다는 것이다. 상대방을 좋아할수록 더 닮아 가며, 닮아 갈수록 서로를 더 좋아하게 되는 강화 효과가 일어난다. 금슬 좋은 오래된 부부가 괜히 닮아 보이는 것이 아니다.

여기서 2가지 중요한 교훈을 얻을 수 있다.

첫째, 누구와 함께하는가는 생각보다 인생에서 중요하다는 사실이다. 타인에게 친절하고 성장 욕구가 있으며 정직하게 살아가려는 사람에게 둘러싸여 있다면 당신도 그렇게 될 확률이 크다. 물론 그 반대도 마찬가지일 것이다.

둘째, 과연 나는 좋은 사람인지 생각해 봐야 한다. 나 또한 주변 사람들에게 영향을 미치기 때문이다. 내가 못난 사람이면서 주변에 멋진 사람들이 있기를 바란다면 망상에 가깝다.

그러므로 가까운 지인은 나를 비추는 거울인지도 모른다.

●

여기서 2가지 중요한 교훈을 얻을 수 있다.
첫째, 누구와 함께하는가는 생각보다 인생에서 중요하다는
사실이다. 타인에게 친절하고 성장 욕구가 있으며 정직하게
살아가려는 사람에게 둘러싸여 있다면 당신도 그렇게 될
확률이 크다. 물론 그 반대도 마찬가지일 것이다.

둘째, 과연 나는 좋은 사람인지 생각해 봐야 한다.
나 또한 주변 사람들에게 영향을 미치기 때문이다.
내가 못난 사람이면서 주변에 멋진 사람들이 있기를
바란다면 망상에 가깝다.
그러므로 가까운 지인은 나를 비추는 거울인지도 모른다.

유튜브에서 "친구들과 밥 먹으면 왜 그렇게 많이 먹게 될까?"를 검색하세요!

부모가
된다는 것

　나는 누군가의 아들이자 누군가의 부모다. 인생에서 누군가의 부모가 된다는 것은 과거를 돌아보는 시간이다. 인생에서 가장 힘든 과정을 꼽으라고 하면 주저 없이 육아라고 답하겠다. 박사나 집필 과정, 심지어 창업보다도 힘든 영역이었다. 힘든 만큼 육아는 소중하다. 어쩌면 나와 아내에게 아이를 키우는 것은 인생의 전부라고 해도 과언이 아니다. 그리고 생각해보니 나도 누군가의 인생에서 전부였다.

　인생에서 내가 가장 많이 바뀐 시점은 바로 딸의 탄생이었다. 회사에서 내 직책은 책임 연구원이었지만 정말로 책임 의식이 있었는지는 의문이다. 열심히 최선을 다해 일했지만 회사를 책임진다는 마음은 없었다.

살면서 여러 가지 도전을 하고 선택에 대한 책임을 온전히 져야 했지만, 육아는 차원이 달랐다. 육아에는 '만약'이 없었다. 다음 기회도 없었다. 의식적이든 무의식적이든, 내가 한 행동은 온전히 아이의 인생이 되었다. 나 또한 부모님의 사회적, 생물학적 선택을 기반으로 인생을 건설했다. 대부분 내 힘으로 온전하게 이뤄 냈다고 믿었는데, 막상 아이를 키워 보니 내 인생의 뿌리에는 부모님이 있었다는 사실을 부정할 수 없다.

딸을 키우면서 가장 크게 배우는 감정은 아쉬움이었다. 5살이 된 딸을 보면 언제 이렇게 쑥 커 버렸는지 깜짝깜짝 놀란다. 유아기는 신체적으로, 정신적으로 아이가 너무 빨리 변하기 때문에 기억상실에 걸린 것처럼 아이의 이전 성장 과정은 잘 기억이 나지 않는다. 모든 것을 옆에서 챙기고 도와줘야 하기 때문에 쑥쑥 크기를 바라지만, 한편으로 너무 빨리 크면 그때에만 느낄 수 있는 귀여움이 증발하는 것 같아서 슬프다. 어떨 때는 아이가 너무 귀여워서 시간이 멈췄으면 할 때도 있다.

언제부터인가 나는 부모님께 걱정의 대상이 되었다. 하지만 그 걱정덩어리가 낳은 아이를 부모님은 '보물단지'라고 부른다. 딸을 바라보면 조만간 경쟁을 해야 할 것이고, 누군가와 자신을 비교할 것이고, 또 누군가를 사랑할 것이고, 그 사랑에서 또 상처를 받을 것이고……

수많은 희로애락을 겪으며 살아갈 딸을 생각하면, 딸이 겪을 기쁨보다 통과해야 할 아픔이 더 도드라지게 보여서 마음이 아프다. 그러면 내가 해 줄 수 있는 건 무엇일까? 진지하게 고민해 보니 지금 내 인생이나 똑바로 사는 것이었다. 내가 이겨 내면 딸에게 조금이나마 좋은 선례를 남겨 줄 수 있지 않을까 싶다. 나도 부모님이 악착같이 삶을 살아 내는 모습을 보면서 본능적으로 나도 할 수 있다고 믿었으니까 말이다.

인간은 10대 후반부터 성장의 포화 구간으로 들어가고 20대부터 노화가 시작된다. 그래서 아이와 함께 보내는 시간은 더 특별하다. 지금 아이의 모습은 이 순간뿐인 것이다. 시간이 지나면 고사리 같은 손, 뒤뚱뒤뚱 걷는 모습, 만화영화 캐릭터보다 귀여운 5등신 비율을 볼 수가 없다. 보고만 있어도 미소가 절로 나온다. 보고 있는 모습을 생각만 해도 미소가 절로 나온다. 인간은 망각의 동물이지만 어떻게든 대뇌피질에 딸의 천사 같은 모습을 조금이라도 더 쌓아 두고 싶다. 해마야, 잘 부탁한다!

　인생에서 가장 행복한 순간을 경험하지 못하는 사람들을 생각하면 나만 너무 행복한 것 같아서 미안한 마음도 든다. 언젠가부터 부모님께 골칫덩이가 되었지만 나도 저런 귀여운 존재였다는 사실을 깨달으니, 부모님께 미안한 마음이 1퍼센트는 줄어드는 것 같다.

　이런저런 생각을 적고 보니 부모가 된다는 것은 가장 큰 깨달음을 얻는 것이다. 살면서 열심히 공부했지만 부모가 되어서 배운 것이 가장 많다. 지식의 양과 질을 논하는 것이 아니라 삶의 깊이를 말하는 것이다. 기존에는 '무엇'과 '어떻게'를 배웠다면, 부모가 되어서는 '왜'라는 질문에 심도 있게 직면한다. 질문이 중요하다고 하지만, 인생에서 자신에게 질문을 던지기는 어렵다. 그 질문은 나의 또 다른 분신인 딸이 꾸준히 던져 주는 것 같다. 그래서 고맙다. 그리고 부모님에게도 감사하다.

●

나는 누군가의 아들이자 누군가의 부모다.
인생에서 누군가의 부모가 된다는 것은 과거를 돌아보는 시간이다.
인생에서 가장 힘든 과정을 꼽으라고 하면
주저 없이 육아라고 답하겠다. 박사나 집필 과정,
심지어 창업보다도 힘든 영역이었다. 힘든 만큼 육아는 소중하다.
어쩌면 나와 아내에게 아이를 키우는 것은
인생의 전부라고 해도 과언이 아니다.
그리고 생각해 보니 나도 누군가의 인생에서 전부였다.

유튜브에서 "부모가 된다는 것"을 검색하세요!

부모로
산다는 것

2년 전 어느 날 밤, 두 아이와 함께한 날이라기보다 두 아이에게 시달린 것처럼 느껴졌다. 그래서인지 예민할 대로 예민해졌다.

7살 먹은 첫째 딸이 양치질을 하다가 장난을 쳤는데, 그만 못난 얼굴로 "장난 금지!"라며 호통을 쳤다.

내복을 잘못 입자 "정신 차려!"라며 까칠하게 주의를 주었다.

잠자리에 들기 전 잠깐 노는 시간에 "아빠, 공룡 퍼즐 게임 해요!"라는 말에 "아빠 지쳤어. 이제는 아빠 시간!"이라고 매몰차게 딸의 마음을 거절했다.

딸의 표정에는 실망한 기색이 가득했지만, 나는 냉정하게 외면하고 소파에 기대어 책을 펼쳤다.

20분 후, 딸아이가 자겠다고 인사하러 왔다. 인사는 으레 하는 굿나잇 뽀뽀. 딸이 다가와 입을 맞추고는 그대로 10초 동안 입술을 떼지 않았다. 그러더니 딸은 작은 손으로 내 볼을 강하게 감싸고 내 목소리를 흉내 내듯 굵은 목소리로 다음과 같이 호탕하게 말한다.

"사랑해! 고영성!"

딸이 방으로 들어간 후, 한동안 움직일 수가 없었다. 따뜻함과 죄책감, 회복과 후회가 가슴속에서 소용돌이쳤다. 그러다가 손에 들린 책 제목을 보았다. 《부모로 산다는 것》.

눈물을 멈출 수 없었다.

그래…… 부모는 그렇게 살아간다.

●

"아빠 지쳤어. 이제는 아빠 시간!"이라고
매몰차게 딸의 마음을 거절했다.
20분 후, 딸아이가 자겠다고 인사하러 왔다.
인사는 으레 하는 굿나잇 뽀뽀. 딸이 다가와 입을 맞추고는
그대로 10초 동안 입술을 떼지 않았다.
그러더니 딸은 작은 손으로 내 볼을 강하게 감싸고
내 목소리를 흉내 내듯 굵은 목소리로 다음과 같이
호탕하게 말한다.
"사랑해! 고영성!"

유튜브에서 "부모로 산다는 것"을 검색하세요!

학교 가기가
싫다면

어떻게 매일같이 아침 일찍 일어나서 학교를 다녔는지 늘 신기하다. 회사야 먹고사는 문제라서 제대로 해내지 못했을 때 그 불이익이 너무 명확하기 때문에 꾸역꾸역 다닌다고 하지만, 학교는 딱히 안 가도 인생이 어떻게 되는 것도 아닌데 12년간 학교를 다니고 대학에 박사 과정까지 20년 넘게 학교에 있었다는 게 아직도 놀랍다. 고등학교까지는 친구가 있어서, 대학교는 본전 생각에, 대학원은 일종의 직장 개념으로 다닌 것 같다. 나뿐 아니라 대부분의 학생이 학교에서 딱히 집중해서 수업을 듣는 경우는 그다지 없는 것 같다. 그러면서 하루

종일 학교에 있기에 쉬는 시간과 점심시간의 소중함을 배웠는지도 모르겠다.

학교를 진짜 꼭 다녔어야 했는가에 대해 이야기하면 꼭 몇몇은 사회생활 부적응자가 된다고 말한다. 하지만 학교가 사회생활을 시작하고 적응하기 위한 유일한 대안은 아니다. 또 그 주장에 모순이 있는 것이, 막상 회사에 가 보면 모두가 학교를 다녔지만 딱히 (그놈의) 사회생활을 잘하는 사람을 찾기도 힘들다. 직장 동료들과 치맥을 잘하는 게 사회생활이라면 학교를 통해 그런 능력을 쌓기는 힘들 것 같다. (쌓는다면 문제가 있는 것 아닌가?)

우리는 모순 덩어리다. 이제는 나는 학교를 다녀도 안 다녀도 그만이라고 생각하지만, 막상 내 자식이 갑자기 진지하게 학교를 다니지 않겠다고 하면 생각이 달라진다. 왜 남들 다 잘 다니는 학교를 우리 딸은 거부한단 말인가? 뭐가 문제인가? 나중에 취업은 어떻게 하려고 하는가? 언젠가 경험하게도 될지 모르는 상황에 대비하여 차분히 생각해 보자. 근거도 없이 무조건 안 된다고 할 것이 아니라 어떤 능력을 함양해야 온전하게 독립하여 험한 세상을 살아갈 수 있는지 우리 아이들을 위한 (지극히 주관적인) 가이드라인을 세워 본다.

1. 글을 제대로 읽고 논리적으로 글쓰기

읽기와 쓰기의 중요성은 어느 때보다 높아졌다. 온라인에 정보가 많다고 해서 모두에게 좋은 것이 절대 아니다. 오히려 그 정보를 제대로 소화할 수 있는 사람과 그렇지 못한 사람이 성공할 가능성의 간극은 정말 빠르게 벌어지고 있다. 워낙 정보가 차고 넘치다 보니 글을 제대로 정리하고 그것을 잘 구조화하는 능력만 출중하면 어느 조직에 있어도 중간까지는 무난히 갈 수 있을 것이다. 그렇다면 글을 잘 읽는 구체적인 방법은 무엇인가?

글의 주장을 빨리 이해하고 행간에서 맥락을 뽑는 식의 보편적인 이야기는 하지 않겠다. 여기서 말하는 읽기는 독서에 국한되지 않는다. 프레임에 속박되지 않고 다양한 분야에서 정보를 뽑아 내는, 좀 더 큰 의미의 읽기를 말한다. 그렇다면 다양한 종류의 글에서 도움이 되는 정보를 추출하려면 어떤 과정이 필요할까? 상황과 맥락에 따라 구체적인 방법론은 다르겠지만 근본적으로는 똑같은 원칙이 적용될 수 있다. 바로 사실을 확인하는 것이다.

전 지구적으로 플라스틱 쓰레기로 바다가 몸살을 앓고 있다. 정보의 바다도 다르지 않다. '카더라' 통신이 많아서 근거

없는 주장이 사실로 둔갑하여 인터넷이라는 거대한 바다에 플라스틱 쓰레기마냥 둥둥 떠다니고 있다.

그렇다면 정제된 정보가 많은 책은 다른가? 책으로 쓰여진다고 해서 가설 및 거짓이 사실이 되는 것은 아니지만, 일종의 후광효과 때문에 책에 쓰인 정보는 객관적인 사실이라고 쉽게 믿는 경향이 있다. 읽은 내용의 진위를 파악하기 위해서는 얼마나 근거가 논리적인지 따져 봐야 하고, 인용된 자료가 있으면 파고들어 검토해야 한다. 하지만 한글로 작성된 수많은 정보들은 일단 출처가 없는 경우가 상당히 많다. 그런 경우는 영어로 관련 내용을 다시 확인해 보거나 전문가의 도움을 받아서 얼마나 신빙성이 있는지 확인하는 것이 좋다. 처음에는 이렇게 글을 읽는 것이 힘들겠지만, 이런 과정을 통해 정보 읽기 실력이 누적되면 정보를 습득하는 내공이 확연히 올라간다.

글쓰기 능력은 읽기 능력보다 그 가치가 더 높아졌다. 한때는 목소리 큰 사람이 이기는 시절이 있었지만 이제는 필력 좋은 사람이 이기는 세상이 찾아왔다. 예전에는 습득한 정보를 글로 작성하여 다른 사람과 소통할 방법이 없었지만, 이제는 소셜 미디어를 통해서 누구나 자신의 글로 불특정 다수와 소통할 수 있는 시대가 열렸기 때문이다. 불특정 다수와의 소통을 다른 말로 표현하면 누구나 직접 마케팅을 할 수 있는 시대가 열렸다는 뜻이다. 실제로 많은 스타트업들은 화려한 영상광고 없이도 제품이나 프로젝트를 소개하는 글을 소셜 미디어를 통해 광고하여 매출을 올리고 있다. (심지어 유튜브 같은 영상매체도 스토리의 구성력이 얼마나 높은지가 핵심이다. 그것을 영상화하는 일은 관련 전문가에게 돈을 주고 의뢰하면 된다. 이제는 영상 관련 전공자가 많아서 비용도 그렇게 비싸지 않다.)

거기다가 영어로 쓰기가 가능해지면 또 다른 신세계를 맞보게 된다. 선택할 수 있는 폭이 (아무리 최소로 잡아도) 10배 이상은 늘어난다. 실제로 우리는 한국 시장을 위해 만든 영상을 번역해서 영어 자막을 넣고 전 세계를 대상으로 유튜브를 통해 송출하고 있다. 여전히 시장을 개척하고 있는 단계라서 매출은 매우 작지만, 그래도 그 작은 매출의 99퍼센트가 해외에서 발생하고 있다. 어디 예전이라면 이런 일이 가능했겠는가?

2. 확률 및 통계적 사고 능력

아이에게 강조하고 싶은 것이 수포자(수학 포기자)는 될 수 있어도 통계와 확률은 공부해야 한다는 점이다. 정규 교육 과정에서 배우는 통계만 제대로 알아도 사기당할 확률이나 터무니없는 곳에 투자할 확률이 줄어든다. 통계라고 하면 숫자를 전문적으로 다루는 사람들의 영역이라고 착각할 수도 있지만, 전혀 그렇지 않다.

백의의 천사 나이팅게일은 아픈 환자를 열심히 돌봐서 천사라는 칭호를 얻은 게 아니다. 크림전쟁 중에 세계 최초로 의무기록표를 만들어서 통계를 바탕으로 병원 위생 시설을 재정비함으로써 42퍼센트에 달하던 사망률을 3퍼센트로 떨어뜨렸다. 알고 보면 '통계의 천사'였다.

명실상부 세계 최고의 기업인 구글도 인사에 집요하게 통계를 적용해서 많은 사실을 발견했다. 명문대를 중간 성적으로 졸업한 사람보다 일반 대학을 최상위권으로 졸업한 사람이 회사에서 생산성이 더 높다는 결과를 발견했고, 입사한 지 3년이지나면 출신 대학은 직무 성과와 전혀 상관이 없다는 점도 알아냈다. 이렇게 통계적으로 사고하면 손발이 고생을 덜할 수있다.

그런 관점에서 (어쩌면) 국가 경쟁력을 한 단계 이상 올릴 수있는 방법을 제시한다. 수학 정규 교과 과정에서 확률과 통계 과목을 최대한 일찍 (가능하면 가장 첫 단원에서) 가르치자. 확률과 통계를 몰라서 사기당하고 투자에 실패하는 사례를 MBA 처럼 케이스 스터디 방식으로 학교에서 가르치면 그 누구도 수업 시간에 졸지 않고 재미있게 들을 것이다. (그렇게 재미있게 수학을 시작하면 수포자도 조금은 줄어들지 않을까 생각한다.)

3. 리더십과 팔로우십에 대한 이해

학교 생활의 중요성을 이야기할 때 꼭 나오는 단어가 사회생활인데, 사회생활의 핵심은 관계이고 관계의 가장 큰 두 축은 리더십과 팔로우십이다. 리더십에 관한 이야기는 앞에서 다양한 관점에서 다루었으니 여기서는 생략한다. 그렇다면 팔로우십은 무엇인가?

연공서열이 아직도 주류 문화로 남아 있는 우리나라에서는 팔로우십은 '까라면 까'라는 문화로 왜곡된 듯하다. 지시와 흐름에 잘 따르는 것만이 훌륭한 팔로우십이 아니다. 팔로우십의 핵심은 관계에서 역할 및 위치를 파악하는 것이다. 내가 꼭 해야 하는 일이 무엇인지를 넘어서서 업무적으로 접점에 있는 사람들이 어떤 일을 해내야 하는지에 대한 이해도 필요하다. 그런 이해가 모여야 조직이 유기적으로 돌아가면서 시너지를 낼 수 있다. 리더의 지시 사항을 따르는 것은 아주 표면적인 일에 지나지 않는다. 결국 하나의 구성원이 되어 좇아야 하는 것은 리더의 혀끝이 아니라 목표와 비전이다. 리더에 대한 충성이 팔로우십이라는 오해에서 모두가 벗어나야 한다. 아직도 뉴스에서 종종 볼 수 있는 군기 교육 같은 잘못된 학교 문화가 삐뚤어진 리더와 팔로워의 관계를 양산하고 있는 것 같아 안타깝다.

4. 언어 하나는 잘하기

나이가 들어감에 따라 인생이 서글퍼지는 이유 중 하나는 선택의 폭이 점점 줄어들기 때문이다. 그러니 어렸을 때는 당장 결과를 얻기보다 인생에서 선택의 폭을 넓힐 수 있는 주춧돌을 착실히 쌓아야 한다. 그중에서 가장 효과적인 투자는 다른 나라 언어를 잘하는 것이다. 그리고 고민할 필요도 없이 첫 번째 외국어는 영어다.

영어는 진정으로 세계 공용어다. 미국, 영국, 호주 같은 영어권 국가뿐만 아니라 인도도 공식 언어로 영어를 채택하고 있고 유럽의 선진국에서는 많은 사람들이 어렵지 않게 영어로 소통을 하는 것을 볼 수 있다. (가끔 뉴스에서 분명히 네덜란드라고 나오는데 영어로 인터뷰를 하고 있는 일반 시민을 보면 그저 놀랍다.)

그리고 웬만한 나라에서 교육을 제대로 받은 사람은 완벽하지 않아도 어느 정도 영어로 소통이 가능하다. 그렇기 때문에 영어를 제대로 하면 기회의 폭은 확 넓어진다. 여기서 제대로 한다는 의미는 영어를 통해 일을 할 수 있는 수준의 실력을 말한다. 우리나라도 이제는 좋은 교육 프로그램과 유학을 다녀온 학생들의 숫자가 늘어나서 영어 회화를 잘하는 친구들이 과거에 비해 많아졌다. 그렇다면 그들이 영어로 일이 가능한가? 거의 대부분이 불가능하다. 우리 주변에서 접할 수 있는 대부분의 일은 기본적인 읽기와 쓰기 능력을 요구하기 때문이다.

쉽게 생각하면 한국어가 유창하다고 해서 모두가 한국 어느 직장에서나 일을 잘할 수 있는 것은 아니다. 당장 나한테 법률 문서와 관련된 일을 하라고 시키면 바로 불가능하다고 말할 것이다. 관련 분야에 대해 공부를 해 본 적이 전혀 없기 때문에 읽어도 그 내용을 거의 알아들을 수 없다.

그렇기 때문에 어떤 언어를 공부하더라도 (물론 유창하게 말하는 것도 좋지만) 그 언어를 통해 취업을 하거나 사업을 하고 싶다면 읽기와 쓰기 실력을 임계점 이상으로 넘기려고 노력해

보자. 이 부분도 의외로 생각보다 어렵지 않은 것이, 일할 때 쓰는 언어는 어느 정도 올바른 문법과 관련 어휘를 정확하게 알면 된다. (여기에 원어민처럼 보이고 싶어서 휘황찬란한 관용어구를 사용할 필요는 전혀 없다.) 그리고 언어보다 훨씬 중요한 것은 관련 배경지식이다. 그러니 외국어를 공부할 때 어느 정도 자리가 잡히면 관심 있는 분야의 책을 관련 언어로 '많이' 읽도록 하자.

5. 능력보다 조금 높은 목표에 끊임없이 도전하기

박력 넘치게 온몸을 불태우는, 영화에나 나올 법한 도전을 말하는 것이 아니다. 도전을 통해 얻을 수 있는 것을 떠올리면 불굴의 의지력이 먼저 떠오르지만, 도전을 통해 경험해야 하는 것은 몰입이다. 그래서 능력을 넘어서는 목표에 도전하는 것이 아니라 약간 높은 기준에 도전하는 것이 핵심이다. 몰입은 마음먹는다고 되는 것이 아니다. 내가 가진 실력과 도전 대상의 난이도가 적절하게 균형을 이뤄야 자연스럽게 몰입의 세계로 빠져든다. 너무 쉬우면 지루해지고, 너무 어려우면 포기하게 된다. 그래서 막연하게 도전하면 안 되고 능력치부터 정확하게 파악해야 한다. 메타 인지가 높아야 한다는 말이다.

그렇게 몰입의 기쁨을 깨닫고 끊임없이 도전하다 보면 일정 시간이 지난 후 자신도 모르게 성장한 모습을 발견하게 된다. 누구나 성장을 원하지만 대부분이 원하는 성장을 이루지는 못한다. 여러 가지 이유가 있겠지만, 가장 큰 이유는 성장의 과정은 눈으로 확인할 수 없기 때문이다. 성장은 돌아볼 때만 확인할 수 있다. 확인이 되지 않으니 과정을 견디기가 어렵다. 그래서 성장을 원한다면 더욱 몰입해야 하는 것이다. 어릴 때는 도전의 선택에 있어서 주제와 난이도는 상관이 없다. 누군가에는 턱없이 쉬운 일처럼 보일 수도 있겠지만, 스스로 도전해서 그 일에 푹 빠져들고 그 경험을 통해 작더라도 긍정적인 성장을 만들어 낼 수 있다면 그 도전은 충분히 의미 있고 가치 있는 일이다.

추리고 추려서 정말 중요한 5가지 역량만 적었다. 이렇게 보니 어느 것 하나 만만한 게 없다. (그냥 학교 다니는 게 더 편할 수도 있겠다.) 자세히 살펴보니 어디서 많이 말했던 내용이다. 아! 생각났다. 우리 회사에서 뽑고 싶은 인재상이었다.

실제로 우리 회사에는 국내외 명문대를 나온 친구들이 거의 반에 육박한다. 하지만 딱히 명문대를 나왔다고 회사 일을 하는 데 도움이 되지는 않는 것 같다. 위에서 언급한 역량을 잘 갖추고 있는 친구들이라면 어떤 배경을 가지고 있어도 전혀 문제가 되지 않는다.

사실 대학에 가야 했던 가장 큰 사회적 이유는 취업 때문이었다. 노동/자본 집약적 구조의 산업으로 성장하다 보니 대기업이 자연스럽게 많아졌고, 월급도 많이 주고 안정적이었던 대기업에 입사하려면 그 등용문이 바로 대학 입학이었기 때문이다. 하지만 이제는 예전과 상황이 아주 다르다. 이제는 스타트업과 IT 기업 중심으로 실력을 기준으로 뽑는 경우가 많아졌다. 우리 회사도 채용을 할 때 자유로운 자기소개와 포트폴리오 혹은 독후감만 요구하지, 학력이 있는 이력서를 전혀 요구하지 않는다.

예전과는 확실히 다른 세상이다. 그렇기 때문에 스펙이 아닌 실력에 더 집중해야 한다. 실력은 (분야에 따라 조금 다르지만) 마음먹으면 학교 밖에서도 쌓을 수 있는 기회가 충분히 많다. 하지만 능동적으로 스스로 성장할 수 없다면 여전히 '먹고사니즘' 관점에서는 학교에 다니는 것이 훨씬 유리하다. 이것은 누구도 부정할 수 없는 팩트다. 이제 아빠가 제시한 최소한의 가이드라인을 따를 수 있다면 우리 딸이 무엇을 선택하든 아빠는 누구보다 우리 딸을 열심히 응원해주겠다. (사실 따르지 않아도, 무엇을 해도, 아빠는 언제나 네 편이다.)

●

학교 가기가 싫다면

1. 글을 제대로 읽고 논리적으로 글쓰기

2. 확률 및 통계적 사고 능력

3. 리더십과 팔로우십에 대한 이해

4. 언어 하나는 잘하기

5. 능력보다 조금 높은 목표에 끊임없이 도전하기

유튜브에서 "학교 가기가 싫다면"을 검색하세요!

자녀의 재능을
잘 알고 있다는 착각!
- 재능론의 허상

나는 《부모 공부》를 출간하고 나서 많은 부모님들과 상담을 했다. 수많은 주제를 놓고 이야기했는데, 한 가지 흥미로운 사실은 많은 부모들이 자녀의 '재능'을 잘 알고 있다고 생각한다는 점이었다. 부모라면 자녀의 재능이 무엇인지 떠올려 보자. 대충 몇 가지가 떠오를 것이다.

부모가 자녀의 재능에 관심이 많은 이유는 무엇일까? 특정 분야에 재능이 있다면 그 분야를 남들보다 쉽게 잘할 수 있을 뿐만 아니라, 그 분야의 전문가나 프로의 반열에 오를 확률이 높다고 생각하기 때문이다. 이는 부모가 자녀에게 줄 수 있는 큰 선물이다. 두 아이의 아빠인 나도 같은 마음이다. 아이의 재능을 일찍 발견해서 그 분야로 밀어붙일 수만 있다면 아이에게 얼마나 좋을까?

하지만 과연 부모들이 생각하는 그것이 진짜 자녀의 재능일까? 아니면 자녀를 잘 관찰하고 전문가에게 피드백을 받으면 자녀의 재능을 잘 알 수 있을까? 결론적으로 말하면, 자녀에 대해 안다고 하는 대부분의 경우는 착각에 가깝다. 극히 드문 경우를 제외하고는 재능을 제대로 알아볼 수 없기 때문이다. 물론 이것은 자녀뿐만 아니라 자기 자신에게도 적용된다.

부모들은 자녀가 재능이 있다는 것을 어떻게 알게 될까? 특정 분야를 처음 시작했는데 다른 아이들보다 잘할 경우에 아이에게 재능이 있다고 생각했을 것이다. 아이가 말을 잘하면 언어 재능이, 산수를 잘하면 수리 재능이, 암기를 잘하면 기억력이, 음감이 뛰어나면 음악 재능이 있다고 말하곤 한다.

그런데 처음 무언가를 시작할 때 남들보다 더 잘한다고 해서 재능이 있다고 할 수 있을까? 이것이 우리가 갖고 있는 '재능론'의 문제다. 그 사실로는 재능이 있는지 판단할 수 없기 때문이다. 체스와 바둑은 IQ가 높은 아이일수록 잘 배우므로 재능이 있다고 생각할 것이다. 연구에 따르면, 프로 체스 선수에게 IQ는 실력을 측정하는 데 전혀 도움이 되지 못한다. 다시 말해 프로 체스 선수의 IQ를 검사해 보면 IQ가 높을수록 성적이 좋다고 할 수 없다. 바둑도 마찬가지다. IQ와 프로 바둑 기사 간의 상관관계는 제로에 가까울 뿐만 아니라 프로 바둑 기사들의 평균 IQ는 일반인보다 조금 낮다는 조사도 있다.

과학에 관심이 있는 두 아이가 있다. IQ가 110인 아이와 IQ가 150인 아이가 과학자가 되었을 때 누가 더 훌륭한 과학적 업적을 낼 확률이 높을까? 상식적으로 생각하면 후자일 것이다. 하지만 정답은 알 수 없다. 과학자가 되기 위해 IQ가 110 이상은 되어야 하겠지만, 과학자의 학문적 업적과 IQ의 상관관계는 없기 때문이다. 멘사 회원이 되기 위해서는 IQ가 최소 132는 되어야 하지만 멘사 회원이 될 자격이 없는 노벨상 수상자들이 즐비하다. 게다가 IQ는 변하는 것이다.

음악은 또 어떨까? 2016년 〈슈퍼스타 K〉 우승자인 21살 김영근 씨는 오디션 첫날부터 화제였다. 전문가들이 그의 첫 무대를 보고 소울과 음색을 '타고났다'며 극찬을 아끼지 않았다. 음악적 재능이 매우 뛰어나다는 것이다. 그런데 3시즌부터 지원한 그는 8시즌이 되도록 본선 진출을 하지 못했다. 없던 재능이 21살 때 갑자기 생긴 것일까? 타고났다던 소울과 음색을 몇 년 동안 전문가들은 알아보지 못했을까?

그런데 오디션 프로그램에서는 첫 라운드 때 타고난 재능이 있다고 한 참가자가 중간에 미끄러지는 경우가 많고, 첫 라운드 때 평가가 좋지 않았던 참가자가 승승장구하는 사례가 꽤 많다. 음악뿐 아니라 스포츠 등 여러 분야에서도 이와 비슷한 사례는 셀 수 없다.

그런데 우리는 왜 '재능'을 제대로 알아볼 수 없을까? 각 분야에서 단계마다 요구하는 능력이 다르기 때문이다. 초보 단계에서 필요한 능력과 전문가 단계에서 요구하는 능력은 상당히 다르다. 초보 때는 정해진 매뉴얼을 제대로 습득하는 능력이 필요하지만, 전문가 단계에서는 창의적이고 비판적인 능력이 요구된다. 초보자 때는 정해진 답을 찾는 게 중요하지만, 전문가 단계에서는 없는 답을 스스로 만들어 내야 한다.

나는 33살에 작가로 데뷔했다. 그리고 10년 동안 12권의 책을 썼다. 그중 4권은 분야 베스트셀러, 4권은 종합 베스트셀러에 올랐다. 그리고 대부분의 책이 주요 서점에서 오늘의 책이나 편집장의 선택에 선정되었다. 오늘의 책이나 편집장의 선택은 작품성이 높은 책을 대중에게 알리기 위한 것이므로, 전문가들에게 작품성을 인정받은 셈이다.

이 정도면 작가로서 재능이 없다고 말할 사람은 없을 것이다. 그렇다면 작가의 재능은 어떻게 알아볼 수 있을까? 어렸을 때부터 책을 많이 읽고 글을 잘 쓰면서도 많이 쓰면 재능이 있다고 할 것이다. 하지만 나는 어렸을 때 책을 읽어 본 적이 거의 없다. 29살까지 그랬다. 당연히 글도 많이 쓰지 않았고, 상을 받은 적도 없다.

30살 이전의 나를 두고 독서에 재능이 있거나 작가로서 싹이 보인다고 말한 사람은 아무도 없었다. 그런데 30살 때 책을 300권 읽고 지금은 두 아이를 키우면서 매해 200권 이상의 책을 읽는다. 그리고 1년에 1권 이상의 책을 내고 있다.

신 박사는 어떨까? 아시아 최고 대학인 싱가포르 국립대학에서 박사 학위를 받았을 뿐만 아니라, 논문 인용 횟수도 상위 그룹에 속하며 노벨 물리학상을 받은 사람과 함께 논문을 쓰기도 했다. 그것도 30대 초반에 말이다. 하지만 중고등학교 때 공부를 조금 잘한다는 정도였지, 과학고를 갈 정도로 전국 수준이 아니었다. 중고등학교 때 신 박사를 보았던 사람이라면 신 박사의 미래를 제대로 본 사람은 없었을 것이다.

물론 재능이란 존재하지만, 실제로 어떤 분야의 재능이 있는지 제대로 알 수 없다는 것이다. 하지만 제대로 된 방법으로 많이 노력하면 어느 누구라도 전문가 레벨까지 갈 수 있다는 것이 성취와 관련된 최신 이론이 내린 결론이다.

우리가 알고 있는 위대한 인물들 중 상당수가 남들이 쉽게 여기는 것을 어려워했고, 남들이 어려워하는 것을 쉽게 생각했다. 그렇기 때문에 쉬운 것을 배우는 학생 시절에는 대부분 그 아이의 미래를 제대로 보지 못하곤 한다.

아인슈타인은 선생님에게 커서 아무것도 되지 못할 거라는 말을 들었고, 역사적인 수학 천재인 푸앵카레는 IQ가 매우 낮다는 이야기를 들었다. 처칠은 반에서도 꼴찌였고 말을 더듬었지만, 영국 수상이 되었고 노벨 문학상도 받았다. 뉴턴과 아인슈타인에 버금가는 업적을 남긴 마이클 패러데이는 기초적인 산수도 못한다는 말을 들었다. 전방위 천재였던 레오나르도 다빈치는 평생 철자를 틀려서 "철자를 이렇게 많이 틀려서야 뭐가 되겠니?"라는 이야기를 들었고, 에디슨은 "도대체 제대로 하는 게 뭐가 있니?"라며 떨어지는 아이 취급을 받았다. 노벨 문학상을 받은 예이츠는 글을 제대로 못 읽어 난독증에 시달렸다.

《완벽한 공부법》에서도 밝혔지만, 기억력이나 창의성은 타고나는 것이 아니라 후천적으로 계발이 가능하다. 자제력도 마찬가지다. 인지 과학, 뇌 과학, 성취 심리학에서 모두 그 사실을 뒷받침한다.

부모들이 할 일은 아이들의 재능이 무엇일지 탐색하고 아이에게 알려 주는 것이 아니다. 부모들이 진짜 해야 하는 것은 아이가 제대로 된 방법으로 열심히 노력하면 성장할 수 있고 원하는 목표에 도달할 수 있다는 믿음을 심어 주는 일이다. 아이에게 성장형 사고방식을 갖게 하고, 열심히 하는 것이 얼마나 중요한지 알게 해야 한다. 그런데 대부분의 아이들이 부모님과 선생님을 통해 고정형 사고방식을 갖고, 노력보다 재능이 중요하다고 생각하게 된다. 이는 아이들의 인생에 매우 치명적일 수 있다.

그러니 재능론이라는 무덤에서 더 이상 허덕이지 말자.

●

과연 부모들이 생각하는 그것이 진짜 자녀의 재능일까?
아니면 자녀를 잘 관찰하고 전문가에게 피드백을 받으면
자녀의 재능을 잘 알 수 있을까? 결론적으로 말하면,
자녀에 대해 안다고 하는 대부분의 경우는 착각에 가깝다.
극히 드문 경우를 제외하고는 재능을 제대로 알아볼 수 없기
때문이다. 물론 이것은 자녀뿐만 아니라
자기 자신에게도 적용된다.
부모들이 할 일은 아이들의 재능이 무엇일지 탐색하고
아이에게 알려 주는 것이 아니다. 부모들이 진짜 해야 하는 것은
아이가 제대로 된 방법으로 열심히 노력하면 성장할 수 있고
원하는 목표에 도달할 수 있다는 믿음을 심어 주는 일이다.
아이에게 성장형 사고방식을 갖게 하고, 열심히 하는 것이
얼마나 중요한지 알게 해야 한다.

유튜브에서 "자녀의 재능을 잘 알고 있다는 착각! - 재능론의 허상"을 검색하세요!

내 딸은
누구와
결혼시킬 것인가?

생각만 해도 허전하다. 우리 딸이 결혼해서 떠난다니…….
참고로 우리 딸은 2018년 11월에 만 4세가 된다. 아직 먼 훗
날의 이야기이지만 언젠가 우리 딸도 사랑하는 사람을 만나서
자신만의 가족을 꾸릴 것이다. 평생을 같이 살 배우자인데 정
말 좋은 사람을 만났으면 좋겠다. 물론 우리 딸이 사랑하는 사
람이라면 누구라도 좋다. 그래도 혹시나 아빠한테 어떤 배우
자가 좋은 사람인지 물어보면 다음 5가지 사항에 최대한 많이
해당되는 반려자를 만났으면 좋겠다고 조언해 주겠다.

1. 합리적으로 대화할 수 있는가?

결국 모든 불화의 시작은 잘못된 의사소통에서 발생한다. 대부분의 연인은 처음을 감정적 이끌림으로 시작한다. 그러다가 시간이 지나면서 가슴이 아닌 머리로 대화를 많이 하는 시점이 오면 다툼이 점점 늘어난다. 티격태격하는 것은 정상이다. 불협화음을 어떻게 조율하는가가 핵심이다. 합리적 대화의 기본은 주장할 때 근거를 말하는 것이다. 더 중요한 대화의 근간은 상대방이 말하면 경청하는 것이다.

2. 그릿이 있는가?

살면서 힘든 일은 무조건 겪게 된다. 고난은 머리로 극복이 불가능하다. 힘들 때는 이 악물고 버티는 게 중요하다. 특히 육아 초기에는 멘탈이 무너지는 경우가 너무 많다. 그때 부부가 강력한 그릿으로 뚝심 있게 버텨야 한다.

3. 우리 딸을 진정 사랑하는가?

가장 중요한 부분인 것 같다. 우리 딸을 정말 사랑해야 한다.

당연히 사랑한다고 할 것이다. 그렇다면 사랑한다는 것은 무엇을 의미하는가? 여러 가지 해석이 가능하지만, 구체적으로 나는 우리 딸의 꿈을 위해 자신이 원하는 삶의 일정 부분을 포기할 수 있는지를 물어보고 싶다. 물론 우리 딸도 배우자가 될 사람의 꿈을 위해 자신의 삶의 일정 부분을 포기할 수 있어야 한다. 이렇게 부부 관계라는 것은 모순으로 가득해서 쉽지가 않다.

4. 꾸준히 공부하는가?

개인적으로 세상에서 가장 큰 기쁨 중 하나가 공부를 통해 성장하는 것이라고 생각한다. 돈도 적게 들고 성장으로 얻을 수 있는 것도 너무 많다. 나는 내 딸도, 남편 될 친구도 함께 양육에 관한 공부를 했으면 좋겠다. 인생에서 가장 활발하고 쉽게 배우는 시기는 초등학교 입학 전이다. 그때는 선생님으로서 부모의 역할이 누구보다도 중요하다. 하지만 이때 부모가 제대로 된 지식을 알고 있는 경우가 생각보다 없다. 함께 공부해서 정신적으로 건강한 가족을 만들었으면 좋겠다.

5. 건강한가?

아프면 다 필요 없다. 건강을 잃으면 모든 것을 잃게 된다. 특히 가족이 아프면 본인만 힘든 것이 아니라 구성원 모두가 힘들어진다. 그래서 건강한 배우자, 최소한 건강해지려고 노력하는 배우자를 만났으면 좋겠다. (개인적으로 플랭크 같은 것을 시켜서 최소한 2분은 넘게 올바른 자세를 유지하는지 확인하고 싶다. 너무 꼰대스럽나…….)

이렇게 적고 나니 '급' 시무룩해졌다. 내가 저 조건에 해당되지 않는 것이 있다. 다른 부분은 크게 부족하지 않지만(그렇게 믿고 싶다…….) 건강이 너무 나쁘다. 아내와 딸에게 갑자기 미안해진다. 언제나 그렇듯이 결국 누군가를 평가하기 시작하면 그 화살은 고스란히 나에게 돌아온다. 그러면서 나를 더 다잡을 수 있기에 긍정적으로 생각한다. 사랑하는 우리 딸, 나중에 정말 좋은 친구 만나서 결혼하기를 아빠가 간절히 바란다.

●

내 딸은 누구와 결혼시킬 것인가?

1. 합리적으로 대화할 수 있는가?

2. 그릿이 있는가?

3. 우리 딸을 진정 사랑하는가?

4. 꾸준히 공부하는가?

5. 건강한가?

유튜브에서 "내 딸은 누구와 결혼시킬 것인가?"를 검색하세요!

인생을
즐겁게 살 수 있는
6가지 방법

"1년에 한 번은 꼭 해외로 나가야 해!"

아내의 결혼 조건이었다. 아내는 나와 결혼할 때 물질적인 것은 어느 하나 요구하지 않았다. (10년간 연애하며 내가 돈 한 푼 없는 빈털터리인 것을 알고 있어서 그런 것 같긴 하다.) 하지만 아내에게 여행만큼은 결코 포기할 수 없는 영역이었다. 여행도 돈이 많아야 갈 수 있지 않을까 싶겠지만, 전혀 그렇지 않다. 아내는 20대 내내 푼돈으로 세계를 누비고 다녀서 잘 알고 있다. 여행은 돈이 아니라 의지의 문제인 것을.

결혼 생활 9년차, 아내에게 비싼 핸드백 하나 못 사 줬지만 여행 약속만큼은 지켰다. 그리고 함께 가족과 여행하면서 아내가 왜 그토록 여행에 목을 맸는지 조금은 알게 되었다. 여행은 내 삶에 즐거움을 선사해 주었다.

우리나라는 OECD 국가 중 행복도가 가장 낮은 나라에 속한다. 주변을 둘러보면 인생이 즐겁지 않다고 토로하는 지인이 많다. 하지만 누구나 인생을 즐겁게, 행복하게 살고 싶어 한다. 어떻게 하면 좋을까? 여러 연구가 지지하는, 인생을 즐겁게 살 수 있는 6가지 방법을 정리해 보았다. 하나씩 실천해 나가다 보면 어제보다 좀 더 즐거워질 수 있지 않을까?

1. 물질보다 체험을 선호하라

여러분의 돈이 생겼다고 하자. 그러면 행복한 고민을 하게 될 것이다. 진짜 사고 싶은 물건을 살 것인지, 진짜 가고 싶은 여행을 갈 것인지 말이다. 이때 행복학에서는 물질을 구매하는 것보다 체험을 구매할 때 더 행복하다고 말한다.

사고 싶은 물건을 사는 것도 좋지만, 물질은 비교가 된다는 단점이 있다. 경차를 타다가 중형차를 샀다면 참 좋을 것이다. 하지만 고급 외제 차 사이에 주차할 일이 생기면 중형차를 처음 샀을 때의 기쁨은 사라질 가능성이 크다. 비교는 후회와 매우 친하다. 실제 연구에서도 물질적 구매는 후회할 비율이 높다는 것이 증명되었다.

하지만 경험은 어떨까? 경험은 고유하기 때문에 비교 대상이 마땅히 없다. 친구들과 양평에서 신나게 놀았던 여행 경험은 나만의 의미를 부여하기 때문에 친구들과 의절하지 않는 이상 후회할 확률이 낮다.

그런 의미에서 인생을 즐겁게 사는 첫 번째 방법은 물질을 추구하기보다는 경험을 추구하는 것이다. 필요한 물건은 사야 할 테지만, 물건과 경험 사이에서 고민해야 할 때가 오면 주저 없이 경험을 선택하도록 하자.

물건이라도 경험을 선물해 주는 특별한 물건이 있다. 대표적인 것이 책이다. 독서를 "앉아서 하는 여행"이라고 하는 것은 괜한 말이 아니다. 직접경험뿐만 아니라 독서를 통한 간접경험도 인생을 즐겁게 해 준다. 책을 가까이하자.

2. 기부와 봉사 활동을 하라

미국에서 실시한 연구에 의하면 기부와 봉사를 하는 사람들이 그렇지 않은 사람들보다 인생을 행복하게 즐기는 것으로 나왔다. 나만을 위해 살면 인생이 재밌을 것 같지만, 전혀 그렇지 않다. 인간은 사회적 동물이므로, 타인을 위할 때 이상하게도 만족도가 올라간다.

"그걸 누가 모르나? 그렇지만 내 인생 챙기기도 힘들어!"

일리 있는 말이다. 또 다른 연구에 의하면, 흥미롭게도 가난한 아프리카 우간다 사람도 소득에 상관없이 타인을 도와주는 사람일수록 행복 지수가 더 높았다. 다시 말해 타인을 돕는 행위가 습관화되어 있는 사람은 그렇지 않은 사람보다 인생이 즐겁다는 것이다.

이타심은 이기심을 채워 준다. 단돈 1만 원이라도, 한 달에 1시간이라도 다른 사람을 위해 투자해 보자. 인생이 즐거워질 것이다.

3. 몰입하라

심리학자 미하이 칙센트미하이(Mihaly Csikszentmihalyi)는 연구를 통해 의미 없이 놀 때보다 무언가에 몰입할 때 더 행복감을 느낀다는 사실을 밝혀냈다. 몰입은 어떤 과제를 수행할 때 자의식이 사라질 정도로 집중하는 상태를 말한다. 몰입한 자신을 바라보게 되면 한마디로 '개뿌듯'해지면서 자아 존중감이 급격히 상승하게 된다. 어떤 과제를 수행하기 위해 몰입하며 최선을 다했던 자신을 바라볼 때 매우 뿌듯했던 경험이 있을 것이다. 그러므로 몰입하는 삶은 정말 즐거운 삶이다.

그렇다면 어떤 때 몰입을 경험할까? 주어진 과제가 할 수 있지만 매우 도전적인 과제여야 한다. 과제가 너무 어려우면 두려워할 가능성이 크고, 너무 쉬우면 지겨워진다. 일이든 취미든 과제 수행이 원활해지면 난이도를 계속 높여야 한다. 그러면 몰입하면서도 실력이 향상될 것이다.

게임을 생각하면 된다. 왜 게임에 몰입할까? 플레이어의 수준에 맞춰서 더 어려운 도전 과제가 계속 주어지기 때문이다. 게임은 전형적으로 몰입을 이끄는 방식으로 설계되어 있다.

그러니 인생의 과제도 게임처럼 하면 된다. 나는 책을 쓸 때 몰입을 느낀다. 물론 책 쓰는 일은 쉽지 않다. 하지만 책을 쓸 때 무의식에 빠질 때가 많고, 탈고한 후에는 그 어느 때보다 보람을 느낀다.

도전적 과제를 수행하여 몰입을 경험해 보자. 인생이 즐거워질 것이다.

4. 평생 갈 진정한 친구를 사귀어라

혼자 잘 노는 사람이라도 외로움을 느낀다면 결코 인생을 즐겁게 지낼 수 없다. 인간의 뇌는 그렇게 생겨 먹었다. 게다가 외로움이 계속되면 건강에도 좋지 않고 공부/업무 효율도 떨어진다. 한마디로 인생이 재미없어진다.

그렇다면 어떻게 외로움을 없앨 수 있을까? 사람들을 많이 만나야 할까? 각종 모임에 참가할까? SNS를 쉬지 말아야 할까? 그렇지 않다. 연구에 의하면, 대인 관계의 숫자나 폭과는 상관없이 나를 이해하고 믿어 주는 진정한 친구가 한 명이라도 있다면 사람은 외로움을 극복할 수 있다고 한다.

이왕이면 그 친구와 평생 가도록 하자. 행복한 노인은 나이가 들어서도 서로 옛날이야기를 하고 카드 게임을 할 수 있는 친구가 있다고 한다.

이렇듯 진정한 친구는 인생을 즐겁게 해 준다.

5. 운동으로 건강을 지켜라

행복의 대가인 조지 베일런트가 말하는 행복의 조건 7가지 중 무려 4가지가 건강과 관련된 것이다. 그만큼 건강하지 않으면 인생을 즐기기가 힘들다.

건강할 수 있는 가장 좋은 비결은 운동을 습관화하는 것이다. 운동은 그 자체로 즐거운 행위다. 혼자 조깅을 즐기든 단체 운동을 하든, 운동은 긍정적인 호르몬을 마구 분출시킨다. 게다가 운동은 핵심 습관이기도 해서, 운동을 했을 뿐인데 다른 좋은 습관이 덤으로 생긴다. 연구에 따르면, 운동이 습관이 되면 건강은 물론이거니와 식습관이 좋아지고 생산성이 높아진다고 한다. 더불어 담배도 덜 피우고 동료와 가족에 대한 인내심도 커지며 신용 카드 사용도 한층 절제하므로 스트레스도 덜 받는다.

또한 운동은 공부/업무 효율을 급격히 올린다. 운동을 하면 뇌 발달을 촉진하는 BDNF가 분비되며, 기억과 학습을 관장하는 해마가 더 건강해진다. 그리고 각종 신경 전달 물질이 분비되면서 집중력을 높이고, 기분 전환을 통해 학습에 긍정적인 태도를 갖게 되며, 인내심과 자제력 등을 높여 주는 역할을 한다.

그러니 운동을 하지 않으면 정말 손해다.

6. 모든 일에 의미를 부여하라

모든 일에 의미를 부여해 보라. 왜 사는가? 왜 일을 하는가? 가
족은 어떤 의미인가? 때로 찾아오는 매너리즘이나 어려움을
의미 부여를 통해 극복할 수 있다.

그러니 스스로에게 이렇게 물어보면 어떨까?

"나는 지금 무엇을 위해 살고 있는가?"

인생을 즐겁게 살 수 있는 6가지 방법

1. 물질보다 체험을 선호하라.

2. 기부와 봉사 활동을 하라.

3. 몰입하라.

4. 평생 갈 진정한 친구를 사귀어라.

5. 운동으로 건강을 지켜라.

6. 모든 일에 의미를 부여하라.

유튜브에서 "인생을 즐겁게 살 수 있는 6가지 방법"을 검색하세요!

잘나가는
조직의
특징

항상 반성하려고 노력한다. 그리고 단순히 반성에 그치지 않고 그 결과가 삶에 스며들길 바라면서 졸필이지만 악착같이 글을 쓴다. 매번 1퍼센트씩 성장하는 복리의 마법은 경험하지 못했지만, 0.01퍼센트라도 나은 사람이 되었다는 으쓱함에 기분이 좋아진다. 주제넘게 나는 여러 조직의 책임자로 일하고 있다. 숨 쉴 틈도 없이 일해야 한다는 것이 무엇인지 매일 체감한다. 조직을 운영하면서 다짐하는 목표는 행복한 그룹을 만드는 것이다. 그러기 위해 꾸준히 고민하고 공부하면서 여러 가지를 배우고 깨닫고 있다.

잘되는 조직의 특성은 하나로 정의할 수 없다. 여러 가지 조건이 유기적으로 맞물려 돌아가야 조직이라는 생명체에 활력이 생긴다. 그중에서도 조직을 지탱해 주는 것이 바로 리더와 팔로워의 관계다.

이론적으로 어렴풋이 알다가 요즘에야 확실히 정리된 것이 의무와 권리의 관계다. 잘나가는 조직의 특징은 리더는 팔로워의 권리를 중요하게 생각하고 팔로워는 의무를 정확하게 인지한다는 것이다. 하지만 대부분의 조직은 리더가 조직원의 의무를 먼저 강조하고 조직원은 자신의 권리만을 당연시한다. 그래서 "호의가 계속되면 권리인 줄 안다."라는 명대사가 탄생한 것이다.

호의가 계속되어서 권리로 고착화되어도 문제는 없다. 호의는 다른 말로 표현하면 복지이고 인센티브이므로, 제도화된다면 꽤 괜찮은 동기로 작용할 수 있다. 그러나 권리를 누리려면 의무를 다해야 한다. 그런데 의무를 제대로 인식하는 사람이 그렇게 많지 않다. 오히려 그 권리가 사라졌을 때 느끼는 손실 회피의 고통이 심리학 실험대로 2.5배처럼 크게 다가오는 것이다.

어떻게 못 나가는 조직이 잘나가는 선순환 구조로 바뀔 수 있을까? 사실 판을 새로 짜는 것이 더 빠를지도 모른다. 그래서 창업에 성공한 사람들이 이구동성으로 초기 멤버가 중요하다고 하는 것도 먼저 의무와 권리에 있어서 올바른 역학 구조가 자리 잡아야 하기 때문이다. 그렇더라도 나쁜 조직이 좋은 조직으로 바뀌는 가장 빠른 방법은 리더가 먼저 바뀌는 것이다. 조직원에게 의무만 강조할 것이 아니라 권리를 보호해 주려는 마음이 커야 한다. 이런 이야기를 하면 많은 리더들이 하소연한다. "그렇게 해도 조직원들이 고마움을 모른다." 사실 모를 확률이 높다. 그 이유는 2가지로 추정할 수 있다.

우선, 보장된 권리의 강도가 임계점을 넘지 못한 경우는 진짜 호의가 아니기 때문이다. 예를 들어 직원들을 위한 강연을 개최하는 경우를 살펴보자. 내가 제일 싫어하는 기업 강연의 조건들이 있다. (실제로 '먹고사니즘'을 해결한 후부터는 이런 강연 요청은 무조건 거절한다.) 업무 외 시간인 오전 8시에 시작하거나 저녁 7시 이후에 하는 강연이다. (업무 시간이 9시부터인데 8시부터 10시까지 강연 요청하는 곳이 생각보다 많은데 진짜 리더가 누군지 진심으로 좀스러운 것 같다. 1시간 업무 안 한다고 회사가 망하나?)

다른 경우는 직원들 개개인 발전이 아닌 직원들이 회사에서 열심히 일할 수 있도록 동기 부여를 해 달라고 하는 강연이다.

이런 경우 분명 회사는 직원들을 위해 비싼 돈 주고 강사까지 초청해 좋은 일을 했다고 철석같이 믿지만, 직원들은 그것을 호의라고 느끼지 않는다. (돈 쓰고 욕먹는 전형적인 예다.)

두 번째는 그 기간이 충분하지 않은 경우가 있다. 잠깐 해 주고 효과를 기대하는 것은 감기약 먹고 1초 만에 낫기를 바라는 것과 똑같다. 말도 안 된다. 안타깝게도 이런 조급증에 걸린 리더는 생각보다 우리의 직장에 많이 존재한다. 다른 한편으로 올바르게, 또 충분한 시간 동안 권리를 보장해 줬어도 사람이 바뀌지 않는다면 어떻게 된 것인가? 그것은 사람을 잘못 채용한 것이다. 그 책임도 역시 리더에게 있다. (그래서 구글 같은 기업이 교육보다 채용에 목숨을 거는 것이다. 사람은 절대 쉽게 바뀌지 않는다.)

직원은 권리에 대한 의무를 잘 인지하고 있지만 상사가 어떠한 권리도 제공할 생각이 없는 경우에는 어떻게 해야 할까? 그럴 때는 권리를 올바르게 주장해야 한다. 권리를 주장하기 전에 자신이 일에 대한 메타 인지가 높은지 확인해야 한다. 조직에 대한 헌신도도 높고 일도 야무지게 잘했는데 아무런 보상을 못 받는다면 취업을 잘못한 것이다. 당연히 기회를 봐서 이직해야 한다. 그래서 자기 계발이 중요하다. 이직하려면 새로운 환경에 적응해야 하고, 적응하기 위한 최선의 대비책은 학습 능력을 키우는 것이기 때문이다.

앞으로 나는 더 많은 사람을 직간접적으로 채용할 것이다. 조직을 운영하기에는 역량이 턱없이 부족하기에 늘 시간을 내서 회사 식구들의 권리를 진지하게 고민하고 있는지 반성한다. 더 깊게 들어가, 잘하는 사람에게 더 큰 권리를 적절하게 주어서 올바르게 보상하고 있는지도 숙고한다. 일괄적인 보상은 사실 역차별이다. 잘하는 사람은 대우 받고 못하는 사람은 그렇지 않아야 역차별이 사라진다. 앞으로도 꾸준히 반성하며 성장하고 싶다. 그래서 회사 식구들에게 일할 맛 난다는 최고의 '극찬'을 계속 듣고 싶다. 그렇게 모두 함께 행복하자!

●

잘나가는 조직의 특징은 리더는 팔로워의 권리를 중요하게
생각하고 팔로워는 의무를 정확하게 인지한다는 것이다.
하지만 대부분의 조직은 리더가 조직원의 의무를
먼저 강조하고 조직원은 자신의 권리만을 당연시한다.
그래서 "호의가 계속되면 권리인 줄 안다."라는
명대사가 탄생한 것이다.

유튜브에서 "잘나가는 조직의 특징"을 검색하세요!

진짜 '사짜'
산업혁명인가?
(Feat. 프로주레러)

처음 '4차 산업혁명'이라는 말을 들었을 때 누구보다 거부감이 심했다. 세상은 복잡한데 그것을 일반화해서 설명하려는 시도가 말도 안 된다고 생각했고, 더 근본적인 이유는 현상에 대한 이해가 부족했기 때문이다. 하지만 이제는 정반대의 입장에서 세상을 바라보고 있다. 새로운 변화의 새싹이 빠르게 움트고 있다.

사실 4차 산업혁명은 그전의 산업혁명과는 그 성격이 다르기 때문에 현상을 규정하는 적합한 용어는 아니라고 생각한다. 하지만 상황이 완전히 바뀌었다고 사람들에게 경각심을 주기에는 어쩌면 더 적절한 어휘는 없어 보인다. 우리는 지금 어떤 세상에 살고 있는가? 왜 나는 새로운 세상이 도래했다고 자신 있게 말할 수 있는가?

1, 2, 3차 산업혁명은 그 인과관계가 명확했다. 어린이도 쉽게 알아들을 수 있게 말하면, 1차 산업혁명은 증기기관으로, 2차 산업혁명은 전기의 등장으로, 3차는 컴퓨터와 인터넷 같은 IT 기술의 발전으로 가능했다. 그러면 4차 산업혁명의 주인공은 누구인가? 정말 흥미롭게도 여럿이다. 인공지능이 될 수도 있고, 블록체인 기술이 될 수도 있다. 새로운 플랫폼이 기존의 패러다임을 매우 짧은 시간에 뒤집을 수도 있다. 마블의 캐릭터들이 합쳐지는 것처럼 여러 기술들이 공동 주연을 할 수도 있다. 뭐가 어디서, 언제 터질지 예측이 전혀 불가능하다. 그래서 주연급 기술들에 대해서는 최소한의 상식은 알고 있어야 한다. 그것이 이 시대에 필요한 진정한 교양이다.

그러면 이제 우리 이야기를 해 보자. 결론부터 말하면 지금 우리 목표는 우리나라에서 가장 완벽한 영어 교육 플랫폼을 구축하는 것이고, 세계로 진출하여 가장 큰 자기 계발 플랫폼을 구축하고 콘텐츠를 배포하는 것이다. 구체적으로 2년 뒤에는 여러 채널을 총합하여 1천만 명의 구독자를 보유한 유기적 자기 계발 네트워크를 확보하기 위해 부단히 노력하고 있다.

그렇게 되면 무슨 일을 할 수 있을까? 만나 보고 싶은 미국 작가에게 컨퍼런스 콜을 요청해서 원격으로 인터뷰를 할 수 있다. 말콤 글래드웰이나 스티븐 핑거 같은 거물과 인터뷰하고 싶다고 하면 응해 줄 확률은 매우 낮을 것이다. 하지만 작가들이 한국에서 신간을 내고 그 책을 한국 인생 공부, 체인지 그라운드 채널에 홍보해 주겠다고 하면 출판사는 당연히 대가들과 나를 연결시켜 줄 확률이 높다. 국내뿐만 아니라 전 세계에 수백만 채널을 가지고 있다면? 모두가 인터뷰에 응해 주지는 않겠지만 많은 유명 작가들이 자신의 책을 홍보하기 위해 인터뷰에 응할 것이다. 개인적인 꿈도 이루고, 일도 하고, 대중과 좋은 지식을 나누니, 정말 '윈윈윈'이다. 예전에는 방송국에서나 시도할 수 있었겠지만, 페북이나 인스타그램 같은 곳에 종속 플랫폼을 가지고 있어도 이런 대단한 일을 할 수 있다.

또 다른 이야기를 해 보자. 나는 예전에 〈세상을 바꾸는 시간, 15분〉에 출연한 적이 있다. 흥미롭게도 TV에 내가 나왔을 때는 네이버에서 내 이름 검색 수가 전혀 증가하지 않았다. 하지만 페이스북 채널에서 내 이야기가 공유되면서 수십만 명이 시청했고 이름 검색은 폭발적으로 증가했다.

인생의 극단 값을 경험한 '인생 선배의 개념 주례사(유튜브 검색 가능)'는 4차 산업혁명을 설명하는 데 더할 나위 없이 좋은 소재다. 내가 한 주례사의 시청 횟수는 공식적으로 800만 뷰가 넘었다. 영상이 터지기 전에는 인지도가 없었다면, 영상이 폭발한 후에는 부모님의 친구들까지 내 영상을 봤을 정도로 인지도가 엄청나게 올라갔다. 주례사 업로드 후 일주일 동안 메시지와 댓글로 주례 요청만 100건도 넘게 받았다. 프로 주례러가 될 뻔했다. 그렇게 폭발적인 반응을 얻을 줄 아무도 몰랐다. 20~30대 여성이 많은 강연에서 "저 누군지 아세요?" 하면 잘 모르지만, 유튜브로 주례사를 틀어 주면 그때 30% 이상은 "아!"라고 반응한다. 굳이 정의하자면, 이렇게 기하급수적으로 폭발적인 반응과 성장이 일어나는 세상을 4차 산업혁명의 시대라고 말할 수 있다. 이런 사례는 너무 많아서 말하자면 입이 아프다.

사실 기술 하나하나를 제대로 이해하려면 보통 힘든 것이 아니다. 그래도 최소한 기술이 있는지 알아야 아마존의 제프 베조스가 왜 세계 최고의 부호 반열에 올랐는지 그 현상의 배경을 이해할 수 있다. 기술에 대한 깊은 이해는 불가능하더라도 교양 수준으로 어느 정도는 알아야 한다.

이미 1~2년 전부터 블록체인에 관한 이야기는 많이 나왔고 관련 서적도 출판되어 있다. 하지만 대중의 0.01% 정도나 그 기술에 관심을 주었을까? 그런데 우리나라뿐만 아니라 전 세계가 비트코인 쇼크를 경험했다. 그뿐인가? 인공지능은 SF 영화에나 나오는 것인 줄 알았는데, 이세돌이 알파고 앞에서 처참히 무너지는 것을 보면서 그제야 AI라는 말을 일상적으로 꺼내기 시작했다. 관련 기술이 하루아침에 뚝 떨어진 게 아닌데도 말이다.

이런 진도 9.0급 지진 같은 현상의 발생 빈도는 더욱 늘어날 것이다. 그래서 우리는 공부해야 한다. 차분히 준비된 누군가에게는 이런 새로운 세상은 (어쩌면) 엄청난 기회가 될 것이다. 기회가 되지는 못해도 최소한 어떤 사태가 발생했을 때 쫄지는 않을 것이다. 4차인지 5차인지, 맞냐 틀리냐가 중요한 게 아니라, 누구에게나 엄청난 기회가 가능한, 전혀 다른 패러다임이 도래했다는 사실이 지금 상황의 핵심이다. 너무 숨 막히는 이야기지만, 반대로 말하면 자기도 모르게 기회를 뺏긴 어떤 이에게는 엄청난 위기가 곳곳에서 도사리고 있다는 사실도 인지했으면 좋겠다. 30대에 국민 주례사(?)가 될 줄이야⋯⋯. 신기한 세상이다.

●

인생의 극단 값을 경험한 '인생 선배의 개념 주례사
(유튜브 검색 가능)'는 4차 산업혁명을 설명하는 데
더할 나위 없이 좋은 소재다. 내가 한 주례사의 시청 횟수는
공식적으로 800만 뷰가 넘었다. 영상이 터지기 전에는 인지도가
없었다면, 영상이 폭발한 후에는 부모님의 친구들까지
내 영상을 봤을 정도로 인지도가 엄청나게 올라갔다.
주례사 업로드 후 일주일 동안 메시지와 댓글로 주례 요청만
100건도 넘게 받았다. 프로 주례러가 될 뻔했다.

유튜브에서 "진짜 '사짜' 산업혁명인가? (Feat. 프로주례러)"를 검색하세요!

과거로
돌아갈 수
있다면

Yesterday is history.

Tomorrow is a mystery.

Today is a gift.

That's why it is called 'the present'.*

어제는 돌이킬 수 없는 역사다.

미래는 도저히 알 수 없는 미스터리다.

오늘은 선물이다.

그래서 오늘에는 선물이라는 또 다른 뜻이 있다.

---

* 빌 킨(Bil Keane)이라는 미국의 만화가가 신문 연재만화에서 처음 썼다고 한다.

영화 〈쿵푸 팬더〉에서 주인공인 포가 낙심했을 때 마스터 우구웨이가 포를 위로하며 한 말이다. 영화를 보며 나는 돈을 주고도 살 수 없는 지금을 대충 살지 말라고 일침을 맞은 기분이었다. "내가 헛되이 보낸 오늘이 어제 죽은 자가 간절히 바라던 내일이다."라는 또 다른 명언이 뼈를 때리는 것을 생각하면, 지금 이 순간이 정말 소중하다는 생각이 든다.

항상 모자라고 부족한 사람이지만, 인생에서 떳떳하게 꽉 찼다고 말할 수 있는 부분이 있다. 무엇보다 지금 이 순간을 사랑한다는 점이다. 누구나 과거로 돌아갈 수 있다면 어떻게 할지 상상해 보았을 것이다. 잘못했던 일을 바로잡고 부족했던 점을 고치며 아픈 기억은 다시는 만들고 싶지 않을 것이다. 나도 우연치 않은 기회에 이 질문에 대해 깊게 고민한 적이 있다.

결국 현재라는 개념은 오래전에 발산된 별빛이 지금 지구에 도착한 것처럼, 과거의 내가 만든 수많은 나비효과의 결과물이다. 나 또한 후회로 가득한 과거를 가지고 있다. 지금 시점에서 보면 더 잘할 수 있는 것이 많았고, 하지 않을 실수도 있었다. '지붕 뚫고 이불 킥'을 넘어서 '대기권 돌파 킥'을 하고 싶을 만큼 창피한 과거사도 있다. 정말로 과거로 돌아갈 수 있다면 나는 어떤 선택을 할 것인가?

그렇다고 해도 나는 예전의 삶과 조금도 다르지 않은 삶을 살 것이다. 지금의 의식을 가지고 돌아간다면 더욱 철저하게 내가 걸어왔던 길을 그대로 따라갈 생각이다. 그래야 지금의 아내를 만나서 결혼할 수 있을 테고, 사랑하는 딸아이와 행복한 시간을 보낼 수 있기 때문이다.

지금의 행복한 가족을 이루기 위해 행복한 일만 있었을까? 그렇지는 않았다. 부모님과 갈등도 많았고, 친구들과 사소한 문제로 많이 싸웠다. 내 부족함 때문에 아내와 별것 아닌 일로 다투기도 했다. 많은 부부가 그렇듯이 먹고사는 문제 때문에 스트레스 받고, 서툰 육아까지 하는 상황에 몰리니 심신이 지친 적이 한두 번이 아니다. 그래도 온전히 내가 살아왔던 길을 다시 걸을 것이고, 우리 딸의 조막만 한 손을 잡고 산책하는 소소한 행복을 행복을 누릴 것이다. (진짜 눈물 나게 힘들었던 순간을 다시 겪어 내야 한다고 하니 조금 움찔하게 되는 것은 어쩔 수 없다…….)

이런 글에 대한 반응은 2가지로 (비대칭적으로) 갈릴 확률이 높다. 소수는 재깍재깍 야속하게 흘러가는 현재를 조금이라도 더 알차게 살자고 마음먹을 것이고, 대다수는 공감은 하지만 그래도 과거로 돌아가서 조금이라도 더 나은 선택을 하고 싶다는 게 솔직한 심정이라는 반응일 것이다. 당연히 후자가 더 공감이 된다. 하지만 과거로 돌아갈 방법은 없다.

그렇다면 남은 선택은 무엇인가? 앞으로의 오늘을 후회가 아니라 만족으로 채워진 삶으로 만드는 더 나은 선택을 '지금' 하는 것이다. 거창하게 인생 전체를 기준으로 삼지 않고 365일 중 하루인 바로 오늘, 보람찬 선택을 하고 있는가? 쉽게 답이 나오지 않는다면 과거로 돌아가도 딱히 소용없을 것이다. 미래와 과거는 대척점에 놓인 개념이지만, 신기하게도 공통점으로 엮인 부분이 있다. 그 끝이 현재와 맞닿아 있다는 점이다. 이는 지금 하지 못한 것은 과거에도 할 수 없었던 일이고, 미래에도 할 수 없는 일이라는 뜻이다. 그러니 지금 이 순간을 소중히 여기자. 소중한 일을 할 수 있다는 단순하고 소소한 사실에 감사하자. 이것이 정신 승리가 아닌 인생 승리로 가는 유일한 길인지도 모른다.

●

그렇다면 남은 선택은 무엇인가? 앞으로의 오늘을 후회가
아니라 만족으로 채워진 삶으로 만드는 더 나은 선택을
'지금' 하는 것이다. 거창하게 인생 전체를 기준으로 삼지
않고 365일 중 하루인 바로 오늘, 보람찬 선택을 하고
있는가? 쉽게 답이 나오지 않는다면 과거로 돌아가도 딱히
소용없을 것이다. 미래와 과거는 대척점에 놓인 개념이지만,
신기하게도 공통점으로 엮인 부분이 있다. 그 끝이 현재와
맞닿아 있다는 점이다. 이는 지금 하지 못한 것은 과거에도
할 수 없었던 일이고, 미래에도 할 수 없는 일이라는 뜻이다.
그러니 지금 이 순간을 소중히 여기자. 소중한 일을 할 수
있다는 단순하고 소소한 사실에 감사하자.
이것이 정신 승리가 아닌 인생 승리로 가는
유일한 길인지도 모른다.

유튜브에서 "과거로 돌아갈 수 있다면"을 검색하세요!

데이비드 브룩스(David Brooks)의 《소셜 애니멀》은 내 인생 최고의 책 중 하나다. 논픽션과 픽션의 놀라운 콜라보를 보여 준 《소셜 애니멀》은 인문학의 절정에 가깝다고 할 수 있다. 특히 주인공인 해럴드의 마지막을 읽으며 눈물이 멈추지 않았다. 단순히 슬퍼서 운 것이 아니었다. 생의 끝을 맞이하며 그가 스스로에게, 자신의 인생에 던진 질문을 보고 나는 존재를 흔드는 울림을 느꼈다. 그 진동이야말로 눈물이 흐르게 한 장본인이었다. 해럴드는 4가지 질문을 던진다. 과연 나는 마지막 순간에 4개의 질문에 대해 기분 좋게 '그렇다'라고 답할 수 있을까?

1. "나 자신을 깊이 있는 존재로 만들었는가?"

어떤 사람이 깊이 있는 존재라고 할 수 있을까? 나는 진지한 대화를 많이 한 사람이 깊이 있는 존재라고 생각한다.

먼저 자기 자신과의 대화다. 나의 재능과 잠재력은 무엇인지, 나의 성장을 어떻게 이끌어 나갈지, 진정 나란 존재는 무엇인지, 자기 자신과 끊임없이 소통하며 자아를 깊이 있게 가꿔 나가야 할 것이다.

두 번째는 세상과의 대화다. 세계는 어떻게 구축되어 있고 어떻게 돌아가는지 공부하고 배우며 부딪쳐야 할 것이다. 결국 존재는 관계에서만 의미가 있기 때문이다. 세상과 세상에 연결되어 있는 나란 존재를 부지런히 탐구할 때 존재는 깊어질 수 있을 것이다. 겨우 불혹의 나이가 되었지만 부모님과 떨어져 힘들게 살았던 어린 시절, 20대의 신앙 생활, 30살부터 시작된 연 200권 이상의 독서, 12권의 집필, 2번의 사업 실패와 재기, 두 아이의 아빠가 되기까지, 힘들고 고통스럽고 어려웠지만 원하든 원하지 않든 간에 도전과 역경 그리고 실패의 경험들이 나를 진지한 대화의 장으로 이끌었다.

그리고 앞으로도 더 깊이 있는 존재가 되고 싶다.

2. "미래 세대를 위해서 어떤 유산을 남겼는가?"

4년 전만 해도 이 질문에는 답변조차 할 수 없을 정도였다. 오로지 나 자신과 현실의 문제에 매몰되어 살아왔기 때문이다. 게다가 30대 초중반에 집필했던 책은 부족함이 너무 많아 시대를 구성하는 지식의 강물에 보탬이 되었는지도 의심스럽다. 하지만 2015년 《어떻게 읽을 것인가》를 시작으로 연이어 집필한 《완벽한 공부법》, 《부모 공부》, 《일취월장》, 《낭독 혁명》은 어느 정도 미래 세대를 위한 책이라고 말할 수 있을 것 같아 다행이다.

무엇보다 신영준 박사와 의기투합하면서 영리, 비영리 사업 모두 미래 세대를 생각하며 진행하고 있다는 사실이 자랑스럽다. 특히 2018년 대교와 함께 시작한 '빡독' 사업은 죽을 때까지 하고 싶은 일이다. '빡독'은 대한민국 문해력을 한 단계 올리는 것을 목적으로, 좋은 공간과 식사를 무료로 제공하면서 하루에 한 권의 책을 읽도록 하는 사업이다. 우리나라의 성인 독서량은 형편없이 낮다. 책을 읽지 않는 이유는 여럿이지만, 그중 하나가 독서에 대한 두려움 때문이다. 책 한 권을 제대로 읽어 본 경험마저 전무하다 보니 독서를 기피하게 되는 것이다. 하지만 하루에 한 권을 읽을 수 있게 되면 그때부터 독서가 만만해지고, 더 나아가 독서의 즐거움도 느낄 확률이 높아진다.

문해력을 한 단계 높이는 것이 뭐가 대수인가 하고 생각하는 사람이 있을지도 모르겠다. 그러나 중요한 문제다. 우리나라 성인 문해력은 2단계다. 문해력 2단계에서는 토론이 안 된다. 3단계는 토론이 가능해진다. 대한민국 평균적인 성인이 제대로 된 토론을 할 수 있는 것과 없는 것은 국가 차원에서도 엄청난 차이다. 그래서 이 사업에 그토록 열을 내는 것이다.

앞으로 내가 하는 모든 사업들은 국가와 미래 세대를 위해 진행할 것이며, 돈을 많이 벌게 되더라도 가장으로서 역할을 할 수 있는 자금 이외에는 전액 기부하기로 스스로에게 약속했다. 이 다짐과 약속이 죽을 때까지 이어지길 바란다.

3. "나는 이 세속적인 세상을 초월했는가?"

"내게 능력 주시는 자 안에서 내가 모든 것을 할 수 있느니라."(빌립보서 4장 13절)

《성경》에서 바울이 한 고백이다. 그런데 이 말을 많은 기독교인들이 오해한다. 신앙인은 무엇이든 해낼 수 있는 능력이 있다는 식으로 말이다. 하지만 이 말의 진의는 다른 곳에 있다. 앞 구절을 살펴보자.

"내가 궁핍하므로 말하는 것이 아니라 어떠한 형편에든지 나는 자족하기를 배웠노니 나는 비천에 처할 줄도 알고 풍부에 처할 줄도 알아 모든 일, 곧 배부름과 배고픔과 풍부와 궁핍에도 처할 줄 아는 일체의 비결을 배웠노라."(빌립보서 4장 11~12절)

내가 모든 것을 할 수 있다는 뜻은 내가 사랑하는 신만으로 모든 것이 충족되었기에 어떠한 상황에서도 자족할 수 있다는 의미다. 《성경》의 다른 책 《히브리 성경》에서는 이런 사람을 "세상이 감당하지 못하는 사람"이라고 칭했다. 세속적인 세상을 초월했기에 세상의 어떠한 힘으로도 이들을 굴복시킬 수 없다는 말이다.

빌립보서의 이 구절은 20대의 신앙을 지탱한 초석이었다. 그런 의미에서 나의 20대는 세속적인 세상을 초월하려 노력했던 삶이었다. 하지만 서른이 넘어가면서 근본적으로 세상을 초월하는 것이 과연 옳은가 하는 의구심이 들었다. 세속의 저속함에 허우적대서는 안 되겠지만, 세상이 없는 신성함이 과연 의미가 있을까?

세상보다 더 세속적인 교회를 보면서, 나는 세속적인 세상을 초월하는 것보다 신성함을 세상에 융합하는 것이 더 중요하다고 생각한다. '신앙함'이란 세상과 동떨어진 종교 생활이 아니라 '신성한 삶' 그 자체이기 때문이다.

그래서 나는 마지막 순간에 다른 질문을 던질 것이다.

"나는 세상을 신성함으로 살아 냈는가?"

4. "나는 사랑했는가?"

"사랑하지 않으면 멸망하리."

《모리와 함께한 화요일》에서 모리 교수의 마지막 유언이자 우리 집 가훈이다. 사랑이란 무엇을 의미하는가? 관심을 쏟고, 내어주며, 재지 않고, 헌신하는 것이다. 한마디로 '희생'이다.

다른 3가지 질문에는 답변을 못하더라도 마지막 질문에는 당당히 그랬노라고 외칠 수 있었으면 좋겠다. 내 인생의 가장 중요한 가치이자 진리라고 믿기 때문이다.

우선, 아내를 지금보다 더 사랑해야겠다고 다짐해 본다. 21살에 처음 만났고 20년 가까이 함께했다. 앞으로도 40~50년을 동고동락할 것이다. 어머니에게서는 이미 독립했고 자녀들도 20~30년 후에는 독립할 것이니, 결국 평생 나와 함께할 동지는 지금 내 옆에 있는 아내다. 백발이 무성하고 거동이 불편해진 어느 날, "나이가 들수록 더 사랑이 깊어진 것 같아."라고 서로 고백하는 부부가 되었으면 좋겠다.

또한, 어머니에게 더 신경을 써야겠다. 홀로 30년을 넘게 버텨 오셨던 분이다. 외아들인데도 어머니는 아내가 불편해 할 테고 성인이 되면 완벽히 독립해야 한다는 이유로 따로 사신다. 올해 은퇴하시고 친정 친척들과 외할머니가 계시는 고향으로 내려가실 것이라 하신다. 사회생활과 자녀 키우는 데 정신없다 보면 어머니를 잊을 때가 많다. 비즈니스와 가정에서 책임감이 커질수록 슬프게도 망각의 빈도와 강도는 커져만 간다. 이러다가 정말 후회하지 않을까. 후회하지 않을 수는 없을 것이다. 그러니 후회의 크기를 줄이기 위해 노력해야겠다.

더 나아가, 아이들을 더 성숙하게 사랑할 것이다. 자녀를 사랑하지 않는 부모는 없다. 하지만 성숙한 사랑을 하는 부모는 흔하지 않다. 아이에 대해 공부하고 아이의 감정을 헤아리며 지혜롭게 대하는 것은 결코 쉬운 일이 아니다. 단순히 아이를 키워 내는 것이 아니라 아이와 함께하는 순간순간을 소중하게 여기고 누릴 필요가 있다. 아이들이 주는 기쁨뿐만 아니라 고통까지 더해 진실하게 사랑하리라.

한편, 회사 동료와 친구 또한 최대한 사랑으로 대하리라. 이해와 추억으로 얽혀 있는 관계이지만 인연이 있어 만난 사람이므로, 도와주고 이해하고 섬겨 주리라. 나와의 만남이 즐거워질 수 있도록 말이다.

진정한 사랑의 크기는 우주를 삼킬 수 있다. 내가 믿는 신앙의 진리는 "하나님을 사랑하고 이웃을 사랑하라"로 귀결된다. 나머지는 주석일 뿐이다. 사랑할 수 없는 대상은 없으며, 모든 행동과 판단의 근거는 사랑이 될 수 있다. 물론 완벽하게는 진리를 실행할 수 없겠지만, 진리 추구는 멈추지 않을 것이다.

인생에 부끄럽지 않도록 말이다.

인생이 던지는 4가지 질문

1. "나 자신을 깊이 있는 존재로 만들었는가?"

2. "미래 세대를 위해서 어떤 유산을 남겼는가?"

3. "나는 이 세속적인 세상을 초월했는가?"

4. "나는 사랑했는가?"

유튜브에서 "인생이 던지는 4가지 질문"을 검색하세요!

참고문헌

고영성·신영준, 《완벽한 공부법》, 로크미디어, 2016
고영성·신영준, 《일취월장》, 로크미디어, 2017
신영준·서동민, 《졸업선물》, 로크미디어, 2016
고영성, 《어떻게 읽을 것인가》, 스마트북, 2015
마이클 본드, 《타인의 영향력》, 어크로스, 2015
조너선 하이트, 《바른 마음》, 웅진지식하우스, 2014
애덤 그랜트, 《오리지널스》, 한국경제신문사, 2016
애덤 그랜트, 《기브 앤 테이크》, 생각연구소, 2013
데이비드 브룩스, 《소셜애니멀》, 흐름출판, 2011
찰스 두히그, 《습관의 힘》, 갤리온, 2012
앤절라 더크워스, 《그릿》, 비즈니스북스, 2016
칩 히스·댄 히스, 《스위치》, 웅진지식하우스, 2013
안데르스 에릭슨, 《1만 시간의 재발견》, 비즈니스북스, 2016
미하이 칙센트미하이, 《몰입》, 한울림, 2004
찰스 두히그, 《1등의 습관》, 알프레드, 2016
스티븐 코비, 《성공하는 사람들의 7가지 습관》, 김영사, 1994
라즐로 복, 《구글의 아침은 자유가 시작된다》, 알에이치코리아, 2015
매튜 리버먼, 《사회적 뇌》, 시공사, 2015
매리언 울프, 《책 읽는 뇌》, 살림, 2009
EBS, 《왜 우리는 대학에 가는가》, 해냄, 2015
권재원, 《그 많은 똑똑한 아이들은 어디로 갔을까》, 지식프레임, 2015
칩 히스·댄 히스, 《자신 있게 결정하라》, 웅진지식하우스, 2013
마이클 모부신, 《내가 다시 서른 살이 된다면》, 토네이도, 2013
닐 도쉬·린지 맥그리거, 《무엇이 성과를 이끄는가》, 생각지도, 2016
새뮤얼 아브스만, 《지식의 반감기》, 책읽는수요일, 2014
피터 디아만디스·스티븐 코틀러, 《볼드》, 비즈니스북스, 2016
알렉스 펜틀런드, 《창조적인 사람들은 어떻게 행동하는가》, 와이즈베리, 2014
엘리어트 애런슨, 《인간, 사회적 동물》, 탐구당, 2014
바버라 스트로치, 《가장 뛰어난 중년의 뇌》, 해나무, 2011